KB231441

시간의 파도로 지은 城

김화영 예술기행

시간의 파도로 지은 城

문학동네

여행, 그 흐르는 삶

여행에 관한 글들을 모아 책을 만들려고 할 때 가장 먼저 머릿속에 떠오른 것이 왜 진외가의 안방이었을까? 그곳은 경상북도 봉화군 토일(吐日) 마을 — 높은 산자락 밑에 있어서 동쪽 산머리에서 해뜨는 모습이 마치 산이 해를 토하는 것 같다 해서 그리 이름지었다고 한다 — 에 있는 서설당(瑞雪堂) 종가였던 것 같다. 할머니의 손에 이끌려 생전 처음 찾아간 낯선 집 안방에서 한밤중에 잠 깨었을 때의 그 낯섦은 곧 무서움으로 변했다. 그래서 나는 어둠 속에서 울었다. 이것이 내 최초의 여행 기억이다. 그후 나는 자주 밤중에 자다가 깨어서 울었다. 할머니는 늘 "괜찮다, 크느라고 그런다"고 위로해주셨다. 크기 위해서 나는 많은 어둠 속에서 울었다. 내가 태어난 세상이 이미 낯설었다.

내게 여행은 낯선 곳의 풍광이기 이전에 새로운 잠자리를 뜻했다. 아니 여기서 새로운 잠자리라는 말에는 다소의 은유적인 의미가 함축되어 있을 것이다. 오히려 그것은 새로운 현재와 그 공간이라고 해야 할지도 모른다. 어쨌든 경상북도 영주군 부석면 상석리, 태백산맥과 소백산맥이 서로 만나는 골짜기, 거기 도탄(桃灘), 솔안(松內), 그리고 상석초등학교 옆 질골의 사과나무 과수원, 그런 언저리에서 출발한 내 삶은 지금까지 수많은 잠자리로 옮아다니며 멀리 왔다. 중학교 입시를 준비한다고 열두 살에 읍내로 나가 혼자 하숙을 했다. 또 혼자 서울에 올라와 중학교에 들어갔고 충무로의 외가에서 한동안 지냈다. 볕이 잘 들지 않는 어둡고 큰 방이었다. 그리고 삯바느질하는 숙모를 따라 청량리로, 돈암동으로, 제기동으로 무수한 단칸 셋방을 전전했다.

눈을 감으면 내 반생의 행로를 따라 곳곳에 수많은 방들이 문을 연다. 하나밖에 없는 창문이 남의 집 화장실을 향해 나 있을 때도 있었지만 꽤 큼직한 창문 앞에 은행나무가 한 그루 서 있어서 푸른 가을하늘을 배경으로 노란 잎새들이 지는 광경을 바라보며 앉아서 첫 담배를 배운 때도 있었다. 수유리에서 홍제동으로, 우이동에서 프로방스로 떠도는 동안 밥도 굶었고 술도 마셨고 실연도 했다. 손톱을 깎았고 편지를 썼고 잠 못 이루기도 했다. 잠시 머물기도 했고 가재도구를 장만하고 영원히 살 것처럼 머물기도 했다. 이런 수많은 낯선 방, 낯익은 방들을 이어주는 삶의 흐름, 그것이 내게는 여행이었다.

물론 내게도 남들과 마찬가지로 여행은 기분전환, 아름다운

 책 머 리 에

풍경, 휴식, 그리고 견문을 넓히는 일이기도 하다. 그러나 그 이전에 여행은 내게 삶 그 자체다. 대단한 여행가여서 그런 것도 아니고 남보다 훨씬 더 많은 이사를 다녀서 그런 것도 아니다. 나는 어디를 가나 신기한 것, 아름다운 것을 구경하는 일보다 삶이 더 중요했다. 남들의 기이한 삶, 뜻있는 삶을 바라보는 것도 흥미롭지만 그 이상으로 "지금 여기서 나는 살고 있다"는 것을 몸으로 실감하는 것이 필요했다. 지금도 내 동생과 조카들과 친척들이 살고 있는 고향이나 이제는 아는 사람이 거의 없는 프랑스의 엑상프로방스나 파리, 혹은 인도의 봄베이나 케냐의 나이로비, 그 어디에 가든 거기에는 나의 현재의 삶이 따라와 있다. 나는 그것을 가장 귀중하게 여긴다. 왜냐하면 그 삶이 있어야 비로소 남의 삶, 남의 풍경이 내 일부가 되기 때문이다. 여행은 나의 삶이 남의 삶이나 공간을 만나는 감촉이며 공명(共鳴)이다.

그래서 그런지 나는 생전 처음 가보는 곳에 대한 흥미보다는 전에 이미 가보았던 곳에 또 가보는 반복 속의 변화를 더 좋아한다. 거기에 가보면 모든 것이 전과 똑같다는 느낌을 주는 경우도 없지 않지만 대개는 뭔가 변해 있다. 나는 생각한다. 여기 이 언덕에 그 여름날 나는 서 있었지. 그때 나는 그 풍경 속에 다시 돌아와 있는, 이미 청년이 아닌 나를 생각한다. 나도 변했다. 단순히 나이를 더 먹었다는 사실 이외에도 많은 관계와 의미의 변화를 이끌고 나는 그곳에 와 있는 것이다. 그 변화와 공간의 접촉, 즉 내게 구체적인 삶의 살과 그 변화를 만지고 있다는 실감, 그것이 여행이다.

　　여기에 묶은 글 중에서 가장 오래된 것은, 한때 출판되었다가 사라지고 없는 작은 책『예술의 성』속의 어떤 글들처럼, 30여 년 전에 쓴 것도 있고 최근에 쓴 글도 있다. 더러는 조금씩 손질하기도 했지만 대부분 그대로 두었다. 글 속의 장소들은 거의 대부분 두 번 혹은 그 이상 찾아가보았던 곳들이다. 그 장소의 소개나 감상도 기록했지만 무엇보다 거기에는 그 당시 내 삶의 순간들이 부유하고 있다. 가령 프랑스 북쪽 브르타뉴에 있는 샤토브리앙의 콩부르 성이나 발자크의 사셰 성 같은 곳. 나는 그 근처를 지날 때면 우회를 해서라도 기어이 다시 찾아갔다. 그리고 여행 일정을 연장하거나 변경하면서까지 그 마을이나 숲속을 그냥 어슬렁거리기를 좋아했다. 무슨 특별한 느낌을 스스로에게 강요하지는 않고 그저 하릴없이 빈둥거려보고 싶었던 것이다. 그래서 육중한 성채나 유물이나 거목 못지않게 작은 풀꽃, 소똥, 시든 잎새, 수상한 저녁의 빛, 그리고 소리도 나지 않는 휘파람을 불려고 애쓰며 담장 밑을 호젓이 지나가는 동네 아이, 그 모든 것이 돌연 중요해지는 것이다. 거기에 나의 현재와 그 시선이 있기 때문이다.

　　길을 걸어갈 때면 종종 상상해본다. 매 순간 내 몸이 허공 속에서 꼭 그 용적만큼만 차지했다가 다음 순간 또다른 공간으로 이동하면서 순간적으로 비워놓은 내 몸의 용적만큼의 허공과 그 허공의 연속인 터널을 상상해본다. 여행은 그 터널 속에 내 심신과 내 열망, 그리고 삶에 대한 사랑을 가득가득 채우면서 흐르는 일이다. 이렇게 흐르며 세상과 사람을 바라볼 때 어여쁘지 않은 것이 어디 있으며 또한 그 어여쁜

뒷모습 애틋하지 않은 것이 어디 있으랴. 그러나 무엇보다 바라보아야 한다. 그리고 말해야 한다. "이 땅 위에 살아서 저것들을 바라본 이는 행복하여라(Heureux celui des vivants qui a vu ces choses)."

'선집'이라는 이름을 붙인 다른 세 권의 책과 마찬가지로 이 책 역시 문학동네의 여러분들, 특히 남진우 김현정 두 분의 우정과 정성이 없었으면 빛을 보지 못했을 것이다. 진심으로 고마운 뜻을 여기에 담아두려 한다.

임오년 밝은 겨울날

김화영

| 차례 |

0. 돌과 꽃

　　1974년 4월 하순 어느 날, 나는 프로방스 대학교에서 「알베르 카뮈의 작품에 나타난 물과 빛의 이미지」라는 논문으로 박사학위를 받고, 홀가분한 마음이 되었다. 그래 내 사는 곳에서 그리 멀지 않은 마을 루르마렝을 찾아갔다. 카뮈가 시골집을 마련하여 살던 곳으로, 그 한 녘에 그의 무덤이 있다고 들었었다.

　　마을 어귀에서 한 아름다운 소년을 만났다. 수선화 꽃을 한아름 꺾어 안고 있는 모습이 불빛을 더욱 환하게 하고 있었다. 어디서 꺾었느냐고 묻자 저쪽 물가에 많이 피어 있다고 대답하면서 원하면 선물로 주겠다고 했다. 내 생애에서 흔치 않은 그 선물을 받고 이 사진을 찍었다. 그리고 나는 카뮈의 무덤을 찾아가 묘석 앞에 놓인 빈 항아리에 꽃을 가득 꽂았다.

1974년 봄.
루르마렝 길가에서 만나
수선화를 선물해준 소년과 함께

소년에게서 얻은 수선화를 카뮈의 무덤에 꽂았다.

돌과 꽃

1974년 4월 하순 어느날, 나는 프로방스 대학교 에서 "알베르 카뮈의 作品에 나타난 물과 빛의 이미지" 라는 論文으로 박사학위를 받고, 홀가분한 마음이 되었다. 그래 내 사는 곳에서 그리 멀지않은 마을 루르마렝을 찾아 갔다. 카뮈가 시골집을 마련하여 살던 곳으로, 그 한녘에 그의 무덤이 있다고 들었었다.

알베르 카뮈의 무덤

가을 여기에서 한 아름다운 소년을 만났다. 수선화 꽃을 한아름 꺾어 안고 있는 모습이 봄볕을 더욱 환하게 하고 있었다. 어디서 꺾었느냐고 묻자 저쪽 물가에 많이 피어있다고 대답하면서 원하면 선물로 주겠다고 했다. 내 생애에서 흔치 않은 그 선물을 받고 이 사진을 찍었다. 그리고 나는 카뮈의 무덤을 찾아가 묘석 앞에 놓인 빈 항아리에 꽃을 가득 꽂았다.

그는 오랑의 바닷가에서 말했다.
"여기 수선화처럼 다사로운 작은 돌이 있다. 이 돌은 모든 것의 시작에 놓여있다." 모든 것의 시작에 놓여있는 그 꽃다발을 내게 주었던 소년은 이제 장년이 되었을 것이다. 그래도 꽃과 돌은 모든 것의 시작에 있다.

김 화 영

그는 오랑의 바닷가에서 말했다.

"여기 수선화처럼 다사로운 작은 돌이 있다. 이 돌은 모든 것의 시작에 놓여 있다."

모든 것의 시작에 놓여 있는 그 꽃다발을 내게 주었던 소년은 이제 장년이 되었을 것이다. 그래도 꽃과 돌은 모든 것의 시작에 있다.

"지금은 정오, 대낮 자체도 균형에 이른다. 의식을 다 치르고 나면 나그네는 해방이라는 賞을 받는다. 그가 벼랑에서 주워드는 水仙花처럼 보송보송하고 따뜻한 작은 조약돌 하나가 그것이다."

—알베르 카뮈, 『아리아드네의 돌』에서

Ⅰ. 예술의 성

시간의 파도로 지은 성

"늦은 저녁에야 K는 도착했다. 마을은 깊은 눈에 파묻혀 있었다. 성(城)이 있는 산은 조금도 보이지 않을뿐더러 성은 안개와 어둠에 싸여 있었다. 따라서 큰 성이 있는 길을 알리는 희미한 등불조차 눈에 띄지 않았다. K는 큰길에서 마을로 통하는 나무다리 위에 서서 오랫동안 희멀건 허공을 바라보고 있었다." 프란츠 카프카의 유명한 소설 『성(城)』은 이렇게 시작한다.

참다운 성은 바로 이렇게 존재하는 법이다. 모든 성은 항상 이같은 박명(薄明) 속에 서 있게 마련이다. 깊은 눈, 안개, 그리고 어둠은 성의 풍경의 일부를 이룬다. 청명한 빛 속에 서 있는 윤곽이 뚜렷한 성이란 오직 관광안내서나 선전용 캘린더, 혹은 그림엽서 속에 존재할 뿐이다.

슈농소 성

성은 현실의 땅 위에 건축된 집이지만 이미 그 첨탑이나 탑실(塔室)은 어느 정도 꿈의 공산 속으로 사라지고 있다. 단순히 거대한 집이라 해서, 육중한 돌로 지은 집이라 해서, 모두가 성은 아니다. 왜냐하면 성은 공간적인 넓이만이 아니라 시간적인 깊이로 지은 건축물이기 때문이다.

참다운 성을 만나려면 항상 눈을 감은 채 찾아가야 한다. 성은 일상인(日常人)이 사는 집이 아니다. 성은 떠도는 사람, 찾아헤매는 사람, 떠나는 사람, 사랑하는 사람의 집이다. 성의 주인은 좀처럼 만나기 어렵다. 그는 살아 있으면서도 이미 반쯤은 역사나 전설 속으로 사라져가고 있다. 모든 아름다운 여인은 성 속에 산다. 성 속에 사는 여인은 항상 우아하고 신비하다. 성 속에 살고 있는 것은 어떤 인물이기보다는 우리들 저마다의 꿈이요 환상이기 때문이다.

지도 위에 표시된 위치만 보고 찾아간다 해서 성에 이르게 되는 것은 아니다. 성을 찾아가본 일이 있는 사람도 그곳으로 가는 약도를 그려 보이기는 어렵다. 물론 성은 먼 곳에서부터 눈에 보일 정도로 웅장하다. 그러나 가까이 다가가도 다가가도 성은 여전히 저만큼 물러서 있는 법이다. 신비, 혹은 비밀, 이런 말은 다만 추상적인 단어에 지나지 않는다. 그러나 고적한 어느 순간 '성(城)!'이라고 나직하게 발음해보라. 그러면 마음속에 신비와 비밀의 공간이 보일 것이다.

아무도 성의 도면을 그려 보일 수는 없다. 설계도도 없이 이따금씩 지었다 허물었다 또 짓는 공간이 성이다. 성 안에 여러 해를 살아온 사람이라 할지라도 발소리가 크게 울리는 저 어둠의 회랑을 따라가면 지금까지 한 번도 들어가본 일이 없는 밀실이 있다는 것을 알게 된다. 성 안에는 항상 굳게 잠긴 방들이 있게 마련이다. 아무도 그 방을 열고 들어가본 일은 없다. 성 안의 모든 방문을 다 열어본 사람은 아무도 없다. 수많은 벽, 수많은 문을 힘들게 열고 들어간다 해도 항상 또하나의 벽, 또하나의 문을 만나게 된다.

성의 어느 한쪽에는 반드시 무너진 벽과 허물어진 폐허가 있는 법이다. 이리하여 성은 한쪽 발을 공간 속에, 다른 한쪽 발을 시간 속

사드 백작의 라코스트 성 폐허

에 딛고 서 있다. 허물어진 벽의 이쪽은 과거요 저쪽은 미래다. 너무나도 오래되어 완전히 소진되고 만 기억의 먼지, 그 먼지가 마침내 빛 밝은 허공 속으로 떠오를 때 그것을 우리는 미래라고 부르는 것이 아닐까?

땅거미가 내리는 황혼의 시간, 목적도 없이 홀로 길 위에 서 있는 순례자가 지평(地平)을 향하여 멀리 던지는 시선의 끝에는 언제나 하나의 성이 보인다. 사드(Sade) 백작의 잔혹한 소설 『쥐스틴느의 불운(不運)』은 한 여자가 끝없이 거쳐가야 하는 불행의 성문(城門)들을 차례로 열어 보여준다. 사디즘의 성은 이리하여 비밀과 고통과 성(性)의 공간이 된다. 그러나 내가 찾아가본 프로방스의 사드 성 라코스트는 물론 폐허가 된 벽들뿐이었다.

할머니가 들려주시던 옛날이야기 속의 길손이 해질 녘에 만나는 것은 항상 먼 숲속에서 '불이 빤뜩빤뜩하는' 열두 대문의 낯선 고옥(古屋)이고, 그 속에서는 항상 아름다운 여인이 수줍어하면서도 대담하게 길손을 맞아들이고 있었다. 그러나 단잠을 자고 난 이튿날 그 길손이 발견하는 것은 예외 없이 무덤이거나 가시덤불숲이 아니었던가? 성은 항상 이렇게 꿈과 생시가 만나는 경계선에 불을 밝히고 서 있어서 길잃은 사람에게 더욱 잘 보인다. 그러나 너무 밝은 대낮의 빛, 너무 합리적인 이성의 빛을 받으면 간데없이 사라지는 것이 성이다.

일차대전의 전장에서 요절한 작가 알렝 푸르니에의 『대장 몬느』를 읽어본 일이 있는가? 사춘(思春)의 나이에 비밀과 호기심이 소용돌이치는 성년(成年)의 바람 소리에 유혹되어 어느 날 문득 두려움과 설렘을 함께 안은 채 부모의 집으로부터 도망쳐본 일이 있는 사람은, 아니 적어도 도망치고 싶은 욕망을 남몰래 억제해본 사람은 누구나 그 소설 속에서 자신의 어떤 모습을 발견할 것이다. 성은 바로 그런 억누를 길 없는 유혹과 바람 소리가 지은 집이다.

피비린내 나는 역사의 블르와 성(비극의 층계)

쥘리앙 뒤비비에의 좀 지나치게 달콤한 영화 〈나의 청춘 마리안느〉를 오랫동안 기억하고 있는 사람이 많다. 청순하고 연약한 마리안느는 호수 건너 성 속에 산다. 호수 건너 기숙학교의 엄격한 규율 속에 묶여 살고 있는 사춘기의 소년들은 저 멀리 안개 속의 성과 마리안느를 꿈꾼다. 저 모험의 호수, 금지된 호수가 없으면 성도 없고 마리안느도 없을 것이다. 기타를 어깨에 메고 문득 전학 온 아르헨티나 소년 벵상이 없었으면 성년의 비밀도 없었을 것이다. 그리고 우리 모두 비 오는 날 이류극장 안에서 가슴을 떨게 했던 몽상의 모험도 없었을 것이다. 성은 이리하여 접근이 금지되어 더욱 신비스러운 처녀의 집이다.

우리의 대장 몬느가 마차 위에서 졸지 않았으면 그는 성이 아니라 할아버지, 할머니가 도착하는 일상(日常)의 역에 이르렀을 것이다. 말은 언제나 졸고 있는 마부를 황혼의 성으로 인도하게 마련이다. 현실에서 꿈으로 가는 건널목, 거기가 K의 '나무다리' 요 마리안느의 '호수' 요 몬느의 '졸음' 이다. 성년의 성으로 들어가기 위하여 모든 사춘의 젊은이는 한번씩 졸아보게 마련이다. 그 대담하고 달콤하고 두려운 졸음을 겪어보지 못한 사람들은 영원히 성을 만나지 못한다. 따라서 그는 그 성 속에 사는 금발의 이본 드 갈레 양도, 마리안느도 만나지 못할 것이다. 따라서 그들은 성숙의 20세에 앓는 첫사랑의 고통을 겪지 않아도 될 것이다. 아, 사춘의 바람 소리 속에 떠오르는 성을 본 일이 없는 사람들이여, 이 책이 당신에게 줄 수 있는 것은 아무것도 없다. 왜냐하면 이것은 관광안내서가 아니기 때문이다.

16세기의 대시인 롱사르가 꿈같은 여인 카상드르를 만났던 우물은 탈시 성 안에 있다. 그러나 내가 그곳에 이르렀을 때는 비가 내렸고 성문은 굳게 잠겨 있었다. 오랜 여행에 지친 나는 무작정 남쪽으로 내

려오다가 야생의 패랭이꽃
으로 자욱이 뒤덮인 잡목림
속에서 잠시 쉬고 있었다.
분홍색 꽃들 저쪽은 무성한
고사리숲의 무서운 초록빛
적막이었다. 그 아름다움과
무서움이 뒤섞인 그곳이 바
로 솔로뉴였다는 것을 나는
나중에 비유 낭세라는 지명

샹보르 성

의 팻말을 보고 알았다. 그리하여 나는 알렝 푸르니에의 고향 생트 아가
트에서 일박했고 그의 생가를 찾아가보기도 했다. 그러나 물론 이본 드
갈레 양이 살던 그 신비스러운 모험의 성은 어디에서도 찾지 못했다. 아
마 분홍빛 패랭이꽃들과 요기(妖氣)를 띤 초록빛의 고사리숲 사이를 헤
치고 '신비스러운 오솔길'의 침묵을 따라가면 대장 몬느가 남몰래 넘어
들어간 부속건물의 열린 창문이 보일지도 모른다. 그렇다. 신비스러운
오솔길의 침묵 ― 그리로 가야 우리는 성에 이를 수 있다.

　　　　나는 대학 시절 눈이 많이 내리던 어느 날 밤에 동숭동 서울대
학교 문리과대학 동부 연구실에서 카프카의 『성』을 혼자서 소리내어 읽
었다. 연구실에서 밤을 새우는 일은 금지된 일이었으나 간혹 수위아저
씨는 남몰래 그것을 내게 허락해주는 대신 밤 동안 현관문을 굳게 밖으
로 잠가놓았다. 밖으로 잠긴 일제시대의 낡은 건물 안에서, 복도에 나서

아제르리도 성

면 어둠 속에 자신의 발소리가 전설처럼 쿵쿵 울리는 그 고독의 건물 안에서, 나는 K를 따라 끝없이 성을 찾아갔다. 그리고 K와 함께 실패했다. 이제 문예진흥원 대극장이 대신 서 있는 그 자리, 그 낡은 동부 연구실은 세상의 어느 곳에도 없다. 그후 내 마음속에는 참으로 허물어지지 않는 텅 비고 어둡고 따뜻하고 고적한 성이 한 채 서 있게 되었다. 나는 이제 어디로 가면 성문 앞으로 갈 수 있는지를 알게 되었다. 지금도 겨울 밤에 눈이 내리면 성으로 가는 길이 조금씩 보인다. K의 얼굴도 조금씩 보인다. 그리고는 아무 소리도 들리지 않는다.

나는 1977년 여름 이래 프랑스의 수많은 성들을 찾아다녔다. 더러는 처음 가본 곳이었고 더러는 두 번 세 번 다시 만나는 성들이었다. 혼자서 찾아갔던 성도 있지만 대부분 관광객들 사이에 끼인 채 입장료를 내고 안내를 받으며 방문했다. 나는 줄을 서서 정해진 통로를 따라 들어갔다가 정해진 통로를 따라 나왔다. 그리하여 나는 아무것도 보지 못했다. 많은 방들은 잠겨 있었고 출입금지 팻말이 붙어 있었다. 우리가 구경할 수 있었던 모든 방들에는 기념물들이 전시되어 있거나 텅 비어 있었다.

마르세유의 이프 성 안에는 철가면이 갇혀 있었다는 옥실(獄室)이 있다. 그러나 그 방은 지금 활짝 열려 있다. 모든 비밀 속으로 지금은 햇볕과 바람이 드나든다. 문이 열린 비밀은 이미 비밀이 아니다. 관광객이 찾아가는 성은 이미 성이 아니다.

내가 여기에 기록하고자 했던 것은, 그러므로 내가 찾아갔었으나 눈으로 보지 못한 또하나의 성 이야기이다. 굳게 잠긴 방의 이야기, 허물어진 성벽의 이야기, 마음속에, 꿈속에 지은 성의 이야기이다. 아니 그것도 아직은 아니다. 다만 나는 사람들이 저마다 찾아가는 성, 저마다의 시간으로 짓는 성, 그곳에 이르기 전에 성 밖 마을에 잠시 들렀던 이야기를 조금 했을 뿐이다.

이제부터 떠나야 할 사람은 당신 자신이다. 우리들 각자가 박명의 적막 속으로 첫발을 내딛으면 저마다의 성관(城館) 속에서 둔탁한 벽시계들이 차례로 치는 소리가 들린다. 그 시계 소리가 저마다의 적막의 시간이다. 성은 그 시간으로 지어야 한다. 저물어가는 여름 바닷가에서 진종일 지었던 모래의 성—황혼의 시각이 오면 바닷물이 밀려와 그 성을 허물어버린다 — 그와 함께 우리들의 어린 시절도 허물어져버렸다. 그러나 참다운 성은 모래성을 무너뜨리던 그 시간(時間)의 파도로 짓는 것이다.

목가(牧歌)『아스트레』의 고향
―라 바스티 뒤르페 성관(城館)

　　고성(古城)과 예술의 성을 찾아가는 수천 킬로미터의 여정에 오른 후 사실 파리를 향한 고속도로로 300여 킬로미터를 달려 리옹에 가까워지도록 바스티 뒤르페 성을 방문하느냐 않느냐는 매우 결정하기 어려웠다. 빗속을 뚫고 프링스 중부고원이 시작하는 험한 길 100킬로미터를 우회하는 데는 용기가 필요했다. 그러나 프랑스 예술기행(藝術紀行)이기도 한 이 순례의 첫 도정을 17세기의 가장 길고 가장 아름다운 목가(牧歌)소설의 요람인 고성에서 시작하는 것은 의미 있는 일이라는 생각이 모험에 결단을 내리게 했다. 리옹 못 미쳐 비엔느에서 서쪽으로 접어들어 꼬불거리는 고속도로를 달려 중공업 도시 생 테티엔느를 지나 북으로 40킬로미터, 억수로 쏟아지던 빗줄기가 가늘어질 무렵, 1977년 6월

29일 오후 6시 작고 아담한 소읍 푀르에 도착, 하나밖에 없는 여인숙에 자리를 잡았다. 그리고 곧 루아르 강의 지류인 리뇽 강을 건너 미루나무 가로수가 자를 대고 그린 듯 늘어선 지방도로를 달리면서—아, 사람의 개인적 경험들이 우글거리는 머릿속이란 야릇하기도 해라!—나는 프랑스 소설사를 시작하는 5,000페이지의 『아스트레』를 생각하기에 앞서 우리나라의 경주 오능(五陵)으로 가는 코스모스 만발한 그 길을 줄곧 연상하고 있었다. 그리고 문득 리뇽 강이라는 팻말을 보면서, 어두운 이차대전중 그리고 폐질환이 재발할 때마다, 몇 차례나 외롭게 고산(高山) 휴양을 하던 알베르 카뮈가 이 근처 어디에서 혼자 헤매고 있었으리란 생각도 머리에 떠올랐다. 그가 휴양하던 리뇽 강가의 샹봉이란 마을은 어디쯤일까?

지방도로 89번을 타고 가다가 왼쪽의 자욱한 밀밭을 끼고 소로로 들어서니 이내 하늘을 덮는 숲속으로 어두운 동굴처럼 뚫린 성의 입구가 나타나고, 꼬불꼬불 돌기만 하는 숲속에 문득 수십 마리의 양떼가 길을 막는다. 그 옆에는 허름한 옷차림에 모자를 깊숙이 눌러쓴 목동이 무심히 걷고 있다. 길이 막혀 멈춘 나의 자동차에는 전혀 무관심한 그의 거동이 황홀하다. 아스트레의 연인인 목동 셀라동이 바로 저런 모습이었을까? 그러나 아스트레도, 셀라동도 이미 300여 년 전의 꿈, 혹은 허구(虛構). 하지만 인적이 없는 하오의 숲길 속에서 만난 목동과 양떼 앞에서, 살롱문학의 중추였던 마담 드 라파예트, 라 퐁텐느, 랑부이에 부인, 그리고 후일에는 조르주 상드의 애독서가 되고 늙은 퐁트넬로 하여

금 "아, 하느님! 이것이 시가 아니고 소설이라니 얼마나 억울합니까!"
하고 감탄하게 한 목가(牧歌) 『아스트레』의 꿈같은 이야기를 연상하지
않을 수는 없었다.

목동 셀라동은 목녀 아스트레를 사랑했으나 사소한 오해로
버림받아 리뇽 강물에 몸을 던진다. 그때 아름다운 아가씨 갈라테가 이
를 구원하였는데, 이번에는 갈라테가 셀라동을 열렬히 사랑한다. 셀라
동의 마음속엔 오직 아스트레뿐. 그리움이 솟구칠 때마다 셀라동은 여
장을 하고 그녀를 만나러 가나 그가 셀라동인 걸 알아채고 다시 토라지
는 아스트레. 오랜 세월이 지난 후 '진실의 샘'에서 다시 만난 이 남녀는
신의 뜻으로 화해한다.

속도(速度)와 소비의 시대를 사는 현대인에게는 낡고 지루할
지도 모를 이 사랑의 이야기는, 그러나 17세기 살롱문학이 종교전쟁으
로 거칠어진 프랑스의 심성 속에 이탈리아적 세련미를 도입하게 하는 전
형적 플라토니즘의 구현 그 자체였다.

이 소설이 매혹에 찬 묘사를 통하여 보여주는 목가적 전원풍
경과 리뇽 강은 수세기가 지난 오늘에도 변함없이 한가하고 아름답다.
소설의 서두에서 작가가 말하는 '골 족(族)에게 그리 알려지지 않은 자
그마한 고장 포레'의 한가운데 있는 숲속에 죽은 듯 고요하게 묻혀 있는
고성 바스티 뒤르페는 바로 『아스트레』의 산실이기도 하다. 뒤르페 가문
이 이 성에 살기 시작한 것은 1418년경, 앙리 2세의 총신이며 로마 대사
를 역임한 클로드 뒤르페가 이 봉건영주의 성을 세련된 이탈리아 풍의

르네상스 양식의 성으로 증축, 보
수함으로써 프랑스 전체에서도
희귀한 아름다움을 지니게 되었
다. 그의 손자이며 『아스트레』의
저자인 오노레 뒤르페는 바로 이
성에서 태어나 유년 시절을 보낸
후 투르농의 제스위트 학교를 마
치고, 청년 시절 역시 이곳에서
지냈다. 형 안느 뒤르페의 아내인

바스티 뒤르페 성

디안느 샤토모랑을 사랑한 나머지 그는 후일 마침내 그녀와 결혼하였
다. 그토록 열망했던 끝에 성취한 이 결혼은 행복한 것이 못 되었지만 플
라토닉하며 목가적인 이 사랑에서 태어난 아름답고 청순한 목녀 아스트
레의 영상은 프랑스 문학사 속에 투명한 강물처럼 유연히 흐르는 희귀한
노래로 영원히 남는다. "그대들은 사랑이 과연 무엇인지 아는가? 그것
은 스스로의 속에 죽어서 타인의 속에 사는 것이다"라고 말한 오노레 뒤
르페의 사랑의 철학은 미와 선의 일체감을 통하여 신과 만나는 플라토니
즘의 찬가로서 세련된 17세기 문학을 관류하는 '예절의 법전'임은 물
론, 그 뒤를 잇는 수세기의 후손들로 하여금 잠 못 이루는 명상의 밤을 보
내게 한 것이다.

　　울창한 수목에 가리고 입구의 담장에 가려 잘 보이지도 않는
성의 입구에 들어서니 아름드리 느릅나무들이 우거진 어두운 정원이 나

바스티 뒤르페 성 입구의 계단

타난다. 철책이 아직 열린 채어서 그 뜰 안으로 들어서니 제라늄 화분이 고요 속에서 꽃가지를 들고 있는 창문의 커튼이 열리며 늙은 노파가 내다본다. 방문시간이 지나 찾아왔으나 성의 탑문(塔門) 앞에 걸린 초인종을 눌러서 물어보라는 안내의 말이었다. 인적이라곤 없는 성의 뜰 앞에서 종소리를 내는 것이 망설여졌다. 자잘한 자갈돌로 덮인 귀빈정(貴賓庭) 오른쪽으로 마치 우리나라의 정결한 선비의 정자를 연상시키는 간결한 돌계단과 르네상스의 품위가 역력한 돌기둥, 그리고 무심한 표정,

돌의 표정으로 영원을 지키고 있는 스핑크스 상을 돌아본다. 황폐한 종교전쟁으로부터 최초로 프랑스 문학을 전원의 정일감과 아름다움으로 회귀시킨 소설『아스트레』의 고적한 분위기와 정갈한 이 건축양식 사이에는 어떤 깊은 관련이 있을 듯도 하다. 용기를 내어 초인종을 눌러 늦게 늦게 찾아온 방문객의 청을 전하니 어쩌면 그 흔한 관광객들에 이력이 났을 뚱뚱하고 목소리가 거친 수위인 듯한 여자가 탑실(塔室)에서 고개를 내밀고 간단히 너무 늦었음을 알리고 문을 쾅 닫아버린다. 하기야 18세기 초엽 이래 손(孫)이 끊어진 뒤르페 가문에 버림받고 폐성(廢城)으로 남았던 내부를 개수하여 관광객을 모아들이는 오늘의 성 안에 들어가 살롱문학과는 완벽하게 무관한 안내인의 판에 박은 설명을 듣느니보다는 저물어가는 정원을 거닐면서 저 땅거미 속에 나타날 듯한 디안느, 아름다운 디안느 샤토모랑 부인, 혹은 진실의 샘가에서 마침내 셀라동과 '만나는' 아스트레의 꿈을 아름드리 느릅나무 밑 어디쯤에서 상상해보는 것이 마음에 더 흡족한 것일지도 모른다.

　　돌아오는 길에는 알렝 푸르니에의 꿈같은 소설『대장 몬느』의 무대와 똑같은 이름인 생트 아가트 마을 쪽으로 돌아 밀밭가의 허물어진 담장가에 차를 세우고 늦도록 잔광(殘光)이 훤한 성 쪽의 전원풍경을 가슴속으로 연다. 숲에 가린 뒤르페 성은 보이지 않고 숲 너머 언덕에 또다른 건물의 윤곽이 시커멓게 괴성(怪城)처럼 바라보인다. 그 반대편에는 푸른 초원 위에서 한가하게 풀을 뜯는 젖소들. 왜 어떤 고요 속의 아름다운 전원풍경은 문득 우리를 눈물겹게 하는 것일까? 더군다나 이제 등뒤에 남겨놓고 헤어져야 하는 아름다운 풍경 속에는 왜 항상 두고 온 고향의 시선(視線)이 담겨 있는 듯 느껴지는 것일까? 가톨릭 동맹의 난동에 가담했다가 몇 번씩이나 투옥당한 후 먼 사브와 공작 영지 외가댁에 은거하면서 언제나 언제나 이 아름다운 고향 '포레'를 그리워하며, 그들과 숲과 리뇽 강을 배경으로 소설을 쓰던 오노레 뒤르페의 시선은 저 무명의 하늘에 떠 있는 모든 승화된 사랑의 그리움일지도 모른다. 이제 눈앞의 하늘에는 황혼의 성이 불탄다.

침묵의 문
―라마르틴느의 성, 생 푸엥

오 시간이여! 그대의 비상(飛翔)을 멈추어라. 그리고 그대,

순조로운 시절이여! 그대의 흐름을 멈추어라.

우리들 가장 아름다운 날들의 덧없는 기쁨을 맛보게 해다오……

흐느끼는 바람도, 한숨 쉬는 갈대도 호수여 그대 달콤한 대기의 가

벼운 향기도

귀로 듣고 눈으로 보고 숨쉬는 일체의 것들이여

말해다오 "그대 두 사람은 사랑하였네."

사랑이 북소리를 내며 진군하는 소리를 가슴속에서 들어본

많은 연인들은 이 시 「호수(湖水)」와 함께 라마르틴느의 이름을 기억한다. 이성과 균형, 고대인들의 절대적 미의 표준만을 금과옥조로 삼아온 프랑스 고전주의의 엄격한 풍토 속에, 문득 호수와 안개 낀 골짜기와 윤곽이 가뭇가뭇한 빈사(瀕死)의 여상(女像)을, 그리고 저 몽롱하게 떠도는 감정의 주어(主語) 없는 목소리를 도입한 낭만주의의 대시인 라마르틴느. 그의 발자취를 찾아가려면 파란 많던 사랑의 일생처럼 도처로 헤매다녀야 한다. 훗날 '그라지엘라'의 이름으로 프랑스 문학사에 길이 남을 사랑을 찾아 나폴리와 아쉬아에 가보아야 한다. '검은 띠를 매고 피로한 기색의 고운 눈을 한' 줄리 샤를르, 파리의 어떤 노(老) 물리학자의 부인으로 폐렴의 치료를 위하여 알프스 산록에 찾아왔다가, 26세의 감수성 예민한 시인의 사랑을 만났으나 이듬해 가을 십자가를 두 손에 안고 죽은 몸이 되어 끝내 약속 장소에 나타나지 못했던 우수(憂愁)의 여인상 '엘비르'를 그려보려면 엑스레벵의 부르제 호수를 찾아가보아야 한다.

시인이 찬미하는 행복한 아름다움이여!
시인의 예찬이 은밀히 빛내주는 그대는 죽을 수가 있네.
그는 그가 사랑한 것에 후일을 위하여 영원한 생명을 주나니
사랑하는 남녀는 천재의 날개에 실려, 거침없이 날아서
죽음 없는 영원으로 솟아오르나니!

수년 전 어느 겨울날 내가 부르제 호숫가에서 일박한 것은 낭

만주의의 여주인공 엘비르의 모습을 찾기 위한 것도 아니었고, 라마르틴느의 순례여행도 아니었다. 스위스로 가는 우연한 여정이 나를 인도한 그 호숫가에서, 내가 본 것은 '질투하는 시간'도 '기나긴 물결로 사랑이 우리에게 행복을 부어주던 황홀의 순간'도, 그리고 그 황홀의 순간을 '불행의 시절같이 멀리멀리 앗아가던 속도(速度)'도 아니었다. 그때 나는 나 자신의 젊음과 나 자신에게 밀어닥치는 행복의 충격에 몰두해 있었기 때문이다. 그때 그 겨울밤 호숫가의 호텔방에서 함께 노래부르던 친구들은 이제 저마다 뿔뿔이 흩어져 가버렸다. 그때의 우연한 하루, 지나가버린 하루로부터 남아 있는 것은 엘비르의 영원한 여상이 아니라 지금은 어떤 서울 친구의 서가에 기대어 서 있을 한 장의 그림엽서. 그 속의 라마르틴느 조상(彫像)은 호수를 내려다보고 있다. 부르제 호수 뒤의 언덕에 가면 그 조상은 여전히 그림엽서처럼 호수 쪽으로 시선을 던지고 있을 터이고, 세상 마지막 어떤 낭만주의자는 문득 한아름의 꽃다발을 그 발 밑에 가져다놓을지도 모른다.

라마르틴느의 낭만주의 시편(詩篇)들은 사실 그 흘러가버린 아득한 과거와 우리의 정신이 살아 움직이는 현재 사이의 헤아릴 길 없는 거리 속에서만 참다운 목소리로 노래한다. 내가 1977년 여름날 생 푸엥 성을 찾아간 길은 바로 그 아름다운 과거와 현실 사이로 뚫린 시(詩)의 길이었다. 숱한 아름답고 슬픈 사랑의 편력도 정치적인 꿈도 끝나고, 경제적인 어려움에 휘몰리면서 밀리의 영지도 몽소의 성도 매각한 후, 오직 휴식과 명상만을 찾아온 시인 최후의 성 생 푸엥. 리옹 북쪽의 포도

주로 이름난 마콩(라마르틴느는 이곳 출신의 국회의원으로 출발하여 외무장관, 임시정부의 수상에 이르렀다)에서 푸른 구릉과 골짜기를 따라 젖소들이 풀을 뜯는 79번 국도를 약 40킬로미터 정도 따라가다보면, 왼쪽 언덕에 조그만 마을 '밀리 라마르틴느'가 나타난다. 여기야말로 마콩에서 태어난 시인이 즐겨 '나의 고향'이라 불렀던 서정시의 무대이다.

이 고향의 이름을 구태여 발음해 무엇하랴?
빛나는 유형지(流刑地)에서 나의 가슴은 그 이름만 듣고도 오열하였느니
낯익은 발소리처럼, 혹은 친구의 목소리처럼
그 이름은 그리움 가득한 내 영혼 속에 멀리서 울려온다.

그러나 일곱 살 이래 줄곧 어린 시절을 보냈던 밀리 라마르틴느보다도 더욱 시인에게 참다운 영혼의 요람이 되었던 생 푸엥 성으로 가려면 그곳에서 좁고 꼬불거리는 지방도로 45번을 따라 약 15킬로미터 쯤 더 가야 한다. 통틀어 30호 정도 될 조그만 마을 생 푸엥을 꿰뚫으며 골목을 따라들면 이내 라마르틴느의 이름과 화살표가 그려진 팻말이 보인다. 깊은 산 속의 작은 마을은 여름의 뙤약볕 속에 쥐죽은듯 고요하다. 성을 찾아가는 순례자가 가장 먼저 만나는 것은 성의 정문보다도 라마르틴느의 무덤으로 가는 성당의 입구이다. 이것은 우연의 일치일까? 그의 『명상시집』의 첫 페이지를 열 때 우리가 처음 만나는 풍경 또한 저 우주

적인 고독과 죽음이 아니었던가?

이 유형(流刑)의 땅 위에 내 아직 더 머물러 무엇하랴?
이 땅과 나는 이제 함께 나눌 것 하나 없네.
숲속의 나뭇잎이 들판에 떨어질 때
저녁 바람이 일며 그 잎새를 골짜기에서 앗아간다.
나는 저 말라버린 잎새와도 같으니
소용돌이치는 삭풍아, 나도 저 잎새처럼 실어가다오.

묘지 입구를 오른쪽에 남겨두고 성문 앞에 이르니 기이하게도 성문은 열린 채 인적이 없다. 어젯밤 내린 비가 뜰 안의 풀잎에 맺혀 이슬되어 빛나는 정경을 앞에 두고 나는 잠시 망설였다. 그때 아름드리로 자란 플라타너스 나무 밑으로 마치 애거서 크리스티의 탐정소설에 나옴직한 반백에 훤칠한 키의 신사가 우산을 손에 지팡이처럼 걸치고 천천히 나온다. 성의 방문이 가능한가 묻자 신사는 난처한 표정을 지으며 말한다. "참 유감스럽게 되었습니다. 어제 이 성을 관리하는 성지기가 죽었답니다. 멀리서 찾아온 당신에게는 참 안되었습니다만 프랑스 전체에 사망 소식을 전할 수도 없는 처지였으니까요." 그러나 성관의 뜰을 돌아보면서 밖을 구경하는 것만은 가능하다는 말을 남기고 그는 천천히 걸어서 사라졌다. 이리하여 나는 어쩌면 죽은 자의 몸이 그 안에 누워 있을지도 모르는 성관의 고요한 뜰에 자욱이 내려와서 속삭이는 햇빛 사이로 한참을 거닐게 되었다.

기이한 인연, 기이한 순례의 길이다. 시인의 『명상시집』을 가
득 메우는 저 죽음의 안개 같은 너울이 이 햇빛 찬란한 여름 아침 속에도
다시 깃들이는 것일까? 그러나 시 속에서도 그러하듯이 이곳의 죽음은
공포의 냄새가 나지 않는다. 죽음은 다만 형언할 길 없는 슬픔과 아름다
움과 신기한 휴식의 안개 속에 싸여 있을 뿐이다. 그리고 아득한 침묵.

그대에게 인사하노라, 오! 죽음이여, 天上의 해방자여.

그대는 오랜 동안 공포와 오류로 인하여 잘못 보였던 그 음산한 모습
으로는 보이지 않는다.

……

그러면 이제 오너라, 와서 내 육체의 사슬을 풀어다오.

오너라, 내 감옥의 문을 열어다오.

와서 내게 그대의 날개를 빌려다오.

무엇을 주저하는가? 나타나거라, 하여 내 마침내 내닫고 싶어라.

저 알지 못할 존재, 나의 원칙, 나의 목표를 향하여.

신기한 한순간. 넋이 보이는 골짜기 속 성의 한순간, 아침
이슬에 젖은 돌의자 위에 앉아서 담쟁이덩굴이 자욱이 덮인 벽과 시인
자신이 고딕식으로 개수했다는 정면의 화염식(flamboyant) 현관을
바라본다. 빅토르 위고, 샤를르 노디에, 프란츠 리스트, 라므네, 베랑

라마르틴느의 성, 생 푸엥

제…… 등 당대의 거장들이 시가 그려 보이는 매혹에 이끌려 찾아들었던 이 성의 뜰에서, 이제 100여 년 지나서 맞는 얌전하고 아늑한 어떤 죽음의 아침.

모든 것에 지치고, 심지어 희망에도 지친 나의 가슴은
이제 운명을 위하여 기도하지 않으리라.
다만 내게 어린 시절의 골짜기를 빌려다오.
죽음을 기다릴 하룻날의 피난처를……

라마르틴느의 무덤

내 일생 동안 나는 너무 많이 보고, 너무 느끼고, 너무 사랑하였다.

나는 살아서 이곳으로 고요한 레테 강을 찾아왔노라.

아름다운 장소여, 나에게 망각할 수 있는 기슭이 되어다오.

망각만이 이제는 나의 기쁨이로다.

시인의 가슴은 이곳에서 비로소 휴식에 들고 그의 영혼은 침묵에 들었다. 세계의 머나먼 소리들이 이 성의 발 밑에 와서, 먼 곳에서 바람 소리에 실려와 어두운 귓전에 흩어지는 목소리처럼 다하였을 터이다. 그의 아버지 피에르 드 라마르틴느가 1820년 아들의 결혼 선물로 물려준 이 성이 그의 최후의 휴식의 성이 되고 말았던 것이다. 정원을 한 바퀴 돌아 골짜기 건너 마을풍경을 내려다보며 따라간 소로가 인도하는 한 구석에 무거운 대문이 열리며, 담장 하나를 사이에 둔 성당과 묘지가 나타난다. 대리석의 얼굴이 목을 늘여 가장 먼 풍경을, 그 풍경 위에 드리우는 햇살을 바라보고 있다. 돌의 시선, 영원으로 달려가 꽂혀버린 시선. 그는 마침내,

> 가을 안개가 장막을 드리우는 산
>
> 아침 서리가 양탄자를 깔아주는 골짜기
>
> 정원사가 왕관 같은 잎새를 치는 버드나무들
>
> 먼 곳에 저녁빛이 황금으로 물들이는 낡은 종탑.

그 풍경의 영원한 한 부분이 되어 있는 것이다.

> 그대가 나를 뉘어놓은 장소를 표시하려거든
>
> 산정에서 바윗덩어리 한쪽을 떼어서 굴려내리게
>
> 부디 어떤 연장으로도 다듬지 말게
>
> 그 위에 청동빛 해묵은 이끼가
>
> 바위 허리에 여러 겨울 동안 새겨진 이끼가
>
> 살아 있는 글자로 해와 날짜를 전해주리니
>
> 이 거친 돌의 페이지 위에는 세기도 이름도 기록하지 말게

영원 앞에서 일체의 세기들은 모두가 같은 나이이리니

　그러나 인간적인, 너무나 인간적인 산 사람들은 돌 위에 건조하게 새겨두었다. '알퐁스 드 라마르틴느 1790~1869.' 그러나 이 글자들도 영원 같은 세월을 지나면 다시 지워지고 이끼 낀 돌들, 언제나 승리하는 말없는 자연의 돌들 속으로 돌아갈 것이다. 이런 것을 사람들은 손쉽게 허무주의라 부르던가? 아니다. 라마르틴느의 시가 허무의 시였다면 오늘 나를 그 먼길 우회하여 이 성문 앞으로 인도하지는 못했을 것이다. 이 성에 단정하게 잠긴 죽음의 안개가 아니었으면 뜰에 내리는 찬란한 햇빛에 젖어 서 있는 나의 생명의 외침 같은 전율도 없었을 것이다.

어떤 사랑의 폐허
—디안느 드 푸아티에 부인의 아네 성

1977년 7월 7일, 이 신비스러운 행운의 숫자가 마치 기적처럼
캘린더 속에 되풀이하여 나타나던 우리 일생의 우연한 하루 그날 당신은
무엇을 하고 있었던가? 그날 나는 무덥고 나른한 대도시 파리를 벗어나
여행길에 올랐었다. 푸른 나뭇잎 사이로 햇빛이 황금빛 방울처럼 딸랑
딸랑 울리던 국도를 따라 달리며 내가 찾아간 곳은 프랑스의 역사책을
지루하지 않게, 젊게, 감미롭게 만들어주는 아름다운 여인 디안느 드 푸
아티에의 아네 성이었다. 아네는 잠시 파리에 들러서 황급히 명소들을
둘러보고 떠나는 여행객들의 관광코스에는 들어 있지 않다. 베르사유처
럼 숱한 사람들의 입에 오르내리지도 않고 퐁텐블로처럼 정사(正史)의
진부함으로 닳아버린 곳도 아니다. 파리에서 멀지 않은 곳이면서도 대

로에서 비켜서서, 지나간 시절의 불길처럼 타오르던 사랑이 휴식에 들
고, 맑고 고즈넉한 눈길로 소용돌이에 찬 과거를 되돌아보기에 적당한
침묵을 시샘하듯 껴안고 있는 곳이 아네 성이다.

> 그대의 디안느를
> 그대의 이름을
> 나는 그대 아네의 집이라 부르리라
> 영원한 물이 솟아나는 싱싱한 샘이여

아네 성

라고 시인 조아심 뒤 벨레는 디안느 드 푸아티에를 두고 노래했었다. 디안느(다이아나)는 아름다운 사냥의 여신 이름이다. 아네 성은 바로 이 여신과 같은 디안느 드 푸아티에의 영원한 청춘과 마르지 않는 샘물이 프랑스 중세사의 목을 축여주는 사랑의 성이다. 조그만 마을 아네를 가로질러 미처 성이 어디

아네 성

있느냐고 물어볼 사이도 없이 나는 곧바로 길가에 있는 성문 앞에 멈추게 되었다. 거창하지도 우람하지도 않으나 정교하기 이를 데 없는 정문, 저 유명한 정문 조각이 한눈에 든다. 검정색과 숲빛이 물든 대리석으로 고대의 개선문 양식을 본따 세운 이 건축물에는 중앙 대문 양편에 작은 출입문이 나 있다. 중앙 대문 위에는 거장 벤베누토 첼리니의 작품인 유명한 님프의 나상부조(裸像浮彫)가 검정색 대리석에 새겨져 있다. 지금 방문객이 구경할 수 있는 이 조각은 사실은 모조품이며 원형은 루브르에 옮겨져 있다. 대문 위에는 두 마리의 사냥개와 사슴이 탑시계 위에 푸른 하늘을 배경으로 서서 사냥의 여신에게 시간을 알릴 태세를 갖추고 있다. 십오 분마다 사슴은 종을 치고 사냥개는 짖어대던 디안느 드 푸아티에의 시간은 우리에게서 멀다. 460년의 세월 동안 저 사슴과 저 개들은 하늘 위에 떠서 뜰 안의 묘당(墓堂)에 누워 잠든 그 미인의 넋을 지켜왔으리라.

　　그렇다. 아네 성과 함께 우리는 프랑스 역사를 450여 년이나 거슬러올라가야 한다. 중세 유럽을 석권하던 합스부르크 왕가의 황제 막시밀리언이 사망하자 그의 손자 샤를르와 겨루면서 황제의 꿈을 키우던 프랑수아 1세 시절, 디안느는 귀족 루이 드 브레제와 결혼함으로써 아네 성의 주인이 되었다. 그녀의 미모는 막강한 힘을 지닌 것이어서 음모에 가담하였다가 발각되어 처형당하기 직전에 있는 그녀의 아버지에게 왕의 사면이 내리도록 할 정도였다. 1523년 디안느는 마침내 모후(母后)의 궁중시녀가 되었다. 모후를 수행하여 스페인의 바이욘느에 갔다가, 전쟁으로 체포된 프랑스 왕 프랑수아 1세를 석방하는 조건으로 볼모가 된 두 왕자를 돌보게 됨으로써 디안느는 프랑스 역사를 장식하는 사랑의 한 주인공으로 등장했다. 상대는 자신보다 20년이나 아래인 오를레앙 대공, 즉 둘째 왕자였다. 타국의 감옥 속에 볼모로 잡혀 있던 왕자의 머릿속에서 보호와 사랑의 손길로 다가오던 바이욘느의 귀부인은 잊혀지지 않을 구원(久遠)의 여인상이 되어 남았다. 후일 프랑스로 돌아온 소년왕자는 그의 첫번째 기사(騎士)경기에 나가기 선 디안느의 무릎 앞에 와서 검은색과 흰색의 수건을 바치며 충성을 맹세했다. 이 흑백색은 이제 막 남편을 잃은 디안느의 상복 색이었는데, 디안느의 'D' 자 두 개가 서로 맞붙어 반달을 그리는 앙리 2세 왕의 문장(紋章)과 함께 이들 두사람의 사랑을 상징하는 영원한 표시로 남게 될 것이었다.

　　그러나 1533년 태자로 책봉된 앙리 2세는 교황 클레멘트의 주선으로 유명한 메디치 가(家)의 카트린느 드 메디치와 결혼, 이로써 두

사람의 사이는 끝나는가 싶었지만, 사실은 이제 바야흐로 본격적인 사
랑이 시작되려는 참이었다. 결혼식에서 앙리 2세가 입은 예복에는 디안
느의 상징인 D자가 자욱이 수놓여 있었다. 이때부터 디안느의 침실로
찾아드는 청년은 지난날의 어린 기사가 아니라 연인의 자격을 갖춘 후일
의 프랑스 왕 앙리 2세였다. 디안느는 처음으로 사랑이 참으로 사랑임을
경험했다. '장사꾼의 딸'이라는 별명이 붙은 카트린느 드 메디치 왕비는
결혼 즉시 그늘 속으로 물러앉고, 왕의 총애를 받은 디안느 드 푸아티에
의 독무대가 20여 년 동안 계속된다. 디안느는 미모를 겸한 총명하고 결
단력 있는 여자였다. 내성적이고 신경질적이며 괴팍한 왕 앙리 2세에게
디안느는 너그러운 모성애와 이해와 참다운 충고의 표상처럼 보였다.
이같이 충실한 왕의 총애에 힘입어 광대한 슈농소 성을 선물받고 그 드
넓은 정원을 꾸미고 셰르 강 양안을 잇는 대대적인 교량을 건축하고 그
위에 성을 확장하였으며 루앙의 대사원 안에 망부 루이 드 브레제의 화
려한 무덤을 마련하는 일도 잊지 않았다.

　　　그러나 아네 성은 애인 앙리 2세의 선물이 아니라 남편 루이
드 브레제에게서 물려받은 것이었다. 이 성은 1445년 루이의 조부 피에
르 드 브레제가 당시의 왕 샤를르 3세에게서 하사받은 영지에 세워졌다.
1531년 루이가 사망한 후 총명하고 예술적 안식이 높은 디안느는 1546
년에 와서 성 주변의 땅을 매입하고 당대의 대건축가 필리베르 드 로름
을 기용, 가장 개성적이면서도 혁신적인 성으로 개축했다. 그러나 오늘
날 남은 것은 화려한 정문과 귀빈정 왼쪽의 성당 왼쪽 날개건물뿐이다.

슈농소 성

사랑의 징표로 왕에게서 하사받은 슈농소 성에서 가장 화려
한 시절을 보낸 디안느 드 푸아티에 전성시대의 이면에는 물론 그 사치
와 큰 성의 건축비를 부담하는 무고한 백성들의 피땀이 서려 있다. 성당
의 종탑 한 개당 당시의 화폐 20파운드씩을 징수한 무거운 세금을 축냄
으로써 그 재원이 충당되었던 것이다. "왕은 나라 안의 모든 성당의 종들
을 애마의 목에 걸어 장식하였도다"라고 라블레는 신랄하게 풍자하기를
잊지 않았다. 디안느에게 바쳐진 이 잔혹한 총애를 가슴 아프게 지켜보

고 있던 사람들은 백성들뿐만이 아니었다. 저 유명한 로랑 르 마니피크의 증손녀로서 토스카나를 주름잡던 메디치 가에서 시집와서 왕비의 자격을 그늘 속에 묻어둔 채 고통과 시름의 세월을 보내고 있던 카트린느 드 메디치가 앙갚음을 할 수 있는 날이 마침내 왔다. 1559년 앙리 2세가 기마경기에서 몽고메리의 창에 맞아 쓰러지고 만 것이다. 왕이 신음하고 있는 동안 카트린느 드 메디치는 디안느에게 사람을 보내어 왕이 선물한 패물들의 반환을 요구했다. 사자를 보자 디안느는 창백해졌다. 왕이 운명했단 말인가? 그러나 방문의 이유를 안 그녀는 "그가 죽고 나의 모든 것이 죽어버리거든 다시 오라"고 말했다. 창문에 서서 왕의 장례식을 지켜보며 디안느는 패물을 전해 보내고 슈농소의 화려한 성도 물려주고 대신으로 받은 쇼몽 성에 들르는 듯 마는 듯 여생을 아네 성에 돌아와 칩거했다.

　　7년 후인 1566년, 소용돌이치던 사랑의 세월을 돌아 망부가 물려준 아네 성의 구석진 거실에서 67세로 세상을 떠난 디안느 드 푸아티에. 그 아름다운 여인의 무너진 사랑이 이제 짖지 않는 저 개들과 하늘을 물끄러미 쳐다보는 사슴의 무심한 시선으로 여름 정오를 떠받들고 있다. 집 앞에는 쓰러져버린 역사 위에 빨간 장미꽃들이 더욱 싱싱하게 꽃잎을 활짝 연다. 프랑스의 도처에서 카메라를 메고 찾아들어 붐비는 관광객들도 이곳에는 오지 않는다. 성문 앞 빈 카페에서는 어린 계집아이가 하품을 하며 내다본다. 성벽 위에는 두 개의 D자가 반달 모양을 그리며 포옹하는 앙리 2세의 문장(紋章) 돌장식 위에 노란 이끼가 끼어 있다.

누가 그랬던가 '영원한 사랑' 이라고? 영원한 것은 오직 돌과 청동과 푸른 하늘뿐이다.

저 이끼 낀 돌 속에 사랑의 혼이 서려 있을까? 그렇지 않다. 흘러가버리는 것, 먼지가 되어버리는 살, 무너져버리는 사랑의 철저한 무(無)—해묵은 돌들이 증언하는 것은 그런 것뿐이다. 모두가 무너지고 오직 화려한 대문만 남은 이 사랑의 성은, 그리하여 마땅히 하나의 폐허인 것이다. 폐허 위에 내리는 햇볕은 그래서 더욱 따뜻하다.

고전주의의 쓸쓸한 꽃

─ 멩트농 성

루이 1

루이 2

루이 3

루이 4

루이 5

루이 6

루이 7

루이 8

루이 9

루이 10

루이 11

루이 12

루이 13

루이 14

루이 15

루이 16

루이 17

그 다음에는 아무도 없고 끝이다.

어떻게 된 사람들이기에

20까지도 다 셀 줄 모르게

생겨먹은 것일까?

프레베르는 그의 풍자적인 시 「멋진 가문(家門)」에서 이렇게
노래했다. 산술능력이 짧은 바로 이 가문에서, 그러나 세계사는 절대왕
권의 가장 전형적인 구현을 위하여 루이 14세를 낳았었다. 지금도 이 지
구상의 많은 어린이들이 세계사의 교실에 앉아서 프랑스 혁명을 배우기
전에 반드시 "짐은 곧 국가다"라는 말을 감히 입에 담았던 '태양왕(太陽
王)'의 이야기를 듣게 된다. 1665년 봄 파리의 의회가 회동하여 왕의 정
책을 비판하는 도중 사냥복 차림에 말채찍을 손에 든 채 뛰어들어온 스
물일곱 살의 루이 14세는 일체의 토론을 금지시켰다. 의회 의장이 지금
국사를 토론하는 중이라고 항의하자 왕은 "국가는 바로 나 자신이다"라

고 대답했다. 신의 전능을 땅에 구현한다고 자처하는 이 정력적이고 잘생긴 청년 왕, 바로크 전통이 풍미하는 유럽 속에 프랑스 문화사의 황금시대인 고전주의의 꽃을 피게 한 절대권력의 루이 14세는 그러나, 첫번째 결혼에 있어서는 범부(凡夫)보다도 훨씬 더 비참했다. 피레네 조약의 강요에 의하여 얻은 왕비, 스페인의 마리 테레즈는 검은 반점이 여기저기 나 있는 추악한 치아에다가 입에서는 마늘 냄새가 풍겼고, 작고 심각한 얼굴에 튀어나온 턱과 입술, 밑으로 처진 두 볼, 유리를 끼운 듯한 두 눈은 '어리석음과 덕망' 으로 가득 차 있었다. 요컨대 '왕비로 분장한 부엌데기' 라고들 불렀던 전체적 인상. 루이 14세의 요란한 염문과 외교정책의 어떤 방향 결정 뒤에는 이 추악한 왕비에 대한 혐오가 큰 역할을 담당했다.

이리하여 왕비를 저리 비켜놓고 왕의 주위에는 많은 미녀들이 거쳐갔다. 최초의 정열을 바친 그의 형수 앙리에트, 그 다음에는 16세의 궁녀 루이즈 드 라 발리에르, 그러나 이 어린 미녀의 아름다움도 네 번의 출산을 거치고 난 뒤에는 쉽사리 시들었다. 육체적인 아름다움이 이렇게 쉬 허물어지는 것을 본 왕은 총명한 마담 드 몽테스팡에게로 기울어졌다. 이리하여 프랑스 궁정은 한때 마리 테레즈, 라 발리에르, 몽테스팡 세 사람의 경쟁적 '왕비' 들이 같은 마차를 타는 광경을 목격하기도 했다. 마침내 이 질투심 많고 지배욕이 강하고 특히 낭비가 심한 몽테스팡 부인도 '하느님을 섬기기 위하여' 베르사유를 떠나지 않으면 안 되었다. 그후에도 왕의 여성편력은 계속되었다. "궁정에서 총명하고 아름다운 여자치고 왕의 정부(情婦)가 되고자 하는 야심을 가지지 않은 이는 없다. 결혼을 한 여자건 처녀건, 왕에게 사랑받는 것이 남편에게도 아버지에게도, 심지어 하느님에게도 죄스러울 것이 못 된다고 생각했다. 그러니 그를 유혹하는 데 여념이 없는 이 많은 악마들에게 둘러싸인 왕이 실수를 한다 해도 너그러이 생각할 일이다. 그러나 참으로 어이없는 일은 그런 여자들의 가족, 부모, 심지어는 남편까지도 그런 사실을 자랑으로 여기는 점이다"라고 프리미 비스콘티는 지적했었다.

그러나 마침내 왕이 이 기나긴 편력을 거쳐 진정한 사랑을 발견하는 때가 왔다. 그것은 몽테스팡 부인 소생의 아이들을 돌보는 멩트농 부인의 출현이었다. 가정교사에 불과했지만 교양과 덕망을 겸비했던 이 부인은 프랑스 문학사와 무관하지 않다. 프랑수아즈 도비네라는 그녀의 본명이 말해주듯이 그녀는 용맹한 신교도의 맹장이며, 다른 한편 바로크 시대 참여문학의 꽃이라 할 수 있는 「비창곡(悲愴曲)」과 연애시집 『봄』의 저자인 시인 아그리파 도비네의 손녀이다. 그녀의 아버지가 감옥살이 끝에 세상을 떠나자 고아가 된 프랑수아즈는 고모의 손에서 자라났다. 가난한 생활에 지친 나머지 저 고독한 수도원 생활을 피하기 위하여 불과 열여섯 살 때 이십오 년이나 연상인 불구자 시인 스카롱과의 결혼을 선택했다. 그는 쾌활하고 자유분방하며 『뷔를레스크 시집(詩集)』, 희극 『우스운 이야기』 등을 쓴 당대의 인기 있는 문인이었지만 등이 굽은 꼽추였다. 미모와 총명을 겸하였으나 '여자가 되어본 일도 없이 과부가 된' 스카롱 부인은 주위의 많은 청에도 불구하고 재혼을 거부하

멩트농 부인의 초상

고 궁정의 아이들 교육에만 전념했다. 루이 14세가 그 여자를 처음 만났을 때 그녀는 이미 덕망 있고 신앙심이 깊은 40세의 부인으로 아름다움은 바야흐로 원숙한 경지에 들고 있었다. 왕의 방문이 잦아지자 그 여자 역시 다가오는 사랑의 발소리를 듣고 가슴이 방망이질쳤지만 궁정에서 값싸게 팔리는 왕의 노리갯감이 되는 것을 원하지 않았다.

그녀는 모두를 갖거나 모두를 포기하거나 둘 중에서 하나를 선택하고자 했다. 어느 날 마침내 그녀가 몸을 허락한 것은 왕의 사랑을 확신했기 때문이다. 마침내 1683년 왕비 마리 테레즈가 그 설움 많은 일생을 마치자 왕은 곧 멩트농 성으로 스카롱 부인을 부르러 보냈고 이듬해 베르사유 궁에서 비밀리에 결혼을 했다. 이리하여 프랑수아즈 도비네는 50세에 47세의 태양왕에게 참으로 총애받는 왕비가 되었다.

베르사유에서 10번 국도를 따라 내려가면서 샤르트르 쪽으로 26킬로미터, 다시 오른쪽으로 돌아 96번 지방도로를 따라 22킬로미터를 더 가면 북쪽 아네 성에서 내려오는 지방도로 9번과 만나는 지점, 외르 강 계곡의 조그만 마을 멩트농에 이르게 된다. 이 작은 마을 광장에 도착하는 즉시 아름드리 나무들이 하늘로 뻗고 있는 곳에 성문이 보이고 방문객은 성의 후면을 통하여 귀빈정으로 들어가게 된다. 루이 14세의 문장(紋章)이 새겨진 프랑스 식 잔디밭과 꽃들을 에워싼 돌과 붉은 벽돌의 르네상스 식 멩트농 성은 12세기에 처음 지어졌던 것이나 지금 왼쪽에 남아 있는 사각의 탑을 제외하고는 1509년 루이 12세의 재무상이던 장 코트로에 의하여 개축된 것이다.

아직은 멩트농 부인이 몽테스팡 부인 소생인 아이들의 가정교사였던 시절에 그녀를 위하여 루이 14세가 이 성을 매입하여 하사했다(1674년). 비록 후일 강력한 영향력을 지닌 태양왕의 왕비가 소유주로 되긴 했지만, 이 성은 멩트농 부인의 어둡고 불행한 이린 시절과 도덕적이고 근엄하였던 만년과 어울릴 만큼 쓸쓸하고 엄격하고 차갑다. 멩트농 부인이 왕비가 되고 난 후인 1684년 보방 원수(元帥)와 수학자 라 이르는 이 성 앞으로 흐르는 외르 강물을 장장 50킬로미터나 떨어져 있는 베르사유까지 육교를 통하여 끌어들이고자 거대한 돌다리 수로공사를 시작하였다. 그러나 전쟁으로 이 대역사는 중단되었다. 그렇긴 하나 왕족도 재상도 장군도 일체 간섭을 할 수 없었던 루이 14세에게 유일하게

멩트농 성

영향력을 행사할 수 있었던 이 제2왕비의 권능을 상징하기라도 하듯 성의 드넓은 정원 저 끝 강물 위에는 지금도 300년 전에 중단된 돌다리의 드높은 아치가 치솟아 있다. 1688년 루이 14세는 이 성을 중심으로 한 지역을 멩트농 공작 영지로 지정했다.

아름다운 여자의 유혹에 오래 지탱할 줄 모르던 왕도 멩트농 부인을 왕비로 맞아들인 이후에는 일체의 정부를 가질 수가 없었다. 자존심이 강하고 도덕적인 부인은 베르사유를 지극히 복잡한 의전(儀典)의 궁으로 만들고 완고한 규율의 속박 속에 가두어놓았다. 1715년 왕이 사망하자 베르사유를 떠나 멩트농에 와서 칩거하던 왕비는 마침내 저 유명한 생 시르 여학교를 창설하여 귀족의 딸들을 교육하는 데 헌신했다. 80대의 노후(老后)로서 만년의 4년을 이 귀족 집안 딸들의 엄격한 교육을 위하여 바친 멩트농 부인은 생 시르 수도원 학교의 성녀로 존중되었지만, 멀지 않아 역사는 프랑스 대혁명을 가져왔으니, 20을 채우지 못한 루이 왕가와 함께 드높은 벽에 둘러싸인 고풍의 여학교도 종말을 고했다.

지금은 외르 강, 죽은 늪처럼 고인 채 흐르지 않는 듯한 외르 강가에, 생 시르 여학교의 근엄한 전통을 밑받침하던 저 긍지, 가난한 어린 시절을 끊임없이 지탱해주던 저 오만, 육체의 아름다움에 실망한 태양왕의 시선을 끌게 했던, 그리고 그 왕으로 하여금 이 여자를 기나긴 일생 동안 존중하지 않을 수 없게 했던 저 긍지와 오만처럼, 그러나 고독하게 햇빛 속에 서 있는 멩트농 성은…… 전혀 화려하지도 즐겁지도 않다. 성관(城館) 안에 걸려 있는 부인의 초상은 어둠에 잠겨 있고, 무거운 휘장이 내려진 저 거대한 회의실과 침실들은 무덤 속 같다. 기하학적인 잔디밭의 꽃들은 생 시르의 여학생들처럼 예절 바르고 답답하게 핀다. 장 라신느가 바로 그 여학생들을 위하여 극『에스테르』와『아탈리』를 쓰면서 체류했다는 멩트농 성에 오늘은 푸른색이 지배적인 초현실주의풍의 그림을 그리는 지방 화가들의 전람회가 열리고 있다. 초현실주의와 고전주의 사이에는 저녁 바람에 쓸리는 붉은 성 하나가 우뚝 서서 저무는 해를 바라보고 있다. 300년 전의 바람은 이보다도 훨씬 더 써늘했으리라.

잃어버린 시간을 찾아서
—프루스트의 콩브레

　　대부분의 식자(識者)들은 마르셀 프루스트에 대하여 사실 아는 바가 별로 없다. 그의 소설은 너무 방대하고 그의 구문은 너무 복잡하고 길고 정치하기 때문이다. 그러나 그들은 프루스트가 제임스 조이스와 함께 20세기가 낳은 가장 위대한 작가임을 부정하지는 못한다. 깨알 같은 활자가 찍힌 500여 페이지의 책으로 무려 일곱 권이나 되는 대하소설 『잃어버린 시간을 찾아서』를 써 내놓은 이 작가에 대하여 프랑스 문학사는 물론 서양소설사는 가장 커다란 공간을 할애한다. 대하소설이라면 발자크, 졸라, 20세기에 와서는 마르텡 뒤 가르, 쥘 로멩, 조르주 뒤 아멜을 우리는 알고 있다. 그러나 죽음과 경쟁하며 코르크 방음장치가 된 방 속에 묻힌 채 허물어진 시간의 저 심연 속으로 내려가서 오직 예술이

제공하는 동력과 열정을 바탕으로 위대한 성을 쌓아올린 프루스트의 집요한 투쟁을 구체적으로 알고 있는 사람은 몇이나 될까? 『잃어버린 시간을 찾아서』는 단순히 그 볼륨에 있어서만 방대한 대하소설이 아니다. 한 페이지의 첫 줄에서 시작된 하나의 문장이, 독자에게 단 한순간 숨돌릴 여유도 주지 않고 다음 페이지에 가서야 끝나는 숨가쁜 문장구조는 프루스트 특유의 호흡이며, 대사원과도 같은 소설구조와 직결되어 있는 것이지만, 그것을 읽고자 하는 독자에게는 그만큼의 어려움을 강요하는 것이기도 하다. 그러나 프루스트를 소개하는 짧은 글이라도 읽어본 사람이면 이 거대한 언어의 성을 단편적으로나마 투영해주는 저 유명한 마들렌느 과자, 한 잔의 차, 그리고 콩브레라는 소읍과 관련된 에피소드를 반드시 기억할 것이다.

나의 잠자리의 연극과 드라마 이외에는 아무것도 콩브레로부터 더이상 남아 존재하지도 않게 된 지 벌써 수년이 지난 어느 날, 내가 집으로 돌아왔을 때 어머니는 추워하는 것을 보고 내 여느 때의 습관과는 달리 차를 좀 마시라고 했다. 나는 처음에는 싫다고 했다가 무슨 까닭에서였는지 생각을 바꾸었다. 어머니는 전복 조개의 홈이 파진 껍질 속에 박아서 찍어낸 듯한 프티트 마들렌느라고 불리는 길이가 짧고 볼록 나온 과자를 가져오게 했다. 음울하게 보낸 하루와 쓸쓸한 내일에 대한 예상으로 마음이 짓눌려 있던 나는 곧 기계적인 동작으로, 마들렌느 과자를 적셔 녹인 차 한 숟가락을 입술로 가져갔다. 그러나 과자조각이 섞인 그 한 모금이 혓바닥에 닿는 순간 나는 전율하면서 나의 내부에서 일어난 범상치 않은 그 무엇에 바짝 긴장하게 되었다. 무슨 까닭에서인지도 알 수 없는 어떤 감미로운 기쁨이 분리되어 나와서 나를 엄습했다. 그것은 마치 사랑이 그렇게 하듯, 인생의 우여곡절들을 무의미하게 만들고 삶의 재난들을 무해하게 하고 그 덧없음을 착각인 것처럼 만들어주면서 내 속을 귀중한 실체로 가득 채워주었다. 아니 그 실체가 나의 속에 가득 차는 것이 아니라 그 실체가 바로 나 자신이었다. 나는 더이상 자신이 보잘것없고 덧없고 반드시 죽어야 하는 존재가 아니라고 느끼게 되었다. 이 강력한 기쁨은 어디서 온 것일까? 나는, 그것이 차와 과자의 맛과 관련이 있지만 그것을 끝없이 초월하는 것이며 그 맛과는 같은 본질이 아니라는 것을 느꼈다. 그것은 어디서 오는 것일까? 그것은 무엇을 의미하는 것일까? 그것을 어디서 포착한단 말인가? (……) 내가 찾고 있는 진실은 차 속에 있는 것이 아니라 나의 내부에 있다는 것이 확실했다. 차는 그것을 일깨웠지만 그 진실을 알지는 못한다. (……) 분명, 내 속 깊숙이에서 꿈틀거리는 것은 그 맛과 결부된 채 나의 표면에까지 그 맛을 따라 올라오려고 애쓰는 시각적인 어떤 이미지나 추억이다. (……) 갑자기 그 추억이 떠올랐다. 그 맛은 바로 콩브레에서 일요일 아침 내가 인사를 하기 위하여 그의 방으로 찾아갔을 때 레오니 아주머니가 보리수 차에 적셔서 준 마들렌느 과자의 맛이었다. (……) 그러나 사람들은 죽고 사물들은 파괴되고 난 뒤

오랜 옛 과거로부터 아무것도 남지 않게 되었을 때 더 연약하지만 더 생생하고, 더 비물질적이지만 더 집요하고 더 충실한 냄새와 맛은 마치 영혼과도 같이 모든 다른 것의 폐허 위에 아직 오래도록 남아서 과거를 기억하고, 기다리고, 희망하고, 거의 손에 잡히지도 않는 그 맛과 냄새의 자디잔 방울 위에 추억의 엄청나게 큰 성을 꿋꿋이 세워 받치고 있는 것이다.

짧은 글 속에 삽입된 이 기나긴 인용을 독자들은 용서하라. 그러나 이 자상하고 아름다운 형이상학의 시가 없다면 단지 호기심 많은

프루스트의 초상

동방의 한 여행자에 지나지 않는 나의 몇 줄 글이야 무슨 의미가 있으랴. 샤르트르 대성당을 지나서 다시 북 프랑스로 올라가기 전에 내가 잠시 머문 곳은 이 한 잔의 차 속에 들어앉아 있는 거대한 언어의 성, 콩브레였다.

레오니 아주머니 집의 층계

　　파리 의과대학의 저명한 교수였던 그의 아버지는 바로 이곳에서 태어났다. 프루스트는 매년 아버지의 고향에 가서 여름을 보냈는데, 이곳이 바로 『잃어버린 시간을 찾아서』의 첫 권 「스완네 집 쪽으로」의 막을 여는 콩브레이다. 사실 이 소읍의 실제 명칭은 '일리에'였는데 프루스트가 태어난 지 100년이 되는 1971년부터는 행정명칭을 '일리에 콩브레'라고 바꿨다. 상상이 현실을 모방하는 것이 아니라 현실이 상상을 모방하는 감동적인 예를 여행자들은 이곳에서 기억해두어야 마땅하리라.

　　소설 속 한 잔의 보리수 찻잔 속에 생생히 살아 있던 레오니 아주머니는 실제로 프루스트의 아주머니로서 일리에 광장에서 불과 20미터 떨어진 고옥(古屋)에 살다가 사망하였고 소설에서 그리도 시시콜콜히 그려 보이는 모든 소도구를 간직한 그 집은 지금도 고스란히 남아 프루스트 박물관으로 길이 보존되고 있다. '스완'이 방문하는 날마다 '삐걱거리는 층계'를 어둠 속으로 올라가 혼자 잠을 청해야 하는 어린 '마

레오니 아주머니의 방

르셀'의 고통을 달래주던 '마법의 램프'도 마르셀의 방 속에 그대로 놓여 있고 아래층 살롱의 '거대한 램프'도 그대로 걸려 있다. 이층에 있는 레오니 아주머니 방에 들어가면 "다른 한편에는 창문과 나란히 기대어 놓인 그의 침대"가 있지만 창문을 통하여 "눈 아래 길을 내려다보며 아침부터 저녁까지 무료함을 달래기 위하여 페르시아의 왕자들처럼 콩브레의 일상적이며 그러나 잊을 수 없는 자질구레한 일들을 차례로 읽어내던" 레오니 아주머니나, 또 그와 함께 그 일들에 주석을 달던 가정부 프랑수아즈는 이제 없다. 다른 한쪽에는 '레몬 나무로 짠 노란색 장과 테이블'이 놓여 있고 레오니 아주머니가 살아 있을 때와 똑같이, 소설 속에서와 똑같이, 비쉬 셀레스틴느 광산수 병, 미사에 쓰는 기도서, 보리수 찻잔, 마들렌느 과자가 놓여 있다. 마치 이제라도 마르셀이 외출에서 돌아오면 뜨거운 차가 부어지고…… 마들렌느 과자 부스러기가 그 속에 적셔지고…… 문득 그 감미로운 기쁨이 내부에서 꿈틀거릴 듯이……

문을 열고 뜰에도 나가보았다. 거의 100년이 지났는데도 뜰의 쇠탁자는 그대로 있고 대문의 방울은 문이 열릴 때마다 '스완'의 시절처럼 딸랑거린다. 비본느 개울물을 따라 오솔길을 걷다보면 어느새 마을 밖으로 나온다. 거기에 마르셀이 어린 시절에 뛰놀던 프레 카트랑 공원이 있다. 프루스트의 집에서 마을 뒤쪽으로 작은 다리를 건너 5분만 걸어가면 오른쪽에 생목 울타리가 보인다. 인적이 없는 그 공원에는 꽃들이 만발하고 새들이 지저귄다. 프랑스에서는 보기 힘든 영국식 공원이다.

그러나 호기심만 가득하나 상상력이 결핍된 범속한 관광객들이여, 아마도 우리가 찾아가보아야 할 참다운 프루스트의 성은 콩브레에도, 박물관이 된 그 어느 방에도, 프레 카트랑에도, 페르 라셰즈에 있는 프루스트의 묘지에도 있지 않다는 것을 알아야 한다. 콩브레를 거쳐서 우리가 참으로 찾아가야 할 성은 바로 이 위대한 예술가가 쌓아놓은 언어의

프루스트(1871~1922), 1902년 사진

일리에 콩브레에 있는 프레 카트랑 공원

성 『잃어버린 시간을 찾아서』 속에 우람하게 솟아 있다. 그곳에 놓여 있는 한 잔의 찻잔 속에 보이지 않는 저마다의 '잃어버린 시간' 의 성을 찾아서, 사람들이여, 커튼을 내리고 정다운 등불을 켜고 이제는 스스로의 영혼 깊숙한 곳으로 떠날 시간이다. 상상력의 성을 찾아가면 "우리들 정원에 핀 모든 꽃들, 스완 씨의 뜰에 핀 꽃들, 비본느의 연꽃들, 마을의 선량한 사람들, 그들의 작은 집들, 교회, 모든 콩브레, 그의 교외, 그 모든 것들이 견고한 형태를 갖추고 마을과 정원이 되어 내 찻잔 속에 솟아나오기" 때문이다. 참으로 멀리 떠날 수 있는 겨울밤의 등불 앞에 앉은 사람들이여. 성은, 프루스트의 성은, 당신의 성은 땅 위에도 지도 위에도 여행기 속에도 있지 않고, 고요한 당신의 정신 속에 문득 감미로운 기쁨의 진동을 일으키며 꿈틀거리는 저 싱싱한 과거, 다시 사는 과거, 현재보다도 더욱 확실한 '되찾은 시간' 바로 그것임을 이제 알 것이다. 쉬 허물어지나 언제나 다시 솟아나는 프루스트의 성을, 언어의 성을 찾아 이제 당신이 떠날 차례다.

고독하고 위대한 풍경
― 샤토브리앙의 콩부르 성

콩부르 성

브르타뉴의 노한 파도가 생 말로의 낡은 집들의 돌벽을 뒤흔들어놓던 1768년 9월 4일 프랑수아 르네 드 샤토브리앙은 반쯤 죽은 아기로 세상에 태어났다. 몰락한 브르타뉴 대귀족의 후예로 태어나 약탈과 노예상인으로 재빨리 치부한 아버지 르네 드 샤토브리앙은 1761년에 이미 그의 꿈을 실현하여 그 가문의 명예에 걸맞은 콩부르 성과 그에 따르는 백작 칭호를 사들였다. 프랑스 혁명이 일어났을 때 나폴레옹, 마담 드 스탈과 더불어 20대를 맞게 될 미래의 대작가 샤토브리앙의 이름은 콩부르 성과 뗄 수 없는 관계로 세상에 알려져 있었지만,

콩부르 성

사실상 그가 처음 이 성과 대면하게 된 것은 아홉 살 때였고, 막내였던 그는 아버지가 세상을 떠난 후 그 성을 상속받지도 못했다. 시륜마차를 타고 생 말로로부터 처음 콩부르에 도착하여 성문을 지나 푸른 잔디가 깔린 드넓은 영국식 뜰을 통과한 후 아홉 살의 샤토브리앙이 목도한 '쓸쓸하고 준엄한' 이 중세 성의 거대한 덩어리는 '석양에 비추어진 거목 숲 속으로 솟아오르고 있었다.' 네 개의 성탑들이 총안(銃眼)들 위로 '마치 고딕식 왕관 위에 놓인 보닛 모자 같은' 지붕들을 쓰고 하늘로 치솟고 드문드문 난 몇 개의 창문들이 겨우 얼마간의 빛을 두꺼운 벽 속으로 받아들이고 있는 이 성은 아름답고 음산하며 끔찍했다.

이 성 속에서 샤토브리앙은 거센 바람 소리 같은 어린 시절의 수년을 전설이나 무서운 옛날얘기처럼 보냈으며, 이 성 속에서 19세기 불문학의 고아하고 비극적이며 명예로운 추억과 환상과 꿈을 건축하였다. 말없고 무시무시한 아버지는 허연 망토를 입고 유령처럼 춥고 넓은 거실을 왔다갔다했다.

그가 왔다갔다하면서 벽난로에서 멀어져가면, 그 드넓은 거실은 오직 한 자루의 촛불로 밝혀졌기 때문에 그의 몸은 보이지도 않게 되었다. 오직 어둠 속에서 그의 발걸음 소리만이 쿵쿵 울려왔다. 그리고 다시 그가 빛 쪽으로 되돌아올 때면 흰 외투, 흰 모자, 길고 창백한 얼

프랑수아 르네 드 샤토브리앙(1768~1848)의 초상

굴이 유령처럼 조금씩 드러나 보였다. 그가 거실의 저쪽 끝에 이르면 막내누이인 뤼실과 나는 낮은 목소리로 소곤거렸다. 그가 우리들 쪽으로 가까이 걸어오면 우리는 입을 다물었다. 그는 지나가며 '무슨 이야기를 하고 있었지요?' 하고 말했는데, 우리는 겁에 질려 아

무 대답도 못 했다. 남은 반 시간 동안 우리들 귀에는 오직 그의 발걸음 소리와 어머니의 한숨과 바람 소리만이 들릴 뿐이었다.

밤 열시가 둔탁하게 치면 아버지는 발걸음을 멈추었고 시계를 꺼내본 후 은촛대를 들고 서쪽 성탑을 둘러보고 나서 다시 돌아왔다가 작은 동쪽 성탑에 있는 침실로 물러났다. 그가 지나갈 때 뤼실과 프랑수아는 밤인사의 키스를 했고 그는 대답도 없이 어둠 속으로 사라졌다. 그때야 프랑수아는 겁 많고 미신적인 어머니와 누이를 위하여 묘혈과 같은 성의 어둠 속에서 그들의 방과 침대 밑과 문 뒤를 골고루 살펴보아야 했다. 과연 이 성의 역사는 무시무시한 이야기들로 가득 차 있었기 때문이었다. 이미 3세기 전에 죽은 콩부르 성의 어떤 백작이 밤이면 출현한다는 무서운 이야기…… 그 유령은 이따금씩 바로 프랑수아가 자기 방으로 돌아가기 위해 밟고 가는 그 넓은 층계 위로 검은 고양이를 데리고 나무로 된 의족 하나에만 의지하여 걸어다닌다는 것이었다. 무서움에 떠는 막내아들에게 아버지는 다만 "귀인(貴人)이 무서움을 탄다는 말인가?" 하고 힐책할 뿐이었다. 이 성은 바로 우리가 '성'이라는 말과 함께 연상하는 모든 환상적 공간을 소유하고 있다. 수많은 좁은 복도, 비밀의 계단들, 좁은 창문들, 미로, 회랑, 캄캄한 밀실과 감옥, 탑의 지붕 밑 방, 지하실…… '도처에 침묵과 어둠과 돌의 얼굴뿐'…… 새들이 이 탑에서 저 탑으로 날고 바람은 신음 소리를 내고 문들은 광란하듯 삐걱거린다. 이곳에서 보낸 샤토브리앙의 가장 절망적이고 가장

열광에 찬 시절은 후일 프랑스 낭만주의의 모
든 환상에 볼륨과 기상을 부여하게 된다.

　해군이 되려다 실패하고, 왕을 알
현하여 궁중에서 화려한 경력을 쌓고자 하던
열정도 식어버리고, 마침내 육군의 장교가 되
기로 결정하던 날 그는 다시 콩부르에 돌아와
마지막으로 아버지와 작별했다. 반신불수의
아버지는 그에게 대대로 내려온 낡은 칼을 쥐
어주었고 그를 실은 마차는 성을 떠났다. "나
는 성 앞 연못 위의 길로 올라갔다. 나는 내 어
린 시절 제비들이 날던 갈대숲과 방앗간의 냇
물과 초원을 보았다. 나는 성 쪽으로 눈을 돌
렸다. 그때 나는 죄를 범하고 난 아담처럼 미
지의 땅을 향하여 나아가고 있었다. 세계는 내 앞에 있었다."

콩부르 성 아래, 마을 거리에 서 있는 샤토브리앙의 동상

　그러나 그가 참으로 '세계'로 떠나는 날은 그로부터 십오 년
후였다. 후일 낭만주의를 대표하게 될 소설 『아탈라』 『르네』 『기독교의
정수』를 낳게 될 신대륙으로 떠나던 날, 샤토브리앙은 다시 한번, 그리
고 마지막으로 콩부르에 돌아와 그의 영혼 깊이 뿌리박은 이 성의 무게
를 가늠한다. "오늘의 내가 이루어진 것도, 내 일생 동안 이끌고 다녀온
이 권태에 처음으로 전염된 것도, 나의 고통이요 나의 쾌락인 이 슬픔에
물든 것도 콩부르의 숲에서였다. 그곳에서 나는 내 가슴의 소리를 들을

줄 아는 다른 가슴을 찾아헤맸다. 그곳에서 나는 내 가족이 모이고 흩어지는 것을 보았다. 아버지는 그곳에 그의 이름이 복권되고 집안의 재산이 쌓이기를 바랐다. 시간과 혁명이 씻어간 또하나의 악몽. 여섯 형제 중 남은 사람은 셋. 형과 쥘리와 뤼실은 이제 없고, 어머니는 고통으로 돌아가셨고 아버지의 재는 무덤 속에서 파헤쳐졌다.” 프랑스 대혁명의 회오리바람이 휩쓸고 간 이 성과 영지를 하직하는 샤토브리앙 백작은 아메리카 대륙으로 떠나면서 폐허와 같은 그의 생애를 콩부르의 공간 속에서 조망한다. “혹 나의 작품들이 내 죽은 뒤에 남게 되고 내가 이름을 남기게 된다면 어느 날 내 『회고록』의 인도를 받아 어떤 여행자는 내가 그린 장소들을 찾아오리라. 그는 성을 알아볼 수 있으리라. 그러나 그 거대한 숲은 찾아도 찾아도 없을 것이다. 내 꿈의 요람은 사라져버렸다. 바위 위에 홀로 서 있는 성탑만이 그 종탑과 사귀고 폭풍으로부터 그를 보호하던 옛 친구들인 거대한 참나무숲의 죽음을 울고 있으리라. 그 성탑처럼 홀로 남은 나는 나의 어린 시절을 아름답게 해주고 나를 보호해주던 내 가문이 내 곁에서 쓰러지는 것을 보았나. 다행스럽게도 니의 일생은, 내가 젊은 시절을 보낸 성탑들처럼 견고하게 땅 위에 지어지지 않았다. 인간은 그의 손으로 세운 성만큼 폭풍에 견디지 못한다.”

　　그로부터 근 200여 년이 지난 오늘, 극동의 한 길손이 벌써 그 나름의 추억까지 지닌 채 이 근엄하고 끔찍하고 쓸쓸한 성문 앞에 도착했다. 5년 전 여름, 내가 이곳에 처음 왔을 때는 ‘초록의 뜰’ 안에 서 있는 거대한 목련나무의 푸른 잎새 속에 허옇고 큰 후박꽃이 무섭고 신비로운 비밀처럼 피고 있었다. 올해는 꽃이 어인 일로 한 송이도 피지 않았을까? 그때 그 목련꽃 앞에서 함께 사진을 찍었던 친구들은 뿔뿔이 흩어지고 소식이 없다. 프랑스 혁명이 다시 일어나지도 않았지만 지금은 사람들이 더 자주 흩어지고 쉬 사라지는 것인가? 샤토브리앙의 이름과 목련꽃 사이에 지금은 멀리 떠나버린 옛 친구들 얼굴을 떠올리며, 그때의 무작정 신바람 나던 웃음소리들을 떠밀며 나는 생 말로로 떠난다. 성벽으로 둘러싸인 고향 생 말로를 뚫고 바다로 개펄길을 따라가며 생각한다. 웃던 얼굴들, 노래하던 얼굴들, 그 얼굴들을 싣고 시간은 지금 어디쯤 헤매고 있을까? 도시 앞 바다 속에 떠 있는 섬, '그랑 베' 저쪽 절벽에 난 바다를 향하여 샤토브리앙의 무덤이 있다.

> 폭풍이 달려와 두드리는 바위는
>
> 팡테옹보다 낫다
>
> 죽은 자가 시인이라면
>
> 그 시인이 브르타뉴 사람이라면

샤토브리앙은 이렇게 바닷가 파도를 껴안으며 묻히고 싶어했다. 1847년 귀스타브 플로베르는 그의 무덤가에 와서 기록하였다. "그는 저 속에, 바다 쪽으로 머리를 두고 잠들리라. 암초 위에 세운 묘혈 속에. 그의 불후함은 그의 일생처럼 타인들이 비워두고 떠난 황량함이요, 폭풍으로 둘러싸인 위대함이리라. 수세기 세월과 함께 이 위대한 추억의

샤토브리앙의 바닷가 무덤

둘레에서 오래오래 파도는 노호하리라." 길손은 그 앞에서 아무 말도 하
지 않는 것이 좋다. 울부짖으면서도 태연하고 영원한 바다를 보며 길손
들은 다만 말없이 지나갈 일이다.

어머니의 편지
― 세비녜 부인의 레 로셰 성

19세기 샤토브리앙의 꿈 많고 비극적인 일생이 시작한 곳, 그리고 거센 파도를 부르며 막을 내린 생 말로에서 비트레를 향하여 남쪽으로 뚫린 길을 한나절이나 달리면, 문득 우리는 프랑스 문학사를 2세기가량 거슬러올라가서 레 로셰 세비녜 성에 당도한다. 비트레 시에서 지방도로 88번을 타고 가다가 숲속으로 뻗은 소로 위에서 문득 만나는 성의 표지판. 기나긴 담장을 끼고 한참을 돌아가야 비로소 세비녜 성은 단정하고 우아한 자태를 한눈에 드러낸다. 기나긴 서한문집(書翰文集)으로 17세기 프랑스 문학사에 또하나의 격조를 추가한 세비녜 부인의 문명(文名)은 패러독스로 가득 차 있다.

14세기 이래 무용(武勇)으로 이름을 떨친 부르고뉴의 명문에

레로셰 성

서 태어난 마리 드 라뷰탱 샹탈은 생후 일 년 만에 아버지를 잃고 일곱 살에 어머니를 잃어 고아가 되었다. 그러나 우리가 흔히 고아라는 말과 함께 연상하는 고통의 어린 시절과는 무관하게 그는 외삼촌인 필립 드 클랑지의 보호 아래서 행복하게 자랐고, 노래 춤 승마 문학 라틴어 스페인어 이탈리아어 등 폭넓은 분야의 교육을 모자람 없이 받았다.

부르고뉴 가문의 후광을 업고 파리에서 태어나 세련된 젊은 시절을 보낸 마리가 브르타뉴의 귀족인 앙리 드 세비녜와 결혼한 것은 또하나의 패러독스였다. '아내를 사랑하나 존중할 줄 몰랐고, 아내에게 존중받기는 했으나 사랑받지 못한' 앙리 드 세비녜는 후작으로 자처하였으나 사실은 매혹적이면서도 호전적이고 방탕한 남작에 지나지 않았다. 결투의 상대자를 죽이고 한때 망명의 길에 올랐던 마리의 부친과는 반대로 그는 정부인 마담 드 공드랑의 푸른 눈을 위하여 연적과 결투하여 25세의 총명하고 아름다운 아내를 과부로 남겨놓은 채 목숨을 잃었다. 그러나 '군자의 풍모란 찾아볼 길 없고, 파리에서도 가장 인자하며 정직한 아내의 가산을 탕진했을 뿐인' 이 바람둥이 남편은 아내에게 명예로운 '세비녜 후작부인'이라는 이름을 자신도 모르게 물려주게 되었고 『서한문집』과 후세에 널리 알려질 레 로셰 세비녜 성과 그리고 아들 샤를르와 특히 저 유명한 후일의 마담 드 그리냥이 될 딸 프랑수아즈를 남겼다. 부계사회에서 결혼이란 과연 기이한 것이어서 후일의 프랑스 문학사는 명문 라뷰탱 샹탈의 이름 대신에 다른 여자를 위하여 결투하다가 죽은 탕아 세비녜의 이름을 17세기 문학의 중요한 한 항목 속에 새겨 넣게 된 것이다.

그러나 세비녜 부인의 문명(文名)과 결부된 패러독스는 여기서 그치지 않는다. 사실 세비녜 부인이 살아 있는 동안 프랑스 문학과 관련된 것은 글의 필자로서가 아니라 다른 사람의 글 속에 등장하는 인물로서였다. 남편이 사망한 직후부터 세비녜 부인은 곧 당대의 이름난 시인 생 파뱅, 아리뉘, 몽트뢰유 등에 둘러싸여서 찬양받기 시작했고, 몽파셰양, 소설가 마담 드 라파예트, 스퀴데리 양 등과는 둘도 없는 친구였으며, 재상 푸케의 짝사랑을 받았다. 마담 드 라파예트는 그의 유명한 『초상집(肖像集)』 속에서 그 여자를 최고의 찬사와 함께 그리고 있으며, 스퀴데리 양은 그의 소설 『클레리』 속에서 "그 어느 누구도 이 여자처럼 허식 없이 우아하고, 지나치지 않으면서 명랑하고, 얽매이지 않으면서 청초하고, 교만하지 않으면서 영예롭고, 모질지 않으면서 덕망에 가득 차 있지는 못

하다"고 묘사하였다. 그러나 1669년 '프랑스에서 가장 아름다운 처녀'
인 딸 프랑수아즈 마르그리트 드 세비네가 그리냥 공작과 결혼하여 프로
방스의 국왕 대리관으로 임명된 남편의 임지로 떠나자 후일『서한문집』
의 대부분을 차지하는 80여 통의 편지가 쓰이기 시작했다.

> 그대가 내 반지를 받았듯이 착한 나의 딸이여, 나는 그대의 편지
> 를 받았습니다. 그 글을 읽으며 나는 눈물에 젖어버립니다. 가슴이
> 두 조각으로 갈라지는 듯만 싶습니다. 사실은 그 반대인 줄 알면서
> 도 그대가 내게 욕을 써보내는 듯싶고, 그대가 병들어 있는 듯싶고
> 그대에게 무슨 변이라도 난 것만 같으니 어인 일이오. 그리운 나의
> 아가여……

세비네 부인이 멀리 떠나 있는 딸을 그리면서 그의 회답을 안
타까이 기다리면서 끝도 없이, 때로는 가슴 찢어질 듯한 슬픔으로, 때로
는 꿰뚫어보는 듯한 마음의 눈으로 일상의 잡사를 운명의 모습에까지 끌
어올리면서, 때로는 재치 있게 때로는 모질게 써내려간 그 많은 편지들
속에는 세비네 성의 고적한 분위기, 그칠 줄 모르고 내리는 빗속의 우울,
드넓은 정원 속의 산책, 끝없는 기다림이 담겨 있다.
　　"시든다는 것이 무엇인지 아십니까? 내 그대에게 설명해주리
다. 시든다는 것은 이 세상에서도 가장 아름다운 것입니다. 시든다는 것
은 초원에서 즐겁게 웃으며 뛰놀다가 마침내 건초더미 속으로 되돌아가

는 것입니다." 프랑스에서 고등학교 졸업 자격시험을 준비해본 사람이면 누구나 기억하고 있을 저 『서한문집』 속의 자연에 대한 감정은 그러나 세비녜 부인의 생전에는 멀리 떨어진 딸 그리냥 후작부인의 편지첩에 고이 보관된 모정이었을 뿐이다. 그 편지들은 처음부터 세상에 공개되기 위하여 씌어진 것이 전혀 아니었다. 세비녜 공작부인은 그토록 불타는 정열을 바쳐 쓰는 자신의 편지들이 후일 '서한집'이 되어 문학사에 편입되기를 상상한 바도 없고 원한 바도 없다. 우리가 오늘날 그 『서한문집』 속에서 발견하는 문학은 바로 글이 자연발생적인 한 어머니의 진실을 투명하게 전달하는 목소리 자체이기를 바라는 목표로부터 생산된 것이다. 여기에 바로 세비녜 문학의 패러독스가 담겨 있다.

세상에 발표된 지 300년 동안 이 『서한문집』은 프랑스 문학사에서 가장 유명한 텍스트들 중 하나가 되어왔고 특히 역사가들에게는 인용문의 보물창고였지만 정작 하나의 완결된 작품으로 읽혀지는 일은 거의 없었다. 오늘날 우리가 세비녜 부인의 문학을 새로운 눈으로 읽을 수 있게 된 것은 마르셀 프루스트의 덕분이다. 프루스트는 '만인의' 세비녜 부인에 대하여 '내면의' 세비녜 부인을 대립시키면서 『서한문집』 속에서 샤토브리앙이나 프루스트 자신의 작품과 마찬가지로 잃어버린 시간을 되찾으려는 끈질긴 시도, 부재와 죽음에 대한 지칠 줄 모르는 승리의 절규를 발견해낸 것이다. 자신의 딸과의 헤어짐이라는 단순한 사건에서 출발하여 세비녜 부인은 오직 그 헤어짐의 삶을 글로 쓰기 위하여 산다. 그리하여 과연 그의 삶 자체가, 글쓰기 자체가 문학이 아닌가, 그 문학이 삶을 대신하는 것이 아닌가 하는 의문을 필연적으로 자아낸다. 그의 생활에 있어서 모든 것이 그녀를 글 쓰는 테이블로 떠민다. 그 테이블은 마음을 비우는 장소인 동시에 자아를 인식하는 장소였다. 격리의 장소인 동시에 대화의 장소였다.

그러나 여기에는 마지막 또하나의 패러독스가 첨가된다. 즉, 『서한문집』을 주의깊게 읽어본 독자라면 사실 세비녜 부인이 그토록 그리워하던 딸과 실제로 만났을 때 두 사람 사이는 그다지 원만하지도 행복하지도 않았음을 알 수 있다.

"내 가슴은 그대 곁에 있으면 휴식에 듭니다"라고 1673년 10월 5일에 쓰고 있지만, 사실상 그들 모녀간에는 확실한 거리감·부재(不在)·결핍만이 가장 절실한 의미의 '만남'을 가능하게 해주었으며, '편지'만이 실체감을 구현할 수 있었던 것도 사실이다. 따뜻한 융화감은 그 모녀가 수백 수천 리의 거리 속에 떨어져 있게 되면서 이루어진 것이다. 서한문 속의 세비녜 부인이나 서한문 속의 그리냥 부인은 그들 동시대 사람이 실제 목격했던 두 여자와는 사실상 또다른 인물이었는지도 모른다.

세비녜 부인은 1696년 4월 17일 70세로 딸이 살고 있는 프로방스의 그리냥 성에서 세상을 떠났다. "놀라운 결의와 숙명의 태도로 죽음과 대면한 강한 여자였다"라고 공작은 술회했다.

이제 그로부터 약 300년, 레 로셰 세비녜 성은 환한 브르타뉴의 햇빛 속에 단정하게 서 있다. 1737년 외손녀인 폴린느 드 시미안이 사망하자 대가 끊어진 세비녜 가와 그리냥 가의 두 성은 남의 손으로 넘

어갔지만 1670년 세비녜 부인이 손수 건축하게 한 아름다운 팔각의 기
도실, 성 안의 거실은 오늘도 긴긴 편지를 쓰면서 시름에 잠기던 저 자
존심 드높고 재기에 찬 부인의 기억들을 300년 전 모습대로 고이 간직
하고 있다.

사랑하는 나의 딸이여, 그대의 두 손 안에 놓이면 나의 편지들은
황금이 되지만 내 손에서 떠날 때면 나는 언제나 너무나 길고 너무나
많은 말로 가득한 듯 여겨져서 내 딸은 이걸 다 읽을 시간이 없을 거
야 하고 말하게 됩니다. 그러나 그대는 얼마나 내 마음을 깊이깊이
위안해주는지. 그대가 나에 대하여 하는 모든 말들을 믿어도 좋을지
모르겠습니다. 조심하십시오. 그런 칭찬과 동의는 위험한 것입니
다. 그러면서도 다만 세상의 다른 누구의 칭찬과 동의보다도 그대의
동의는 내게 가장 귀중한 것임은 틀림없습니다.

요한묵시록
— 앙제 성

그가 일곱번째 봉인을 열자 하늘에는 반 시간 동안이나 침묵이 깃들였다. 그리고 나는 하느님 앞에 선 일곱 천사를 보았다. 그들에게 일곱 개의 나팔이 주어졌다. 또다른 한 천사가 와서 황금향로를 가지고 제단 앞에 섰다. 그가 왕관 앞에 놓인 황금향로 위로 모든 성자들의 기도와 함께 바칠 많은 향을 사람들은 그에게 주었다. 향연은 성자들의 기도와 함께 하느님 앞에 있는 천사의 손에서 피어올랐다. 천사는 향로를 들어 제단의 불을 가득 담아 땅 위에 던졌다. 목소리와 천둥과 번개가, 그리고 지진이 일어났느니라. 일곱 개의 나팔을 가진 일곱 천사들이 나팔을 불 준비를 하였다. 첫번째 천사가 나팔을 불었다. 우박과 피 섞인 불이 땅 위에 쏟아지고 땅의 삼분의 일이 불타고 나무들의 삼분의 일이 불타고 모든 풀이 불타버렸느니라.

　　요한의 「묵시록」은 하늘의 분노를 이렇게 기록하고 있다. 앙제의 저 엄청난 성의 웅대한 자태는 문학이나 예술의 성이라기보다는 차라리 그 「묵시록」을 연상시키는 성이다. 천사가 신의 분노의 일곱번째 잔을 뒤집었을 때도, 앙제의 성은 그 바탕이 약간 울리다 말았을지도 모른다. 앙제의 성은 인간의 역사보다는 인간의 영혼 속에 뿌리 깊이 잠겨 있는 공포를, 그 공포의 신화를, 신의 분노를…… 그리고 무엇보다도 묵시록의 노여움을 모면하려는 인간 나름의 기획을 증언하고 있다. 최초로 6세기에서 9세기에 이르는 동안 앙제를 지배하던 주교(主敎)들이 지금의 앙제 성 자리를 차지하고 있었다. 그후 수세기 동안에 같은 자리 위에 여러 번 성과 교회가 서고 무너지고 불타고 다시 지어졌으나, 오늘날과 같은 거대한 규모의 성벽과 성탑이 이루어진 것은 12세기 초

중세의 요새

앙제 성

엽 성(聖) 루이 왕으로 알려진 루이 9세 때였다. 그후 15세기 후엽 성왕(聖王) 르네가 프로방스로 은거하기 전에 성을 다시 중수하고 머나먼 프로방스의 아름다운 꽃나무로 정원을 가꾸었고, 이이 루이 11세는 오늘날 볼 수 있는 바와 같이 성벽과 외부 사이를 차단하는 깊고 드넓은 수렁을 팠다. 그러나 1585년 마침내 종교전쟁이 앙주 지방을 휩쓸어오자 앙리 3세는 이 성을 허물어버릴 것을 지시하게 되었고, 오늘날 우리가 보는 바와 같이 지붕도 없는 엄청난 몸채만이 남게 된 것이다.

불규칙적인 펜타곤을 이루는 성의 둘레는 장장 660미터에, 멘느 강이 흐르는 쪽을 제외하고는 무려 열일곱 개나 되는 둥글고 우람한 성탑들로 둘러싸여 있다. 성탑의 벽은 흰 석회석과 검은 화강암을 번 갈아 쌓아올려 만든 것으로 그 겉모습 자체는 성의 규모와 더불어, 단순 히 인간세계에 있어서 몰려오는 외적을 막으려는 방비라기보다는 하늘 의 노여움으로부터 피난하려는 일종의 신화적인 규모를 보여주고 있다.

　　　중세 군사(軍事) 건축의 외관이 감추고 있는 저 은밀한 공포 의 자취, 세례 요한의 예언에서 태어난 그 공포의 흔적을 증명하려는 듯 이 성 안의 대규모 성당에는 장 방돌의 디자인을 따라 니콜라 바타유가 짠 저 유명한 묵시록 태피스트리들이 대대손손 물려와 보관되어 있다. 1367년 앙주의 루이 1세의 명에 의하여 무려 7년에 걸쳐 짜여진 이 방대 한 양의 태피스트리(애초에는 98개의 묵시록 장면을 묘사한 것이었는데 오늘날에는 그 일부가 손실, 파손되었다)가 500여 년이 지난 오늘날에도 당시의 화려한 색채 와 정교한 형상들을 간직하고 있으니, 이 웅대한 돌로 성을 쌓은 사람들 의 뜻이 어느 정도는 이루어진 것이라 해도 과언은 아닐지 모른다. 사막 의 요한이 만난 거대한 창녀가 바다에서 나온 일곱 개의 머리를 가진 짐 승의 등 위에 올라타고 있는 모습, 여섯번째의 나팔이 울리고 유프라테 스 강가에 묶여 있던 악의 정령들이 천사의 손에 의해 풀리자 한 떼의 말 을 탄 무사들이 밀려와 땅 위에 사는 인간의 삼분의 일을 말살하는 광 경…… 성 밖에서 어마어마한 돌덩어리의 성이 주는 묵시록적인 인상 은 성 안에 들어와서 훨씬 더 구체적으로 펼쳐진다. '나의 성벽은 영원한 것이니' 라고 복음서는 기록하고 있다. 이 성벽 안에 들어와 서면 그 말씀 은 더욱 깊이 들리는 듯하다.

묵시록을 표현한 태피스트리 — 세계 최고의 걸작품(14세기)

그러나 사진기를 둘러메고 한가히 찾아드는 관광객들의 손에는 성서보다는 관광안내서가 더 많이 들려 있다. 외적으로부터 보호받기 위하여 깊이깊이 파놓은 수렁은 오늘날 잘 가꾸어진 잔디로 뒤덮이고 기하학적인 모형을 따라 수놓은 듯 꽃 피워 단정한 정원, 그 사이에는 사슴떼들이 평화스럽게 뛰놀고 있다. 그리고 여름이면 이 성은 연극제의 노천무대로 쓰여진다.

컴컴한 지하실 벽을 자욱이 덮고 있는 묵시록의 태피스트리를 둘러보고 밖으로 나서니 성의 뜰 안에는 따뜻한 볕이 추억처럼 내린다. 문득 알베르 카뮈의 유명한 사진이 생각난다. 바바리 코트를 입고 마이크를 손에 든 채 한 손으로 앞을 가리키며 무어라고 말하고 있는 그의 사진—1953년 6월 바로 이 앙제 성의 뜰에서 연극 페스티벌이 한창일 때, 카뮈는 오랜만에 자신이 각색한 페드로 칼데론 데바르카의 〈십자가에의 신앙〉과 라리베의 〈귀신들〉을 직접 감독했었다. 오랫동안 떠나 있던 연극무대로 되돌아와 거대한 성벽으로 둘러싸인 이 뜰 안의 노천무대에서 마이크를 잡고 있는 1953년의 카뮈를, "하늘 아래 사는 못된 여자들 중에서도 가장 못된 여자 줄리아인 것을! 이제 내 죄를 천하에 고하였으니 이제 사람들은 내 속죄의 길이 되리라!"고 외치며 유세비오의 무덤 위 십자가를 안고 승천하던 줄리아, 아니 마리아 카자레스를 어떤 이들은 기억하고 있으리라. 그러나 땅 위의 덧없는 길손들인 인간 개개인의 머릿속에 담긴 그런 추억들도 하나씩 시간의 먼지 속으로 바스라지고 무너져내릴 것이다. 쉬 사라지는 것들 위에 하늘을 향하여 치솟아 있는 저 우람한 돌의 성은 바로 비인간적인 것의 철저한 무심(無心), 바로 그것의 승리를 증언하고 있는지도 모른다. 신도 없고 인간도 없는 저 침묵의 세계 속에도 성은 여전히 푸른 하늘을 머리에 이고 가만히 버티고 서 있을지도 모른다. 어떤 절대적 침묵의 시간이 오거든 문득 '성!'이라고 발음해보라. 세계처럼 우뚝 선 저 돌의 자태가 보일 것이다. 우리가 모두 사라지고 난 후에도 무너지지 않고 묵묵히 서 있을 성은 이리하여 우리를 참으로 절망하게 만들기도 한다. 그러나 인간들의 위대함은 요지부동의 성으로 쌓아올려진 절망의 무게, 바로 그것이 아닐까?

거인이 태어난 작은 집
―프랑수아 라블레의 라 드비니에르

소뮈르(발자크를 애독한 사람에게는 분명히 익숙한 지명)에서 루아르 강을 끼고 시농을 향하여 국도 751번을 타고 가는 범상한 여행자는 대부분 시농 못 미쳐 약 20킬로미터 지점에서 오른쪽으로 난 지방도로 117번쯤은 눈여겨보지도 않기 쉽다. 그의 머릿속에는 중세 프랑스의 역사책을 전설과 신화의 세계로 탈바꿈시켜놓는 잔 다르크의 모습과 함께 시농 성만이 관심의 표적일지도 모른다. 과연 18세 처녀로 단신 시농 성 안의 본당에 들어가 촛불 휘황찬란한 가운데 300여 명의 군신들 중에서 변장하고 있는 샤를르 7세를 한눈에 알아보고 "착하신 태자(太子)시여, 나는 처녀 잔입니다. 하늘의 왕의 명을 받고 나는 그대를 프랑스의 왕으로 등극시키기 위하여 왔나이다"라고 말하면서 그의 무릎에 입맞추었다는 잔

쇠이이에 있는 라 드비니에르

다르크의 행적으로 인하여 분명 시농 성은 매력 있는 역사의 유적임에 틀림없다.

그러나 100년 전쟁의 격동에 못지않게 현대정신에까지 뿌리 깊은 파문을 던지고 있는 또하나의 정신적 혁명의 요람이 시농 성 못 미쳐 지금은 조용히 잠든 저 들판 한구석에 수줍은 듯 숨어 있다는 것을 잊어서는 안 된다. 국도 117번으로 접어들어 몰레브리에 성의 폐허 조금

못 미쳐 오른쪽 언덕길을 따라 들어가면, 문득 해묵은 농가의 안마당 안으로 들어서게 되고 정면의 고풍스러운 건물 안에 매우 친절하고 웃음이 가득한 갈색머리의 청년을 만나게 된다. 여기가 바로 프랑스 르네상스의 가장 위대한 작가 프랑수아 라블레의 생가, 라 드비니에르이다.

마티스가 그린 라블레의 초상

　　　역사책 속에서 설명되고 있는 지리상의 발견, 새로운 과학정신, 인쇄술의 발명 들에 힘입은 인간의 개성과 자유의 확대 및 개화를 우리는 범상한 지식의 한 항목으로 무심하게 익히기 쉽지만 그것은 바로 어둡고 공포에 찬 중세로부터 헤어나와 새로운 세계를 향하여 눈 뜬 인간의 그 엄청난 충격과 감회 속에 복원시켜놓고 이해되어야 마땅하다. 오늘날 우리는 태양왕(太陽王)의 절대권력을 소유한 루이 14세가 관현악단을 동원해서야 비로소 들을 수 있었을 모차르트, 베르디를 불과 얼마 되지 않는 비용으로 손쉽게 들을 수 있게 되었듯이, 르네상스 시대의 인문주의자들이 문득 키케로나 세네카의 전집을 간단히 서점에서 구입할 수 있는 능력을 가지게 되었다는 것은 충격적인 사실임이 틀림없다. 이 모든 것들이 오늘날 우리들 같은 소비사회의 인간에게는 사실 너무나 습관이 된 나머지 진부하게 느껴지기 쉽다. 그러나 때는 16세기 초엽이라는 것을 잊어서는 안 된다.

　　　『가르강튀아』와 『팡타그뤼엘』이라는 상상력 풍부하고 해학과 서민적 인정 및 기지에 넘치는 거인 이야기로 유명한 프랑수아 라블레가 사실은 어디서 언제 태어났는지에 대한 확실한 증거를 오늘의 우리는 가지고 있지 못하다. 다만 18세기에 와서야 옮겨적힌 어떤 증명서에 의하면 그는 1483년에 출생하여 1553년 4월 9일에 70세로 사망한 것으로 되어 있다. 그러나 그와 그 주위의 사람들이 남긴 갖가지 문헌들을 고증하여 오늘에는 라블레를 1494년 2월 4일생으로 간주하는 사람도 있으나 이 또한 불확실하다.

그는 당시 부유한 변호사의 아들로 태어나서 매우 세련된 교육을 받았으며 27세에서 33세까지는 프란체스코 수도회와 베네딕트 수도회의 수도사로 지내면서 라틴어, 희랍어 공부에 몰두하였고, 복음주의자적인 태도와 열성 때문에 마침내는 그의 희랍어 서적들을 몰수당했다. 이것을 계기로 그는 환속함과 동시에 내적 세계의 자유를 침범하는 중세적 교회질서에 깊은 증오심을 품게 되었다. 고전연구와 병행하여 30대의 라블레는 보르도, 툴루즈, 오를레앙 대학에서 법률학을 배웠고 몽펠리에 대학에서는 의학을 공부하여 이내 그곳의 의학교수가 되었고 이어서 리옹의 병원에서 활동했다. 그러나 그의 진정한 감수성과 지식의 온상은 대학이나 수도회이기 이전에, 그가 어린 시절을 보낸 투렌느 지방의 농촌사회였고 거렁뱅이 수도사로 그가 헤매다닌 현실사회의 진정한 밑바닥이었다. 이같이 광범한 경험과 수련을 거친 라블레가 1532년에 풍자적이며 철학적인 이야기 『팡타그뤼엘』과 『가르강튀아』를 연이어 발표하자 인쇄술의 발달에 힘입은 그의 명성은 널리 알려지게 되었다.

옛날에 매우 낙천적인 성격의 기골 장대한 왕이 하나 살았는데, 그랑구지에라는 그의 이름이 말해주듯 그는 대식가였고 술잔은 반드시 바닥을 보고야 자리에서 일어나는 사람이었다. 그의 아들 '가르강튀아'가 세상에 태어날 때 아이는 여느 아이들처럼 앙앙하고 우는 것이 아니라 "마실 것을! 마실 것을!" 하고 외쳤으니, 그 엄청난 외침에 놀란 아버지가 "크 그랑 튀아!"(목청도 크구나!) 라고 말한 데서 그의 '가르강튀아'란 이름은 생겨난 것이었다. 17,913마리의 젖소들에게서 짜낸 젖을 먹고 무럭무럭 자라난 아이는 턱만도 18개나 되는 거인이었다. 이야기는 이 거인 아이가 구식 교육에 싫증을 낸 나머지 별다른 성과가 없게 되자 파리로 올라가 새로운 교육을 받으며 수련하고 갖가지 모험에 부딪치는 파란만장의 에피소드로 이루어져 있다. 이 르네상스 시대의 초인(超人)인 동시에 가장 서민적 인물의 삶을 통하여 라블레는, 라틴어와 희랍어 그리고 그가 두루 섭렵한 각 지방의 방언들을 동원한 풍부한 어휘와 표현력으로 꽃피기 시작하는 프랑스 르네상스의 감수성을, 그리고 구시대에 대한 풍자를 아낌없이 표현했다.

"그는 그의 어떤 선배보다도, 어떤 지적인 후손들보다도 삶을 더욱 광범하게, 더욱 당당하게 사랑했다. 동시에 모든 것을, 아낌없이 모든 것을 알고 느끼고 실천하고자 하는 저 고삐 풀린 인간의 찬란한 욕구가 최초로 실현을 본 그 시대 속에서 그는 삶을 극단적으로 사랑했다. 라블레는 삶을 체계나 추상으로 사랑한 것이 아니라 본능으로, 그의 모든 감각과 모든 얼을 다하여 사랑했다. 그 삶은 삶에 대한 개념이나 형상이 아니라 구체적이고 감각적인 삶, 살아 있는 것의 삶, 살과 정신의 삶, 삶이 표현되기만 한다면 아름답건 추하건 가릴 필요도 없는 모든 형태의 삶, 고상하고 천하고를 가리지 않는 모든 행위 바로 그것이었다. 바로 여기에서 그의 작품은 흘러나왔다"라고 귀스타브 랑송은 그의 천재의 깊은 원천을 해명한 바 있다. 그의 해학과 풍자 속에 진실한 의미의 증오는 찾아볼 길 없다. 그 속에는 무한한 사랑과 무한한 삶의 가능성에 대한 깊은 신뢰가 잠겨 있다.

오늘날은 담도 헐리고 포도밭이 밀밭으로 변한 그의 어린 시절의 집, 라 드비니에르는 라블레 박물관으로 변해 있다. 친절한 청년은 그 박물관의 유일한 책임자이지만 어쩌면 방학중에 임시 고용된 대학생이거나 아니면 지방의 마음씨 좋은 농부인지도 모른다.

400여 년이 지난 오늘의 사람들은 이제 라블레를 잘 읽지 않는다. 프랑스 문학사 속의 최초의 베스트셀러 작가는 이렇게 하여 탐정소설과 무협소설, 만화, 공쿠르 상 저자들에게 자리를 양보하고 구석진 투렌느의 밀밭 한구석에서 태연하게 휴식하고 있는 듯만 싶다. 찾아오는 손님이 드문지라 청년은 입장권을 팔고는 그 자리를 비워둔 채 우리를 박물관 안의 이 방 저 방으로 안내한다. 나는 그의 서툰 안내의 말을 듣는 대신 문 밖에 찬란하게 내리는 투렌느의 햇빛을 바라본다. 삶은 박물관 안에 있는 것이 아니라 저 밖 들판에 햇빛 속에 있기 쉽다. 1533년 라블레가 파리에서 운명할 때 마지막으로 말했다는 유언은 여러 종류이다. 아마도 이 작가가 남긴 작품이 그의 생애 위로 여러 가지의 전설들을

불러들이는지도 모른다. 그중 하나에 의하면, 그는 숨을 거두면서 이렇
게 말했다고 한다. "막을 내리시오 — 연극은 끝났소!" 연극이 끝난 곳
에 나는 무엇하러 온 것일까? 아마 아닐 것이다. 왜냐하면 연극은 이제
막 시작하려는 것일지도 모른다. 라블레의 이같은 유언은 가장 참다운
의미에서 몰리에르의 등장을 준비해놓은 것이다.

잠자는 숲속의 미녀
―위세 성

옛날 옛적에 한 임금님과 여왕님이 살았는데, 아이가 없어 슬퍼하던 중 세상의 모든 신비의 물가에 가서 멱감고 기도와 성지순례와 지성을 다한 보람이 있어 딸을 하나 낳게 되었다.

귀하고 귀한 공주님이라 세례를 줄 때 일곱 선녀들을 초청하여 대모(代母)를 삼고 큰 잔치를 벌였다. 그때 청하지도 않은 어떤 늙은 할멈이 나타나서, 장차 공주가 크면 끝에 날이 달린 실꾸리에 손이 찔려 죽으리라고 예언했다. 이때 젊고 꾀바른 한 선녀가 그 저주를 달래어, 혹시나 공주가 실꾸리에 손이 찔리는 일이 있어도 죽지는 않고 다만 그 길로 백년 동안이나 계속 잠이 들어버리는 정도가 되도록 막아주었다.

왕은 전국에 실꾸리로 실을 잣는 일을 금지하였으나, 공주는 열여섯 살 먹던 해에 숲속의 드높은 성탑 속에 들어가 실꾸리를 가지고 놀다가 그만 손이 찔려 깊고 깊은 잠 속에 빠지게 되었다. 저주를 막아주기로 한 선녀는 공주가 백년 후에 잠에서 깨어났을 때 자기 옆에 아무도 없는 것을 보고 놀랄까 염려하여, 성 안에 있던 모든 상궁들과 시종들, 그리고 짐승들을 마술지팡이로 건드려 공주와 함께 그 자리에서 깊은 잠에 들었다가 백년 후에 함께 깨어나도록 했다.

백년이 흐르는 동안 성을 에워싼 숲은 발을 들여놓을 수 없을 만큼 우거졌고, 왕국은 주인이 바뀌어 다른 왕조로 넘어갔다. 새로운 왕가의 왕자가 어느 날 이 숲속으로 사냥을 왔다가 멀리 성탑이 보이는 것에 놀라 찾아가보니……

이만큼 이야기했으면 이제 독자들은 무슨 이야기인지를 알았을 것이다. 그후 잠이 깬 공주와 왕자 사이에 어떤 일이 일어나게 되었는지는 각자 꿈 많던 어린 시절의 추억에게 물어보면 대답해줄 것이다.

저 유명한 동화 『잠자는 숲속의 미녀』에 나오는 꿈과 신비의 성은 세상의 어디쯤에 서 있는 것일까?

지도를 보고 자동차를 타고 간다 해서 동화의 성을 찾을 수 있을 리 없겠지만, 그 동화를 쓴 17세기 프랑스의 작가 샤를르 페로가 그 동화를 쓸 때 모델로 생각했다는 성은 실제로 있다. 프랑스의 중북부 엥드르 강과 시농 숲 사이로 난 언덕 위 우거진 밀림 속에 수많은 성탑들이 하나의 숲을 이루고 있는 위세 성 앞에 당도해본 사람이면 과연 동화 속으

위세 성

로 문득 들어와 서 있는 듯한 느낌을 금할 수 없을 것이다.

위세 성은 투르와 시농 사이에 수없이 흩어져 있는 루아르의 유서 깊은 성들 중 하나로서, 우리의 머나먼 어린 시절의 그 동화가 존재하기 이전부터 우뚝 솟아 있었다. 이미 15세기에 영국군에게 무적의 장군으로 알려졌던 장 드 뷔유에 의하여 건립된 이 성에는 동화말고도 숱한 사람들의 이야기가 얽혀져 있다. 성의 중심을 이루는 가장 높은 주루(主樓)는 잔 다르크의 한 동지에 의하여 세워졌고, 그 성주의 아들은 아네스 소렐과 샤를르 7세 사이의 애틋한 사랑으로 태어난 장 드 프랑스와 결혼했다. 16세기에 와서 위세 성의 성주는 아름다운 보방 양으로 바뀌었다. 그녀의 웃음소리와 미모는 36년의 짧고 즐거우나 애처로운 그의 일생을 이 꿈같은 성의 일부로 만들었다.

　　　그러나 이 성의 가장 유명한 성주로는 뒤라스 공작부인을 꼽아야 한다. 샤토브리앙의 『무덤 저 너머서의 회상』을 장식하는 세 여인 중의 하나인 뒤라스 공작부인이 처음으로 낭만주의의 거장인 작가를 만난 것은 메레빌에서였다. "그 당시 나의 가슴은 강렬하고 감격적인 우정에 사로잡혀 있었다. 뒤라스 공작부인은 상상력이 풍부하고 심지어 얼굴 표정에는 스탈 부인을 닮은 데까지 엿보였다. 우리는 작품 『유레카』를 통하여 그녀의 작가적 재능을 가늠해볼 수 있다. 서로 알지 못한 채, 만나보지도 못한 채 나는 그녀의 곁을 스쳐간 적이 있었다는 것을 후일에야 알게 되었으니, 즉 그 부인은 혁명 후 영국에 이민을 갔다가 칩거하고 난 참이었던 것이다"라고 『무덤 저 너머서의 회상』의 저자는 뒤라스 부인에 대해 기록하고 있다. '다감한 영혼, 고아한 성격, 드높은 정신, 너그러운 심정' 등 샤토브리앙이 최고의 찬사를 아끼지 않는 이 고귀한 부인은 당대의 사교계를 한눈으로 굽어보던 명사였지만, 그리고 『유레카』를 통해서 재능을 인정받은 문인이었지만, 후일에는 그 무엇보다도 샤토브리앙에 대한 짝사랑으로 더욱 널리 알려져 있다. "그대가 이제는 다시 찾아오지 않을 시간의 시계 소리를 듣지 않기 위하여 나는 성 안의 모든 시계들을 멈추어놓았습니다"라고 간절하게 기록하였던 뒤라스 부인은 불행하게도 샤토브리앙에게는 늘 '친구' 나 '누이' 라는 거리감과 함

위세 성 내부의 왕의 침실에 갖춘 정교한 가구

께 미모로 태어나지 못한 자신의 운명을 위안하지 않으면 안 되었다. 그녀가 사랑하는 그 작가에게 보낸 수많은 향수 뿌린 편지들, 월계수 잎사귀들에 대한 답장은 언제나 정중하고 서늘한 침묵이거나 아니면 레바논에서 가지고 온 한 그루의 삼나무뿐이었다. 지금도 샤토브리앙이 뒤라스 부인에게 선사한 삼나무는 성 안의 아담한 성당 곁에 하늘을 찌를 듯 높이 치솟아 한 많은 부인의 자취 위에 긴 그늘을 던지고 있다.

　　1828년 머나먼 바닷가 니스에서 숨을 거두면서 뒤라스 부인이 남긴 말은 오직 한 가지 아쉬움뿐이었다. "나는 이제 다시는 이 땅 위에서 그이를 만나지 못하리라." 뒤라스 부인이 세상을 떠나고 여러 해가 지난 뒤 만년의 샤토브리앙은 그러나 깊은 감사와 존경의 마음을 되찾았다. "스탈 부인의 사고력과 라파예트 부인의 재능이 합쳐진 듯한 뒤라스 부인을 잃고 난 뒤 그녀를 위하여 눈물을 흘리면서 나는 내게 그토록 정성을 바친 사람들의 마음에 온당하게 응답하지 못한 것을 자책한다. 우리는 자신의 성격을 잘 다스리지 않으면 안 된다. 사랑하는 사람들이 무덤 속으로 떠난 뒤 무엇으로 우리의 잘못을 돌이킨단 말인가. 죽은 뒤의 숱한 눈물보다는 생전의 웃음을 얼마나 더 귀하게 여겼을 사람들인가!"

　　뒤라스 부인도 샤토브리앙도 이제는 이 엥드르 강가 꿈의 성 속으로 돌아오지 않는다. 그들이 세상을 하직한 지 한 세기 반, 성탑 너머로 저녁 땅거미가 몰려온다. 이제 성은 차츰차츰 역사의 영역을 떠나서 동화의 세계로 접어든다. 깊고 깊은 잠에서 깨어나는 공주는 장 드 프랑스의 우아함을, 보방 양의 광기 어린 웃음을, 열여섯 살 적 클레르 드 케르상(뒤라스 부인)의 고아한 정신을 함께 갖추고 문득 나타난 왕자를 맞이한다. "당신이 나의 왕자님이십니까? 저는 너무나 오랫동안 기다렸답니다." 왕자와 공주는 서로 이야기를 시작한 지 벌써 네 시간이나 되었지만 할말의 반도 채 하지 못했다. 그러는 동안 성 안의 모든 하인들, 상궁들, 짐승들도 잠이 깨어 분주히 할 일을 하고 있었는데, 그들은 공주님처럼 사랑에 빠져 있는 처지가 아니었으므로 배가 고파 죽을 지경이었다. 그

제야 왕자는 공주가 자리에서 일어나도록 도와주었다. 공주가 입은 옷은 매우 아름다웠지만 왕자는 공주가 그의 할머니 시절에 유행하던 옷을 입고 있다는 이야기는 하지 않았다.

백년의 세월이 지난 후에 아직 열여섯 살인 공주가 아마도 거울 벽으로 둘러싸인 성의 살롱으로 드실 시간쯤, 나는 아주 현실적인 호텔을 찾아 위세 성을 등뒤에 남기고 떠난다. 그러나 늘 나의 머릿속에는 시간도 공간도 초월한 동화의 성이 잃어버린 어린 시절의 모든 꿈을 간직한 채 어디엔가 솟아 있다는 것을 알고 있다. 그 성을 찾아가려면 가볍게 두 눈을 감고 마음속 깊이 참으로 천진난만하게 웃을 줄만 알면 된다. 솜같이 따뜻한 할머니의 품안에 솟아오르던 우리 어린 시절의 성들로 찾아가 이제 미녀를 깨울 시간이다.

위세 성

인식의 참담한 모험

— 레오나르도 다 빈치의 클로 뤼세 성

1516년 아직 첫눈이 내리기 전인 늦가을 어느 날, 백발의 수염을 흩날리며 나귀 등에 몸을 싣고 알프스를 넘어 프랑스로 들어오는 어떤 이탈리아 노인 한 사람이 있었다. 그의 두 수행인들이 이끄는 나귀 등에는 커다란 짐이 실려 있었는데…… 오늘날 루브르 박물관을 찾아드는 수많은 미술 애호가들이 잊지 않고 구경하고 싶어하는 명화 〈모나리자〉의 프랑스 쪽 역사는 이렇게 시작한다. 1513년, 즉 육십이 넘어서 레오나르도 다 빈치는 이제 막 교황 레옹 10세로 선출된 장 드 메디치의 후광을 업고 밀라노를 떠나 로마의 바티칸 궁전에 도착하여 3년을 그곳에서 보낸다. 그러나 젊고 야심 많은 예술가들에 에워싸인 채 명성을 떨치던 라파엘로, 그리고 무엇보다도 시스틴 성당의 궁륭을 장식한 대작 이

클로 뤼세 성

후 다른 예술가들과의 비교를 거부하는 거장 미켈란젤로의 위력에 밀려
이 노인은 오직 우수와 신비에 싸인 채 고독한 생활을 영위했을 뿐이다.
"영예로운 줄리아노 드 메디치는 1515년 정월 아흐렛날 새벽 아내를 얻
기 위하여 사부아 지방으로 떠났다. 그리고 같은 날 프랑스의 왕이 사망
하였다"라고 레오나르도는 그의 노트에 적어놓았다. 이 사건 이후 1년
동안 레오나르도가 무엇을 하며 세월을 보냈는지에 대해서는 아무런 기
록도 증언하지 않는다. 1516년 3월 17일 그를 보호해주던 줄리아노 드
메디치가 사망하였고, 바로 그 직후에 레오나르도는 프랑스의 왕으로
즉위한 르네상스의 대군(大君) 프랑수아 1세의 초청을 받아들인 듯하다.
이리하여 루아르 강변의 고성 앙부아즈에서 불과 얼마 떨어지지 않은 아

담한 르네상스 양식의 성 클로 뤼세는 비극적이고 신비스러운 천재의 일생 중 마지막 3년을 처음이자 마지막인 고요와 여유 속에 보호하게 되었다. 그리고 토스카나의 위대한 예술가 다 빈치의 걸작인 〈조콘다〉〈세례 요한〉〈아기 예수와 성모〉는 피렌체의 우피치 미술관이 아닌 알프스 산맥 반대편의 루브르에 길이 보존되게 되었다.

붉은 벽돌과 흰 돌이 단아한 고성 클로 뤼세는 루이 11세 때에 로마 유적의 바탕 위에 세워졌고, 1490년에는 샤를르 8세의 소유가 되었다. 왕성 앙부아즈와 나무 층계로 연결되었던 이 성은 후일 프랑수아 1세로 즉위하게 될 앙굴렘 공의 어린 시절 추억이 듬뿍 서린 놀이터였으며, 부왕이 이탈리아 전장으로 떠나 있을 때는 섭정 왕후 루이즈 드 사부아가 왕국의 운명을 보살피던 내실의 역할을 했으며, 특히 16세기 프랑스 문학의 우아한 꽃 마르그리트 드 나바르(프랑수아 1세의 누이)가 그의 유명한 이야기책『엡타메롱』을 집필하기 시작한 산실이기도 했다.

프랑수아 1세는 레오나르도 다 빈치를 맞아들이자 곧 그에게 이 성을 하사하였고, 왕성에서 가까운 이곳으로 자주 노예술가를 방문하는 것을 기쁨으로 삼았다. 20년이 지난 뒤에도 왕은 레오나르도에게서 받은 충격적인 인상을 잊지 못했다. "그 어느 인간도 회화건 조각이건 건축이건 어느 분야에 있어서나 레오나르도만큼 깊은 지식을 가질 수 없다고 나는 믿는다. 그러므로 그는 매우 위대한 철학자였다." 그러나 이탈리아에서와는 달리 이제는 거리낌없이 말할 수도 있고, 마음대로 계획한 일들을 실험할 수도 있고, 마음내키는 대로 공상에 잠길 수도 있게

클로 뤼세에서 본 풍경. 멀리 프랑수아1세의 앙브와즈 성이 보인다.

된 이 노인이 어떻게 하여 프랑스에서의 3년 동안에 실상 이렇다 할 업적을 남기지 않았는지는 설명하기가 쉽지 않다. 물론 루아르 강물을 로모랑텡에까지 끌어들이는 수로공사 계획에 깊은 관심을 나타낸 노트와 도면 데생, 루아르 강가의 성들을 위한 건축 설계의 초안들이 남아 있기는 하지만, 모든 것이 미완성에 그치고 있을 뿐이다. 기록에 의하면, 이 대예술가는 기껏 궁내의 대연회나 놀이를 기획·조직하는 일에 몰두하거나 공녀(公女) 마르그리트가 베푸는 축제를 위하여 가슴을 두드리면 백합꽃을 토해내는 기이한 자동인형을 제작하는 데 골몰했다고 한다.

레오나르도의 마지막 3년은 이와 같이 하여 인간이 기록한 문화사 속에서 그 유례가 없는 비범한 두뇌와 창조력을 발휘하여 고투하고서도 끝내 그의 능력에 걸맞은 결실을 거두지 못한 한 천재의 모순과 비극의 상징을 보여주고 있는지도 모른다.

그러나 사실 오른쪽 손의 마비로 인하여 이제는 더이상 그가 아름다운 창조를 할 수 있으리라고는 기대할 수 없다. 레오나르도는 전에 흔히 볼 수 있던 그 유연한 솜씨로 그림을 그릴 수는 없게 되었지만, 계속 데생을 하거나 다른 사람에게 유익한 충고를 해줄 수는 있다. 레오나르도는 매우 기이한 해부학 이론서를 만들었고, 사지(四肢)뿐만 아니라 근육, 신경, 혈관, 관절, 내장 그리고 인간의 신체 속에서 연구할 만한 모든 부분들의 그림을 그려 보이며 설명한다. 그의 해설 방법은 지금까지 그 어느 누구도 해 보인 일이 없는 특수한 것이다. 우리는 그 모든 것을 눈으로 직접 목격했다. 그는 실제로 연령이 서로 다른 남녀의 시체 30여 구를 몸소 해부해본 바 있다고 말한다. 그는 또한 물의 본성, 여러 가지 기계들에 관한 글을 썼다.

1517년 클로 뤼세로 레오나르도를 방문했던 추기경 루이 다라공을 수행했던 안토니오 데 베아티스는 이렇게 기록한 바 있다. 〈모나리자〉와 〈최후의 만찬〉으로 널리 알려진 위대한 화가 레오나르도는 사실 세계문학사가 반드시 기억해야 할 미술론의 저자인 동시에 군사공학(軍事工學), 도시계획, 기계공학, 수력학(水力學), 동력학(動力學)의 가장 원초적이면서도 가장 대담한 꿈의 문을 최초로 열어 보였던 과학적 정열의 화신이었다.

1519년 5월 2일, 이 자그마한 클로 뤼세 성에서 숨을 거둔 레오나르도 다 빈치는 그의 친구이며 제자인 멜지에게 엄청난 분량의 원고와 도형, 데생들(원저 궁 소장)을 남겨놓았다.

　　헤아리기 어려울 정도로 많은 이 문헌들에도 불구하고 그의 이미지는 우리에게 구름처럼 변화무쌍한 모습으로 보인다. 레오나르도 다 빈치는 우리 각자가 스스로를 위하여 재창조해야 할 미술사의 햄릿이다. 그의 미술의 어떤 면모(가령 자연의 비밀에 대한 정열적 호기심, 그것을 탐구하는 시선의 범상치 않은 적확성)는 분명한 것 같으면서도 모순은 여전히 남는다. 회화에 접근하는 그의 과학적 태도와 미학적 태도의 갈등은 특히 강조되어야 한다. 지극히 낭만주의적인 그의 미학, 거의 지나칠 정도로 낭만적인 그의 미술적 비전은 엘 그레코나 터너에 비견할 만하다. 한편 그의 과학적 방법, 즉 〈최후의 만찬〉의 방법은 아카데미의 출발점이 될 것이다. 실로 당혹스러운 것은 인간의 두뇌활동에 대하여 가장 주목할 만한 증언을 구상하는 그 엄청난 분량의 원고들 속에서 그 자신의 감정, 건강, 취미, 그 시대적 사건들에 대한 견해의 표현이나 자취는 전혀 찾아볼 수 없다는 사실이다.

다 빈치의 초상

다 빈치가 운명한 침대

이것은 케네드 클라크의 통찰력 있는 다 빈치 론의 한 부분이
다. 시농, 쇼몽, 아제이 르 리도…… 루아르 강가에 흩어진 저 찬란한 프
랑스 역사의 성관들을 차례로 방문하면서 흘러간 과거와의 거리감 속에
포근히 안겨 꿈에 젖어 있던 우리가 이 단정한 클로 뤼세 성 안에서 문득
마주치는 것은 바로 이와 같은 지적·예술적 모험, 그 비극과 그 모순, 그
극한적 경험이 우리에게 던지는 뜻하지 않은 충격, 그리고 그 충격의 생
생한 현실성이다.

그가 자연의 위력에 대한 과학적 연구를 진전시키면 시킬수록 그는
바로 이 힘에 저항하기 위한 인간적 방파제를 과학에 요구하게 된
다. 그가 연구를 거듭함에 따라 인간의 무력은 점점 더 뚜렷하게 확
인된다. 지성의 우월성에 대한 회의에 빠지고 인간이 자연의 중심이
아니라는 사실을 알게 된다. 이리하여 인간은 그의 상상력에서 제거
된다. 혹 〈세례 요한〉에서처럼 인간의 모습이 다시 나타난다 해도 그
는 위력과 신비에 감싸인 상징적 존재일 뿐이다. 그 인물은 경험론
자 다 빈치가 답사하지 못한 어떤 세계, 오랜 지적 노력을 통하여 그
존재를 선언할 권리를 획득할 어떤 세계에의 메시지를 담은 인물에
지나지 않는다.

다 빈치가 마지막으로 숨을 거두었다는 붉은 침대, 앙부아즈
성이 건너다보이는 뜰, IBM사의 현대 기술자들이 다 빈치의 도안에 따
라 제작한 전차, 대포, 비행기 들의 모형이 진열된 성내를 돌면서 참으로
우리의 눈에 보이는 것은 저 관광이라는 표면의 유희들이 아니라 위대하
고 집요한 인간의 의식이 두뇌 속에 지닌 한 생애의 피를 다 쏟아부으면
서 드러내 보인 지적 모험—그리고 60년의 탐구 끝에 마침내 발견한, 〈세
례 요한〉의 허공에 쳐들린 손가락이 가리키고 있는 운명과 신비의 어둠
그것이다.

다 빈치의 그림 〈세례 요한〉

골짜기의 백합(百合)
─ 발자크의 사셰 성

약혼녀처럼 아름답고 순결한 자연을 보려거든 어느 봄날 그곳에 가보라. 피가 흐르듯 아픈 가슴의 상처를 달래려거든 늦가을 어느 날 그곳에 다시 가보라. 봄에는 그곳에서 사랑이 하늘 높이 날개를 펴고, 가을에는 이미 가고 없는 사람들을 생각케 한다. 병든 가슴은 거기서 신선하고 이로운 공기를 마실 수 있고, 황금빛 숲 위로 눈길을 던지면 평온한 감미로움이 영혼에 전해온다. 그때 앵드르 강 위 폭포를 받아 도는 물방아는 떨리는 골짜기에 하나의 목소리를 주고, 포플러는 웃는 듯 몸을 일렁거리고, 하늘에는 구름 한 점 없으며, 새들은 노래하고, 매미는 울어대니 그곳에서는 모든 것이 멜로디였다. 내가 투렌느를 왜 사랑하느냐고 이제는 더 묻지 말라. 내가 이 고장

'골짜기의 백합'이 내다보이는 사셰 성, 발자크의 집필용 탁자

을 사랑하는 것은 사람들이 그의 요람을 사랑하거나 사막에서 오아
시스를 사랑하는 것과는 다르다. 나는 예술가가 예술을 사랑하듯 이
고장을 사랑한다. 그대를 사랑하는 만큼 사랑하지는 못하겠지만 투
렌느가 없다면 아마 나도 살아 있지 않을 것이다. 나는 왠지 모르게
그 하얀 점 쪽으로, 그 커다란 정원 같은 골짜기 속에서 만지면 시들

어버릴 것 같은 한 송이 메꽃처럼 푸른 숲 한가운데 서 있는 그 여인 쪽으로 시선이 갔다.

세기말을 지나 현대문명이 소용돌이치는 번잡한 대도시에 주소를 정한 지 오래인 사람들에게 이런 글은 고풍(古風)스럽고 낡은 것으로 들릴지 모른다. 그러나 총망중의 도시 속으로도 문득 봄은 오고, 빈틈없는 시간표 사이로도 문득 구멍이 뚫리면 때로 창문이 보인다. 꿈의 창문이 열린다. 투렌느의 풍경은 그 꿈의 창문으로 바라보아야 한다. 발자크의 사셰 성은 고즈넉한 시간의 너울을 통해서 바라보아야 한다. '골짜기의 백합'은 우리가 아직 도회에 도착하기 전 소년 시절의 넋 속에 피어 있듯이 바라보아야 한다.

투렌느, 이 서정적이고 아름다운 투렌느에서 태어난 발자크는 그러나 전원의 작가는 아니다. 그는 무엇보다도 대도시, 파리의 작가다. 『인간희극』은 서정적 사랑의 노래가 아니라 돈과 야욕과 부패와 출세주의로 만들어진 거대한 19세기 사회의 벽화(壁畫)다. 턱이 세 개씩 달린 이 거구의 작가는 아름다운 강과 구릉과 적적한 들판을 산책하는 낭만주의자가 아니다. 그는 머리통 속에서 아우성치며 밀치며 줄줄이 기다리는 그 폭포 같은 언어의 압력에 떠밀리면서, 화려한 오페라좌의 은성한 귀빈석에 와 앉은 신사와 숙녀들이 19세기 초반의 격동하는 사회를 헤치며 얼마나 어둠침침한 뒷골목과 썩은 냄새 풍기는 하숙집들을 거쳐왔는가를 골고루 말해주는 사회학자 같은 예술가이다. 그러나 이 분주한 산문가, 잠시도 가만히 앉아서 쉬지를 못하는 거인도, 빚쟁이들을 피해서 혹은 잠시 머리를 쉬기 위하여 이따금씩 이 투렌느로 돌아오곤 했다.

그의 지극히 아름답고 낭만적인 소설『골짜기의 백합』은 과연 협잡과 출세주의와 정념과 돈으로 뒤끓는『인간희극』한가운데서 문득 모든 소음이 정지한 하나의 고도(孤島)와도 같은 예외에 속한다.

사세 성이 어디에 있는가를 여기에 새삼스럽게 설명할 필요는 없다. 투렌느의 이 골짜기가 얼마나 아름다운가를 말할 필요는 없다.『골짜기의 백합』을 열고 처음 몇 페이지 속으로 주인공 펠릭스 드 방드네스를 따라 천천히 걸어가보기만 하면 된다. 운명의 무도회가 열렸던 투르로부터 천천히 아주 천천히 걸어가면 된다. 그러면 모든 독자들은 한 그루의 호두나무를 만나게 된다. "여성 중의 꽃인 그 여인이 이 세상 어디엔가 살고 있다면 그곳은 바로 여기일 것이다 하는 생각을 하면서 나는 호두나무에 몸을 기대었다. 그날 이후로 나는 이 골짜기에 다시 올 때마다 꼭 그 나무 밑에서 쉬었다. 내 생각을 털어놓을 수 있는 상대인 그 나무 아래서 내가 그곳을 떠난 마지막 날 이후, 내가 겪었던 변화들에 대해서 나는 물어보았다." 그리고 잠시 고개를 들어 바라보라. '만지면 시들어버릴 것 같은' 백합꽃이 보일 것이다.

펠릭스 드 방드네스의 어린 시절이 고독했듯이, 발자크의 어린 시절도 매우 고독했다. 사세 성은 소설 속에서의 주무대가 아니다. 그보다는 그 옆에 있는 가상의 클로슈구르드 성에서 펠릭스와 모르소프 부인의 아름답고 아슬아슬하나 순결한 사랑은 싹트고 병들고 죽는다.

"그리고 골짜기 속에서 사셰 성의 낭만적 위용이 보였다. 그 것은 조화의 극치를 이루며 애수에 잠긴 저택으로, 경박한 인간들에겐 너무 엄숙하고 영혼에 상처 입은 시인들에겐 그리워 보이는 저택이었다. 그래서 그후 나는 그곳의 정적과 가지가 꺾인 고목, 그리고 쓸쓸한 골짜기에 떠도는 신비로운 어떤 모습을 사랑하게 되었다"라고 소설은 묘사한다.

그의 일생 동안 여러 번 휴식과 마음의 평화를 주었을 뿐 아니라 『고리오 영감』『절대의 탐구』, 그리고 『골짜기의 백합』의 산실이 되어 주었던 사셰 성은 16세기에 지어졌고 18세기에 와서 개축된 아담한 건

사셰 성

물로 19세기에는 드 마르곤느 씨의 소유였다. 드 마르곤느 집안은 발자크 가(家)와는 친밀한 사이였는데 발자크의 어머니가 그 성주의 사생아를 낳았다. 그 사생아가 바로 발자크의 어머니로부터 편애를 받은 동생 앙리였다. '쓰디쓴 젖을 빨고 자란 어린아이의 번민'은 곧 새로 태어난 동생에 밀려 콜레주 드 방돔 기숙학교에서 어머니와 떨어져 생활해야 했던 어린 발자크 자신의 번민이었다. 그와 동시에 『골짜기의 백합』 속에 등장하는 연상의 여인 모로소프 부인과 청년 방드네스의 사랑은 어머니의 친구였던 연상의 마담 드 베르니 부인과 스물두 살 먹은 발자크의 첫사랑을 너무나 많이 닮았다.

　　물론 로르 드 베르니 부인이 젊은 발자크의 사랑을 받아들였을 때는 이미 45세였으니 앙리에트보다는 훨씬 나이가 많았다. 그 여자에게는 아이들이 자그마치 여덟이나 되었고 상당한 혼외(婚外) 사랑의 과거를 가지고 있었으므로 실제로 소설 속의 앙리에트, 혹은 블랑슈의 순결과는 거리가 멀었다. 게다가 그토록 자유스럽고 정열적이었던 그녀의 발자크에 대한 사랑은 백작부인의 내연적(內燃的) 정념이나 백합꽃 같은 금욕과는 얼마나 큰 차이를 보이는가! 로르 드 베르니의 실체는 소설이 보여주는 '불가능한 사랑'의 긴장감과 아름다움에는 훨씬 못 미친다. 베르니 부인이 소설 속에 묘사된 앙리에트 드 모르소프만큼 청순하면서도 육감적인 미인이었는지 어떤지 우리는 알지 못한다. 하여간 실제의 경험과 소설 속의 인물 사이에는 유사점 못지않게 상당한 거리가 있는 것은 확실하다.

　　그러나 젊은 발자크가 베르니 부인에게 첫번째 거절을 당하고 내뱉은 대답은, 바로 작품이 혹은 상상력이 현실을 어떻게 재구성하는지를 잘 말해준다.

　　당신이 실제로 훌륭한 분이건 아니건, 아름답건 추하건, 그것은 당신 자신이 판단할 일이 아닙니다. (……) 당신을 아름답다고 여기는 것은 오직 저의 판단일 뿐입니다. 거울 속에서 당신 자신이 만나는 그 그림자를 나의 상상력은 항상 부정할 것입니다.

　　한편 발자크는 폴란드의 천사라 부르는 한스카 부인에게 보내는 편지 속에서 베르니 부인에 대하여 "그 여자는 자기 스스로 안타까워하듯이 끝내 청춘과 아름다움을 지녀보지 못한 여자입니다"라고 썼고, "그 여자는 사랑이 필요로 하는 아름다운 여인이 되어보지 못하고 말았습니다"라고 지적하기를 서슴지 않았다. 이로 미루어보아 1842년경에는 이미 베르니 부인에 대한 발자크의 사랑은 크게 허물어져가고 있었던 것 같다. 이것은 『골짜기의 백합』 속에서뿐만 아니라 발자크의 영혼 속에서도 하얀 백합꽃은 시들어 떨어져버린 것을 의미하는지도 모른다. 이리하여 소설의 서두에서 '신비로운 어떤 모습이 떠도는' 장소로 묘사되었던 그 사셰 성은 모르소프 부인에게 마지막 안식처를 제공하게 된다.

　　상쾌한 가을날 아침, 우리는 백작부인을 그녀의 마지막 보금자

정문 쪽에서 본 사셰 성

리로 보냈다. 그녀의 영구는 늙은 조마사 마르티노 형제, 그리고 마네트의 남편이 운구했다. 내가 그녀를 다시 만났던 날, 그처럼 기쁘게 올라갔던 길을 내려가 우리는 앵드르 강 골짜기를 건너서 사셰의 작은 묘지에 도착했다. 교회 뒤의 언덕 등성이에 있는 초라한 마을 묘지였는데, 그녀는 생전에 기독교도답게 겸손히, 가난한 농부 아내의 무덤처럼 간단히 검은 나무십자가만 세우고 묻어달라고 말했었다. 골짜기의 가운데에서 마을의 교회와 묘지가 보이자 나는 전율을 느꼈다. 아! 우리는 누구나 일생에 한번 골고다의 언덕을 경험하고, 심장은 창에 찔리며, 머리에는 장미의 화관 대신 가시관을 느끼고,

발자크 박물관 문패

최초의 33년을 그 언덕에 남기는 것이다.

　1977년 여름, 나는 두번째로 사셰 성을 찾아갔다. 발자크 기념관으로 변해 있는 사셰 성을 처음 찾아왔던 그 시절로부터 많은 시간이 지나갔다. 『골짜기의 백합』이 성년에 입문하는 방드네스의 황홀하고 번민에 찬 기록이었듯이, 내가 가슴 설레면서 앵드르 강을 건너 사셰 성을 처음 방문했을 때 나는 '행복의 충격', 그 소용돌이 속에 잠겨 있었다. 20대의 내 눈에는 발자크가 쓰던 침대며 책상과 의자만 보아도 가슴이 뛰었었다. 북쪽 창문을 통하여 바라보이는 구릉과 밀밭 속으로는 금방이라도 하얀 옷을 입은 모르소프 부인이 서 있는 모습이 나타날 것만 같았다.

새로운 영혼, 다채로운 색깔의 날개를 지닌 영혼이 유충(幼蟲)의 껍질을 깨뜨렸던 것이다. 내가 찬미하던 별은 푸른 하늘에서 떨어져, 그 빛과 반짝임과 신선함을 간직한 채 결국 여인으로 변한 것이다. 나는 사랑에 대해서 아무것도 모르면서 갑자기 사랑하게 되었다. 남성의 가장 강렬한 감정의 최초의 범람이란 불가사의한 것이다.

그런데 두번째 찾아간 사세의 성문은 굳게 닫혀 있었다. 공교롭게도 기념관이 쉬는 날이었다. 나는 일행과 더불어 사세 성이 잘 보이는 언덕의 밀밭가에서 점심을 먹었다. 여름볕 속에서 성은 졸고 있었다. 그 엄청난 정적과 빛나는 햇빛 속에 잠긴 채 나는 멍하니 하늘만 바라보았다. 구름 한 점 보이지 않았다. 발자크도, 사세 성도, 모르소프 부인도 생각나지 않았다. 나는 그저 퍼런 하늘처럼 텅 빈 채 서 있었다. 그리고 행복했다. 그리고 밀밭에 자욱이 피어 있던 코클리코 붉은 꽃 한 송이를 꺾어 차창에 달고 그곳을 떠났다. 꽃은 이내 시들었다.

사랑의 폭풍으로 지은 성
─ 조르주 상드의 노앙 성

오로르 뒤펭은 1804년 7월 1일, 나폴레옹 제정(帝政) 1년, 파리에서 태어났다. 새장수의 딸 소피 빅투아르와 결혼한 모리스 뒤펭 대령은 그 비밀스런 결혼이나 첫딸의 출생 소식을 아직은 감히 어머니인 오로르 드 삭스 부인에게 알리지 못한 처지였다. 그러니까 오로르는 네 살이 되어서야 비로소 파리로부터 아버지가 근무하던 마드리드를 거쳐 긴긴 여행 끝에 노앙 성으로 처음 입성한 것이었다. 돌아온 지 불과 사흘 후에 아버지 뒤펭 대령은 새까맣게 어두운 밤, 노앙에서 지척인 라 샤트르 시의 입구에서 말에서 떨어져 사망했다.

나 자신 절망이 극에 달한 나머지 미쳐버릴 것 같은 심정으로 어둠침침한 밤에 지향도 없이 말을 달렸다. 나는 우리 가족에게는 불길하기만 한 그 길로 나왔다. 열세 그루째 미루나무가 서 있는 모퉁이다. 아버지는 현재의 나보다는 젊었지만 어두운 밤에 집으로 돌아오시다가 그 자리에서 굴러떨어졌던 것이다. 이따금 나는 거기에 멈춰 서서 추억을 더듬고, 돌 위에 그 피가 흐르고 있지나 않나 상상하며 달빛 속에서 찾아보기도 한다.

후일 뒤뒤방 부인이 된 26세의 오로르 뒤펭은 이렇게 적었다.
나는 부르주에서 급히 점심을 때우고 백여 킬로미터나 되는 길을 달려 라 샤트르에 이르렀다. 우연이겠지만, 상드의 아버지가 말에서 떨어져 죽은 바로 그 도시 입구에서 돌연 자동차 바퀴에 펑크가 났다. 그리고 곧 소나기가 쏟아졌다. 조르주 상드의 고향 노앙 성으로 가는 길은 이렇게 시작되었다. 타이어를 갈아 끼우고 성 앞 주차장에 차를 세웠을 때는 천둥이 쳤다. 우산을 쓰고 빗속을 걸어들어갔다. "노앙. 백년이나 된 느릅나무 그늘에 뒤덮인 동네의 조그만 광장. 아카시아와 라일락이 서 있는 안뜰, 자갈을 깐 오솔길, 자귀나무 가로숫길, 일층의 큰방, 새들의 노래, 경건한 냄새, 이것이 노앙이다"라고 앙드레 모로아는 간결하게 이 성을 묘사하고 있다. 어두운 구름이 하늘을 가리고 우레가 치는 성 입구에서 얼굴이 길고 깡마른 안내인이 맞아준다. 바로 '일층의 큰방'이다. 벽에는 돌아가며 이 가문(家門) 조상들의 초상화가 붙어 있다. 물론 폴란드 국왕 드 삭스 선거후의 사생아인 모리스 드 삭스 백작에서부터

노앙 성 입구

시작한다. "조르주 상드의 경우, 가족의 역사를 연구하는 사람에게 기이하고 파란만장한 운명이 예견되는 것은 자연스러운 일이다. 어떤 집안에서나 한두 사람, 또는 세 사람쯤의 탁월한 인물을 손꼽을 수는 있다. 그러나 조르주 상드의 경우 그 선조들은 모두가 하나같이 비범했다. 왕이 수녀와, 위대한 군인이 무희(舞姬)와 피를 섞었다. 비범했다. 여자는 하나같이 동화 속에서처럼 오로르 ― '새벽' 이라는 뜻 ― 라는 이름을 가졌고, 그 여자들은 자식과 애인을 가졌으며 또 애인보다 자식 쪽을 훨씬 더 좋아하는 것이다. 사생아들은 우박처럼 쏟아져 태어나 인지(認知)되며 찬양받고 당당하게 양육된다. 어느 사람이나 한결같이 매력이 있고 무정부주의자이며 상냥한 마음씨를 가졌고 게다가 치열하다." 오로르 뒤

펭도 물론 예외가 아니다. 예외이기는커녕 가문에서도 가장 찬란한 모범이 될 만한 일생을 폭풍처럼 살았다. 우선 그 큰방 한가운데 놓인, 목수 피에르 보낭이 만들었다는 타원형의 큰 테이블을 보면 알 수 있다. 지금은 상드의 기념관이 된 이 성의 관리인은, 성과 이 위대한 작가의 생애를 거쳐간 수많은 사람들의 이름표를 탁자 주위의 좌석 앞에 붙여놓았다. 더러는 애인들이고 더러는 친구들이다. 리스트, 쇼팽, 하이네, 테오도르 루소, 플로베르, 발자크, 투르게네프, 알프레드 뮈세…… 그리고 물론 들라크루아…… 19세기를 주름잡던 이 위대한 예술가들이 이 성으로 초대받고 찾아와 잠시 뒤면 탁자를 둘러싸고 모여앉을 듯한 기분이다. 비가 쏟아지고 있는 저녁 나절의 방 안은 어두컴컴하다. 문득 나의 방문시간은 19세기의 시간 속으로 깊이깊이 가라앉는다.

결혼한 뒤뒤방 부인이 처음으로 '연애'의 감정을 맛보게 된 것은 피레네에서 만난 오를레앙 드 세즈였다. 그후 스테판 그랑사뉴가 뒤이어 그녀에게 사생아 솔랑주를 임신하게 만들지만 그에게 마침내 조르주 상드라는 필명(筆名)을 갖게 한 애인은 1830년에 만난 라 샤트르의 청년 쥘 상도였다. 성의 정문과 반대편 쪽에 펼쳐 있는 드넓은 정원 속에는 두 사람의 각별한 추억이 깃들여 있다. "내 마음이 특히 끌리는 장소가 있습니다. 집 뜰의 일부를 이루고 있는 숲속의 예쁜 걸상입니다. 여기서 두 사람은 처음으로 서로의 마음을 고백했습니다. 처음으로 서로의 손을 잡았습니다. 갠 날이나 비바람이 치는 날이나 그 사람이 숨을 헐떡이며 몹시 지친 채 라 샤트르로부터 와서는 언제나 걸터앉는 곳도 이곳

노앙 성의 거실과 정원

입니다." 고전주의 시대에는 이성(理性)이 신(神)이었듯이, 이 시대는 정열과 광기가 신이었다. 뒤뒤방 부인은 이 정열과 사랑을 타고 파리로 갔다. "산다는 것은 멋진 노릇입니다. 괴로움이 있건 남편이 있건, 권태가, 부채가, 가족이, 뒷손가락질이 있건, 또 가슴이 미어지는 고뇌와 끈질긴 중상이 있건, 산다는 건 멋들어진 노릇입니다. 산다는 것은 가슴 설레는 일입니다. 행복입니다. 천국입니다." 1831년 1월 4일 노앙을 떠나면서 이렇게 절규하는 뒤뒤방 부인은 '여자' 의 틀 속에 갇혀 지내기에는 너무나도 거세게 팽창한 '과잉의 생명력' 이었다. 그가 처녀작 소설『앵디아나』에 조르주 상드라는 이름으로 서명하기 시작한 것은 그 시기의 특수한 사정이 만들어낸 우연만은 아닐 것이다.

어린 시절의 오로르는 이미 남장(男裝)을 하고 토끼사냥을 다녔다. 한밤중의 승마, 차양 달린 모자, 푸른 저고리, 남자 바지, 가구 위에 올려놓은 해골조각—노앙 성의 어린 여(女)상속자가 보인 이 기상천외의 행동과 차림은 베리의 시골사람들을 경악하게 했었다. 파리로 떠날 때 부인은 '모리스 드 삭스 백작에게서 물려받은 무쇠 같은 의지' 로 자신의 권리를 찾은 것이었다. 여성의 노예 상태에 대하여 남달리 저항감을 느껴온 그는 남자의 복장과 이름으로 그 상태에서 벗어나고자 했고, 그날 이후 그는 자기와 관계 있는 모든 형용사를 남성형으로 고쳐 사용했다.

조르주 상드는 파리와 노앙을 오가면서 정신없이 글을 쓰는 반면 애인 쥘 상도는 나태와 실의에 빠져갔으며 사랑은 시들었다. 필연

과 맞싸우는 의지, 문명의 장애물에 저돌적으로 이마를 들이받는 사랑
의 소설 『앵디아나』의 작가는 머지않아 젊은 시인 알프레드 뮈세를 만났
다. 이때 그는 이미 비평가 생트 뵈브의 후견과 발자크의 찬미와 프로스
페르 메리메의 구애와 명성 자자한 여배우 마리 도르발의 우정을 한몸에
받고 있었다.

　　　모든 일에 철저하고 정열적인 상드는 '머리털이 물결치는' 23
세의 청년시인 뮈세의 사랑을 치열하게 받아들였다. "자유로운 생활, 매
력적인 친밀성, 안온한 휴식, 생겨나는 희망, 무슨 불평이 있사오리까?
사랑하는 것 이상으로 즐거운 일이 있을까요?" 이 초기의 황홀은 그러나
베니스 여행을 고비로 내리막길로 접어든다. 열병에 걸린 상드를 객사
에 버려두고 뮈세는 창녀들의 꽁무니를 쫓고 술을 마셨다. 뮈세를 견디
지 못하게 만든 것은 그 고양된 사랑 속에서도 언제나 '주체'이고자 하
는 그 여자의 성격적 힘이었을 것이다. 이리하여 상드의 생애에는 건강
한 막간극처럼 그를 돌봐주던 이탈리아의 청년의사 파젤로가 새로운 애
인으로 짧게 등장했다가 '뮈세 덕분의 우리 사랑'을 만날 때와 같이 건
강하게 되돌려주고 퇴장하게 된다. "이 선량한 의사는 베니스로 돌아가
결혼하여 많은 자식을 낳고 91세까지 살았는데, 이 청춘시절의 연애가
후광처럼 장식되어 명의(名醫) 라기치오리 못지않은 명성을 얻고 죽었
다. 한순간 찬란한 운명에 얽히었다가 즉시 그 탐조등의 위험한 광선 밖
으로 빠져나간 사람들은 행복하여라!"라고 모로아는 해학적으로 적고
있다.

나는 안내인을 따라 성관의 아래층을 한 바퀴 돌았다. 밖에는 여전히 비가 쏟아졌고 검게 덮인 하늘에는 번개가 쳤다. 들라크루아가 그린 상드의 초상화는 뮈세와 파젤로가 그녀의 삶으로부터 퇴장하고 난 뒤에 그려진 것이었다. 상드는 아직도 마음에서 지우지 못한 뮈세의 목소리를 들으면서 모델을 서고 있었을 것이다. 그는 뮈세가 찬양했던 고야의 여자들같이 화장을 하려고 꿈꾸고 있었다. 그러나 이곳의 초상화는 복제품(複製品)이다. 오늘날 파리의 카르나발레 미술관에 소장되어 있는 들라크루아의 초상화에는 머리를 자른 상드가 그려져 있다. 그는 『적과 흑』의 마틸드 드 라 몰 양처럼 아름다운 머리칼을 잘라 뮈세에게 보냈던 것이다.

이제 이른바 '청춘의 기마행진'은 끝났다. 그러나 끝난다는 말이 과연 상드 같은 인물에게 어울리기나 하는 일일까? 아니다. 남편과의 이혼소송을 맡았던 변호사 미셸 드 부르주가 이 기마행진에 뒤따라왔다. 이때를 계기로 해서 상드는 청춘의 사랑뿐만 아니라 '전투적 혁명'에 눈뜨게 되었다. 어린 시절 이래 베리 지방의 소박한 농민의 친구였던 상드는 드디어 공화파가 되었고 인민의 벗이 되어 정치에 열을 올렸다. 그 사이에 7월 혁명이 타올랐다는 사실을 잊어서는 안 된다. 완전한 평등의 이념과 행동의 철학은 그의 전원적 낭만주의에 실천적인 힘을 공급했다. 이 무렵의 상드는 특히 프란츠 리스트와 그의 애인이었던 마리 다구, 사상가 라므네와 자주 왕래했다. 때는 1835년. 남편 카지미르 뒤뒤방과의 이혼소송, 재판.

　　1836년 이혼이 확정된 상드가 얼마나 큰 해방감을 맛보았는가는 그해 프란츠 리스트, 마리 다구, 그리고 상드의 아이들과 함께 스위스 여행 중 호텔 숙박계에 적어넣은 기상천외의 기록 속에 간결하게 나타난다. "여행자 이름: 픽포엘 가, 주소: 자연, 전숙박지: 신, 행선지: 천국, 출생지: 유럽, 직업: 건달, 여권발급일자: 영원, 여권발행처: 여론." 이때 상드의 나이는 아직 32세였다. 그러나 그는 벌써 『앵디아나』『렐리아』『자크』『모프라』 등 많은 소설을 내놓고 있었다.

　　상드가 젊은 폴란드 음악가 쇼팽의 연주를 처음 들은 것은 바로 그 마리 다구의 살롱에서였다. '멋지고도 숭고한, 그러나 바보 같은' 이라고 전기작가들이 말하는 1837년 여름, 미셸 드 부르주와의 사랑이 끝나버린 여름, 상드는 쇼팽을 노앙 성에 초대했다. 불행하게도 조국에서 쫓겨난 망명예술가 쇼팽은 폴란드와 가족들, 그리고 무엇보다도 모성애를 그리워하고 있었다. '호리호리한 중키, 가늘고 긴 손가락, 아주 작은 발, 다갈색에 가까운 금발, 밤색이 도는 멜랑콜리하다기보다는 싱싱한 눈빛, 갈고리 코, 아주 우아한 미소, 약간 가라앉은 음성, 인품에 깃들인 고귀하고도 형언할 수 없는 귀족적인 그 무엇' —이 망명귀족은 마침내 향후 약 8년에 걸쳐 노앙 성에 지울 수 없는 자취를 남기게 된다. 사랑과 멜로디와 고통의 자취를. 스페인 발레아르로의 괴롭고도 행복한 긴 여행에서 돌아온 1839년 6월 19일 이후의 노앙은 한동안 쇼팽의 영원한 주소와도 같았다. 1839년 이후 상드에게 온 편지들의 끝에는 모두 '쇼팽과 모리스, 그리고 솔랑주에게 안부를' 이라는 말이 적혀 있었다.

〈올림 라 단조의 소나타〉와 〈제2의 야상곡〉〈제3의 마주르카〉는 바로 노 앙에서 작곡되었다. 1841년에서 46년까지 여름마다 상드는 '세 어린 것'(이 속에는 물론 쇼팽도 포함된다)의 잠자리를 만들어주었다. 아침부터 밤까 지 음악 소리가 쇼팽의 피아노에서 울려퍼져 자기 방에서 일을 하고 있 는 상드에게까지 들려왔고 장미꽃 내음과 새소리에 섞여갔다. 또 이곳 에 자기의 아틀리에를 가지고 있었던 들라크루아와 쇼팽과 잘 어울렸던 사람은 이미 스무 살의 화가가 된 상드의 아들 모리스였다.

지금도 성 안에는 피아노가 남아 있다. 이 피아노 앞에 건반을 두드렸던 사람은 물론 쇼팽이나 상드만이 아니었다.

아라벨라(마리 다구)의 방은 내 방 바로 밑의 일층에 있다. 그 창 가엔 프란츠의 피아노가 놓였고, 보리수의 푸른 커튼이 보이며 누구나 예술가, 위대하면서도 탁월하고 사소한 일에도 언제나 뛰어난……
그가 피아노로 치고 있는 그 끊어지는 악절이 좋다. 절름발이 여자
가 춤추듯이 한쪽 발은 공중에 쳐들고 있다. 보리수 잎이 마치 자연
의 비밀을 하나하나 벗겨내듯 이상스런 소리를 내면서 조용히 선율
을 끝맺어준다.

이것은 1837년 5월의 일기다.

150년이나 지나 이곳에 찾아온 방문객의 머릿속에는 리스트
와 쇼팽의 방문을 분리하는 10여 년의 세월쯤은 무의미한 것이다. 70여
년에 걸친 조르주 상드의 일생은 이미 시간이 아니라 하나의 공간, 이 노
앙 성일 뿐이다. 그리하여 노앙 성을 찾아드는 사람들은 뮈세와 쇼팽을
사랑했던 상드를 항상 젊고 아름답고 정열적인 여자로만 상상한다.

그러나 1848년 혁명의 좌절을 경험하고 난 다음 노앙 성 안에
자그마한 극장을 차려놓고 마음을 위로했던 상드는 40대였다. 이 극장
을 만들자는 착상은 쇼팽의 것이었다. 이들 모리스가 만든 마리오네트
는 지금도 성 안의 구석진 극장의 진열장에 보존되어 있다. 50대의 상드
는 노앙에서 자연을 바라보며 조용히 늙어갔다. 자연을 바라보노라면
신체의 변화를 지켜보는 일이 참기 쉬워진다. 가을의 황금빛 나무는 겨
울을 저주하는 법 없이 겨울이 온 것을 알린다. 상드는 성급하게 다가오
는 늙음을 조용히 맞고 있었다. "나이 든 여자, 네, 정말 그렇습니다. 이
제는 다른 여자가 되었어요. 새로운 내가 시작됩니다. 나는 이제 탄식하

지 않습니다. 이런 여자는 옛날의 잘못과 상관이 없습니다…… 다른 여
자가 저지른 잘못을 모두 보상하고, 더구나 뉘우침으로 괴로워한 그 여
자 스스로도 용서하지 못했던 것을 모두 용서해주는 것입니다."

상드는 이 너그럽고도 후회 없는 노년을 노앙에서 보내며 마
음이 무덤으로 변하는 것을 지켜보았다. 1847년에는 초년기의 애인 그
랑샤뉴가, 1848년에는 쇼팽과 마리 도르발이, 1850년에는 발자크가 사
망했다. 1857년에는 뮈세가 죽었다.

눈멀고 갈 곳 없는 운명이여,

사랑에 취한 어리석은 아픔이여,

꺼림칙한 추억이여 사라지거라.

지금도 남은 눈길이여 사라지거라.

그렇다. 모든 것이 사라지고 있었다.

그러나 여전히 노앙에는 손님들이 들끓었다. "나는 그토록 고
통을 받았는데도 낙천가입니다. 이것이 나의 유일한 미덕인지도 모릅니
다"라고 육십이 다 된 상드는 알렉상드르 뒤마피스에게 보낸 편지에서
술회했다. 노앙을 방문했던 뒤마, 고티에, 플로베르, 투르게네프는 한결
같이 그 '명랑한 노부인'에게 감탄했다. 그러면서 상드는 계속 소설을,
일기를 쓰고 있었다. '베리의 농부처럼 끈기 있게, 밭을 갈듯이' 썼다.
그녀는 소박함, 바로 그 자체였다. 이 애정이 풍부한 할머니는 플로베르

에게 오히려 결혼을 하라고 권고까지 했다. "나는 잘은 모르지만 자신만을 위하여 사는 것은 옳지 않을 것 같습니다." 그는 숲속을 뛰노는 어린 아이들을 바라보며 "아아, 하느님, 인생은 얼마나 아름다운 것입니까. 사랑하는 사람들이 모두 생생히 뛰어다니고 있습니다"라고 외쳤다.

성의 내부를 한 바퀴 돌고 나서 유령같이 생긴 안내인과 밖으로 나왔을 때는 기이하게도 비 온 후의 구름 사이로 하오의 금빛 햇살이 쏟아지는 20세기의 여름이었다.

1876년 5월 29일 아주 훌륭한 날씨. 그다지 아픔도 없다. 정원을 한 바퀴 돌고 롤로의 공부를 보아준 다음 모리스의 각본을 다시 읽었다. 저녁 후 리나는 라 샤트르로 연극구경을 갔다. 나는 세니에와 트럼프놀이를 했다. 그림을 그렸다. 리나가 밤중에 돌아왔다.

이것이 조르주 상드가 쓴 최후의 일기였다. "죽음이여, 아아 신이여, 죽음입니다"라고 신음하는 일 주일, 그리고 문득 "초록색으로 해줘!"라는 마지막 말을 남기고 그는 숨을 거두었다. 무엇을 초록으로 해달라고 한 것일까? 사랑과 생명에 대한 정열의 과잉으로 넘쳤던 70여 년의 젊은 일생을?

그로부터 100년이 지난 폭풍우 뒤의 밝은 하오, 수채화처럼 호젓하게 서 있는 작은 마을 교회 앞 아름드리 느릅나무 잎은 금빛 햇볕 속에 축제와도 같은 초록이었다. 그의 생전에 오로르 뒤뒤방을 그토록

조르주 상드의 성관과 뜰

가혹하게 비판했던 베리 사람들에게 이제 조르주 상드는 유일한 긍지가 되었다. '작품보다는 먼저 인간에 대한 사랑 속에, 다음에는 인민에 대한 사랑 속에, 끝으로는 손자들과 자연과 신에 대한 사랑 속에 절대를 탐구했던' 이 '영원한 20대의 남자' 조르주 상드를 위하여 사람들은 해마다 여름이 돌아오면 '노앙의 낭만주의 축제'를 연다. 그러면 그 '조화된 베리의 땅에 영광을 더한' 그 고장의 후견인이 문득 여름밤의 전설 속에서 소생한다.

삶의 마지막 성채
— 페르 라셰즈 묘지

사람은 태어난 장소로부터 일생 동안 얼마나 멀리 갈 수 있는 가? 그리하여 어디쯤에서 걸음을 멈추게 되는가? 생텍쥐페리처럼 멀리 멀리 비행기를 타고 출격하여 끝내 돌아오지 않는 사람도 있다. 그러나 천재의 붓을 꺾어버리고 낯익은 얼굴 하나 보이지 않는 머나먼 아프리카 의 아비시니아로 떠나 살다가도 끝내 병든 몸으로 고향에 실려와 숨을 거두는 랭보도 있다. 조르주 상드처럼 대부분의 생애 동안 일하며 사랑 하며 살아온 고향집 자기 방에서 불과 몇 발짝 떨어지지 않은 정원의 느 릅나무 밑에 가서 묻히는 사람도 있다. 또 자기가 죽은 후에는 어느 특정 한 장소에 묻어달라고 유언을 남기는 사람도 있다. 그 유언이 실현되는 경우도 있고 끝내 그 뜻을 이루지 못한 사람도 있다. '양지바른 뒷산' 에다 묻어달라고 부탁하는 사람도 있고, 대양의 파도가 몰아쳐와서 묘석 (墓石)을 핥는 바닷가에 묻히기를 원하는 샤토브리앙 같은 이도 있다. 여러 대륙으로 말을 달리며 엄청난 공간을 지배했던 나폴레옹은 파리 앵 발리드의 붉은 대리석 석관(石棺) 속에 묻혀 있다. 빅토르 위고와 에밀 졸라는 팡테옹 신전(神殿) 속에 묻히는 영광을 ―그러나 그것이 반드시 영광일까?―얻었다. 보들레르, 모파상, 사르트르, 시몬 드 보브아르는 파리 한복판 몽파르나스 묘지에 잠들어 있다. 그런가 하면 20세기를 '위 대한' 세기로 만들고자 했고 어느 정도 그 꿈의 모습을 실현한 드골은 콜 롱베의 작은 마을 묘지에 한적하게 묻혔다. 발레리는 생전에 쓴 유명한 시(詩)처럼 고향마을 세트의 '해변의 묘지'에 묻혀서, 비둘기들이 지붕 위로 걸어다니듯 배들이 한가하게 드나드는 바다를 내려다보며 누워 있 다. 알베르 카뮈는 끝내 독립국이 되어버린 알제리의 티파사로 돌아가 지는 못했지만 북아프리카의 기후와 풍토와 가장 많이 닮은 프로방스의 작은 마을 루르마렝의 묘지에 로즈메리, 텡 같은 향초(香草)의 냄새를 맡 으며 잠들었다. 피카소도 끝내 민주화된 조국 스페인으로 돌아가지 못 한 채 엑상프로방스 근교 보브나르그 공이 소유했던 성의 주인이 되어 그 뜰에 묻혔다.

　　　그러나 생명이 떠나버린 육신을 어디에 묻은들 어떠랴? 더군 다나 생전에 위대한 작품을 남긴 예술가의 경우 그의 예술에 비한다면 묘지쯤은 부차적인 관심거리에 지나지 않는다. 그럼에도 불구하고 많은 시간이 흘러간 뒤 후세인들은 위대한 예술가들의 무덤을 찾기를 즐겨한다. 시간과 공간이 만든 물리칠 길 없는 거리를 지워버리고 문득 만나보고 싶은 얼굴을 위하여, 그 환영을 위하여, 사람들은 무덤을 찾아가본다. 생전에는 먼발치로 우러러보았거나 혹은 수줍음 때문에 만나지 못했던 그 인물이 문득 무덤 속에 누워 모든 사람의 접근을 너그럽게 허락한다. 관광객들은 그 너그러움을 좋아한다. 어떤 사람들은 꽃을 들고 찾아오고 어떤 사람들은 말없는 감동을 안고 찾아온다.

어떤 무덤이건 무덤은 그 사람 최후의 성이다. 이제 그는 '바람구두를 신고' 떠돌아다니기를 그쳤다. 그의 영원한 현주소는 이제 변하지 않을 것이다. 이제는 다시 열리지 않을 저 묘혈(墓穴)의 문 뒤에 가득한 어둠, 그것은 오직 그만의 어둠이다. '촛불 밖에 부엉이 우는 돌문을 열고 가면 강물은 또 몇 천린지……' 시인은 이렇게 노래했다. 저 돌문 뒤의 어둠, 한번 들어가서 다시 나오지 않는 사자(死者)의 성에 대하여 우리는 아무것도 알지 못한다. 아무도 그 닫혀진 성문을 열고 들어갔다가 다시 돌아온 사람은 없다. 우리는 다만 상상할 뿐이다. 살아 있는 사람은 삶의 빛을 통하여 죽음의 어둠을 짐작할 뿐이다. 그러나 성은, 참다운 성은 그 상상과 그 짐작으로 산 사람이 짓는 공간이다. 그런 의미에서 무덤은 가장 참다운 성이다. 그 어둠 속으로 난 수많은 보도와 골목길과 지하실…… 다시 그 지하실 밑으로는 망각의 강이 흐른다고 하던가?

페르 라셰즈 묘지는 우리가 한 번도 들어가보지 못한 죽음의 성을 겉으로 드러내 보이는 넓고 한적하고 장엄한 공간이다. 파리의 20구에 위치한 이 묘지는 가난한 예술가들의 고향이었던 메닐몽탕 가에 있다. 몽마르트르나 몽파르나스 묘지 역시 광대하지만 페르 라셰즈의 규모와 명성을 따라가지 못한다. 이곳은 흔히 사람들이 상상할 수 있는 큰 묘지라기보다는 하나의 도시라고 하는 것이 적합할 것이다. 수없이 많은 골목길들이 거미줄처럼 뻗어 있고 그 중앙으로는 수십 년 묵은 마로니에들이 흐드러진 잎새들을 달고 늘어선 대로들이 뻗어 있다. 정문으로 들어갈 때 수위실에서 지도를 받아들고 찾아가지 않으면 자기가 가보고 싶은 위인 예술가 문호들의 무덤을 찾아내지 못할 것이며, 심지어 길을 잃고 헤매기 쉽다.

개인 소유의 시골 영지였던 이 땅은 옛날에 폴리 르뇨라는 이름을 가지고 있었다. 그후 1626년에 예수회 교단이 이 땅을 매입하여 루이 성왕을 추념하는 뜻에서 몽 루이라 불렀으며 교단의 휴양소로 사용했다. 루이 14세의 고해사제였던 라셰즈 신부는 몽 루이 휴양소를 자주 찾아왔으며, 1682년에 그곳에 훌륭한 건물을 짓도록 한 사람도 그 신부였다. 오늘날 이 묘지 이름은 바로 그의 이름에서 온 것이다.

1763년 이 영지는 매각되었고 예수회 교단은 이곳에서 추방되었다. 프랑스 혁명 후인 1803년 파리 시는 이 땅을 매입하여 브로니아르의 설계에 따라 거대한 공동묘지로 만들었다. 대혁명의 소용돌이 속에서 한꺼번에 너무 많은 사람들이 죽어서 그들을 매장할 장소가 부족했기 때문이다. 사실 이 묘지의 상당 부분은 오래된 유태인 묘지였다. 연고자를 찾을 수 없는 그 무덤 위에 흙을 덮고 또 한 층의 공동묘지를 만들었다.

메닐몽탕 가 쪽으로 난 정문으로 들어서서 넓은 대로를 곧장 걸어 들어가면 곧 드 퓌 가와 교차하는 네거리가 나오고, 네거리를 지나자 이내 왼쪽으로 보이는 묘지가 여류작가 콜레트의 무덤이다. 그리고 바로 곁에는 한 그루의 실버드나무 그늘에 덮인 소박한 묘비가 보인다.

내 사랑하는 친구들이여,

내가 죽거든 무덤가에 한 그루 버들을 심어다오

눈물 젖은 듯 늘어진 그 잎새가 좋아라

창백한 그 빛은 부드럽고 정다워라

내 잠은 땅 위에

그 그늘은 가볍게 드리우리니,

알프레드 뮈세의 무덤

이 낭만주의 특유의 시 「비가(悲歌)」는 이리하여 알프레드 뮈세의 유언이 되어 한 그루 버들은 그의 무덤 위에 가벼운 그늘을 드리운다. 그러나 뮈세가 사망한 것이 1857년이니 이미 이 무덤은 150년의 세월을 거친 셈이 된다. 그런데 그 무덤에 "그늘을 드리우는" 한 그루 버드나무가 150년 세월의 나이테를 헤아리기에는 너

오스카 와일드의 무덤

무나 가느다랗다는 사실에 주목하는 사람은 그리 많지 않다. 그렇다. 이 버드나무는 이곳에서 오래 살지 못한다. 묘지 관리당국이 정기적으로 새로 심는 버드나무인 것이다. 이것을 웃어넘기기 전에 오히려 이 짤막한 시의 위력에 감탄할 일이다. 그 아름다운 시편이 아니었다면 150년 동안 누가 매번 버드나무를 새로 심는 수고를 자청했겠는가. 버드나무의 그 창백한 빛은 그리하여 더욱 부드럽고 정답다. 이 잠든 시인 곁에는 경쾌한 작곡가 로시니가 누워 있으니, 시와 노래가 저 세상에는 함께 하는지도 모른다.

그 무덤에서 조금 더 가면 막다른 길. 바톨로메가 죽음에 바친 기념물이 장엄하고도 처절한 모습으로 어둑어둑한 분위기를 만든다. 이 때야 비로소 방문객은 자기가 죽음의 성 속에 들어와 있음을 실감할 것이다.

여기서는 계단을 통하여 언덕 위로 올라가야 한다. 그러나 죽은 사람들의 무덤을 — 아무리 낯익은 이름이라 할지라도— 구태여 찾아 무엇하겠는가. 천천히 마로니에 우거진 길로 그냥 걸을 일이다. 사자(死者)들의 지혜로운 목소리가 친근해질 때까지. 돌 위에 반쯤 지워져가는 낯 모르는 사람들의 이름이나 때로는 지나치게 번쩍이는 대리석 위에 너무나 큰 목소리의 금박으로 새겨진 묘비명에 눈길을 던져볼 일이다. 그 산책 속에서 우연히 마주치는 어느 묘비, 그 묘비에 빨간 장미꽃이, 이제 막 던지고 간 장미꽃이 붉게 타고 있거든 생각해보라. 시들기 전에 마지막으로 떨리는 그 빛을.

이 묘지 전체에서도 낯선 방문객들에게서 꽃다발을 가장 많이 받는 무덤은 폴란드의 망명음악가 프레데릭 쇼팽의 무덤이다. 차례로 조르주 상드를 사랑했던 뮈세와 쇼팽이 생전에 서로 만났었는지, 어떤 관계였는지는 알 수 없다. 그러나 이제 그들은 다같이 죽음의 도시의 시민이 되었다. 쇼팽의 무덤에서 그리 멀지 않은 앞쪽에는 예술사 속에

▶발자크의 무덤
▼에디트 피아프의 무덤

▲폴 엘뤼아르의 무덤
◀프루스트의 무덤

서 사실주의라는 이름을 빈번히 동반하는 화가 코로의 무덤이 있다. 알 퐁스 도데, 기욤 아폴리네르의 무덤은 길에서 한참 비켜난 저 죽음의 숲 속을 더듬으며 유심히 찾아야 보인다.

도버 해협을 건너 파리에 와서 많이 지냈던 오스카 와일드의 무덤은 길가에 있고 웅장하다. 무덤 위의 거대한 스핑크스는 여자의 모습 같기도 하고 남자의 모습 같기도 하다. 도리언 그레이가 그런 모습이었을까?

같은 19세기의 가장 힘찬 작가였던 오노레 드 발자크의 무덤과 가장 고독하게 살다가 '그 더럽고 음산한 겨울밤' 목을 맨 시인 제라르 드 네르발의 무덤이 마주 보고 있는 것은 기이한 아이러니다. 나폴레옹의 무덤과 같은 모양이지만 검은색이 비극적인 석관을 이고 누운 것은 당대를 주름잡던 화가 들라크루아의 무덤이다. 위대한 19세기는 모두들 같은 동네에 모여 누웠다. 미슐레, 비제…… 길가에 우연히 마주치는 꽃다발 자욱이 덮인 무덤가의 묘비명을 읽어본다. 사라 베르나르, 에디트 피아프.

이 드넓고 적적한 거리를 산책하면 역사책 속을 거니는 느낌이 든다. 안나 드 노아유 공녀(公女), 나폴레옹의 막료였던 네이 원수, 〈피가로의 결혼〉의 보마르셰, 몰리에, 라퐁텐느(그들의 주검은 이미 그 속에 있지 않다지만), 19세기 후엽의 내각수반 티에, 게 뤼사크, 화가 게리코…… 묘지라는 성 속에는 이렇게 시간이 공간으로 둔갑하여 역사를 마을로 만들어놓고 있다.

광대한 묘지의 한가운데에는 기이한 큰 건물이 한 채 서 있다. 여기가 화장터이며 납골당이다. 저녁 햇살이 기운다. 무덤이 한층 더 적적해진다. 마침내 가장 뒤편 길, 북쪽의 벽 근처에 이른다. 죽음의 도시에도 여전히 좌파(左派)와 우파(右派)가 있는 것인가? 저항적이고 혁명적인 사자들이 모두 한곳(북동쪽)에 모여 있다. 우선 나치의 포로수용소로 끌려가 사망한 이름 없는 사자들의 기념조각이 마지막 반항과 비탄의 목소리처럼 일어서 있다. 그리고『지옥』의 작가 앙리 바르뷔스의 무덤, 동쪽으로 돌면 생전에 웃고 있던 그의 행복한 모습처럼 묘석보다는 아름다운 총림(叢林)이 가득 심어진 폴 엘뤼아르의 무덤이 나타난다. 그 옆에는 공산당의 웅변가 모리스 토레즈의 무덤. 거대한 화강암 덩어리를 투박하게 정으로 쳐서 그 자국을 그대로 남긴 무거운 돌덩어리는 연단에서 수만 청중을 사로잡았던 그의 불 같은 목소리를 연상하게 한다.

그러나 페르 라셰즈 묘지는 다만 죽어 침묵하는 사람들의 성만은 아니다. 죽어서 절규하는 목소리가 그 안에 가득 차 있다는 것을 알기 위해서는 폴 엘뤼아르의 무덤에서 뒤로 돌아서서 맞은편 벽을 바라보아야 한다.

1871년 5월 몽마르트르에서 폭발한 라 코뮌 민중 봉기는 5월 28일 이 벽에서 최후의 피를 흘렸다. 베르사유 정부군에 포위되어 이 묘지 속에 갇힌 코뮌의 파리 시민들은 잔혹한 공격을 받았다. 메닐몽탕 가쪽으로 난 정문이 포격으로 부서졌고 군대는 27일 저녁 묘지 안으로 밀고 들어갔다. 묘석들 사이사이에서 처절한 전투가 벌어졌다. 그 이튿날

파리 시민들의 무덤

새벽 살아남은 시민 47명은 바로 이 벽 앞에서 총살당했다. 1789년 혁명으로 옛 왕정이 무너지고 난 이후 처음 등장한 가장 지속적인 정부인 제3공화국이 성립되기까지에는 이 피비린내 나는 희생을 거쳐야 했다. 그해 6월까지 약 1만에서 2만에 이르는 시민들의 희생을 통해서 파리의 질서를 회복한 티에 역시 같은 묘지에 묻혀 있다. 이 무덤 안에서 처형된 시민들은 바로 그 자리에서 벽 앞 땅속에 묻혔다. 후일 공화국은 그 비극적인 시민들의 죽음을 위로하기 위하여 그 담벼락에 구리판으로 된 묘비를 붙이고 '파리 코뮌 당 시민들의 벽'이라 불렀다. 구리판 위로 지금은 장미덩굴이 가득 덮여 붉은 장미꽃들이 군데군데 사자(死者)들의 선혈처

럼, 아니 저항의 함성처럼 떨기떨기 만발했다. 어떤 사람들의 가슴속에
서는 죽은 자들이 죽어서 더 크게 더 오래 외치는 절규의 소리가 들리게
마련이다. 그들 앞에 누워 있는 폴 엘뤼아르의 시처럼……

　　　　파괴된 내 안식처 위에

　　　　무너진 내 등대 불 위에

　　　　내 권태의 벽 위에

　　　　나는 너의 이름을 쓴다

　　　　욕망 없는 부재(不在) 위에

　　　　벌거벗은 고독 위에

　　　　죽음의 계단 위에

　　　　나는 너의 이름을 쓴다.

　　　　회복된 건강 위에

　　　　회상 없는 희망 위에

　　　　나는 너의 이름을 쓴다.

　　　　그 한마디 말의 힘으로

　　　　나는 내 일생을 다시 시작한다.

　　　　사라진 위험 위에

나는 태어났다, 너를 알기 위해서

너의 이름을 부르기 위해서

자유여!

Ⅱ. 보바리를 찾아서

— 현실과 허구 사이로 난 오솔길

　　여름이 초거울처럼 춥다는 딸아이의 경고를 반신반의하면서
도 두툼한 점퍼를 트렁크에 넣어 가지고 도착한 파리의 7월 중순은 문득
화창하고 따뜻한 한여름으로 되돌아와 있었다. 그리고 점차 파리 사람
들이 바캉스를 떠나며 비우기 시작한 도심의 포부르 생 제르맹 거리는
'사막처럼' 황량해지기 시작했다. 나는 그렇게 텅 비어가는 여름의 파리
를 좋아한다. 특히 그르넬 가의 적막은 뙤약볕에 바래가는 기억의 여백
처럼 아름답다. 여기는 이제 빛의 사막이다. 모디아노의 소설 『잃어버린
거리』의 첫 페이지였던가. "대로에는 7월의 햇빛만 쏟아질 뿐 인적이 없
었다. 혹시 폭격을 피해 주민들이 다 소개해서 떠나고 난 유령의 도시를
통과하고 있는 것이 아닌가 하는 느낌마저 들었다. 어쩌면 건물의 벽들

저 뒤에는 무너져버린 폐허가 숨어 있는 것은 아닐까? 택시는 마치 엔진을 꺼버리고 제동이 풀려 대로의 비탈을 굴러내려가듯 점점 더 빨리 미끄러져 가고 있었다."

그리고 가끔 바르바라의 노래나 프레베르의 반어적인 시「아름다운 계절」을 머릿속에 떠올리기도 하는 것은 바로 파리가 햇빛 속에 남겨진 "고요의 사막"으로 변해가고 있기 때문일 터이다.

> 빈속에 길 잃고 굳어진 채
> 외롭게 무일푼의
> 열여섯 살 소녀가
> 꼼짝 않고 서 있는
> 콩코르드 광장
> 정오 팔월 십오일

아닌게아니라 그 무렵 파리 거리의 이곳저곳에는 '사막Désert'이라는 커다란 글씨가 유난히 눈에 들어오는 광고판이 펄럭이곤 했다. 카르티에 재단 미술관에서 열리고 있는 '사막'을 주제로 한 사진전 광고였다. 나는 투명한 햇빛 속을 한가하게 걸어서, 보들레르, 사르트르가 묻혀 있는 몽파르나스 공동묘지 근처의 그 전시장을 찾아갔다. 사막의 신기루를 찍은 대형 비디오 필름이 떨리는 꿈의 추상화로 변하는 그 전시실 한구석에서 나는 우연히 150여 년 전의 아주 오래된 사막 사진 한 장

을 발견했다. 흐릿한 그 사진. 햇볕과 세월
에 바랜 사막, 그리고 보일 듯 말 듯한 지평
선. 놀랍게도 사진을 찍은 사람은 소설『마
담 보바리』의 작가 귀스타브 플로베르의
친구인 막심 뒤 캉 (Maxime Du Camp).
1849년, 그들 두 친구는 함께 동방여행중
사막을 거쳐갔다. 여행중 카이로에서 만
난 여관 주인 이름이 부바레 (Bouvaret)
였다. 그것이 소설 속 '보바리'라는 이름
의 기원이었다.

귀스타브 플로베르의 초상(외젠 지로의 그림)

　　　　장장 1년 8개월이나 계속될 그들의 동방여행은 6개월에 걸친
긴 준비와 많은 비용을 투자한 것이었다. 뒤 캉이 꾸린 두 사람의 짐은 나
무상자 두 개로 무려 700파운드에 달했는데 그 속에는 안장과 승마 용
구, 각자 두 켤레의 장화, 부엌 용구와 의료 용구, 무기, 텐트 외에 "사진
을 현상하는 암실로 사용할 작은 텐트 하나"도 포함되어 있었다. "사진
찍는 것을 배우는 일은 별것 아니었다. 그러나 사진 도구들을 나귀 등에,
낙타 등에, 사람의 등에 지워서 운송하는 일은 어려운 문제였다"고 그는
훗날 회고록에 기록한다. 카르티에 재단 '사막' 전시회에 내걸린 뒤 캉
의 사진은 바로 그 여행의 산물이다. 그 밖에도 뒤 캉이 남긴 사진 자료들
속에는 "카이로에서의 플로베르"도 포함되어 있다. 이 여행을 위하여 플
로베르의 어머니가 부담한 비용은 총 2만 7000프랑에 운송비와 관세 500

프랑이 추가되었다. 귀스타브의 아버지 플로베르 박사가 세상을 떠났을 때 공증인이 작성한 재산목록에 따르건대 크루아세 별장의 땅과 건물의 가격이 3만760프랑이었다니 웬만한 집 한 채 값을 육박하는 그 여행비용의 규모를 미루어 짐작할 수 있다.

4년 동안이나 붙잡고 있던 『마담 보바리』의 새 번역본을 금년 봄에 마침내 출간한 뒤끝이고 또 연구서 『발자크와 플로베르』도 여름중에 출간될 예정인 터이라 내 마음속에는 플로베르가 아직도 오래 닫아놓은 방 안의 체취처럼 가득히 고여 있었음인가? 나는 문득 플로베르의 고장 노르망디, 그리고 무엇보다도 『마담 보바리』의 '무대'가 된 리(Ry) 마을을 찾아가보고 싶어졌다. 무작정 길을 떠나는 것도 좋지만, 이런 유별난 분위기와 구실은 여행에 액센트를 부여한다. 한국일보의 파리 특파원이었던 김성우 선생이 그곳을 찾았던 것이 플로베르 사후 100주년인 1980년. 그로부터 20년의 세월이 지났다.

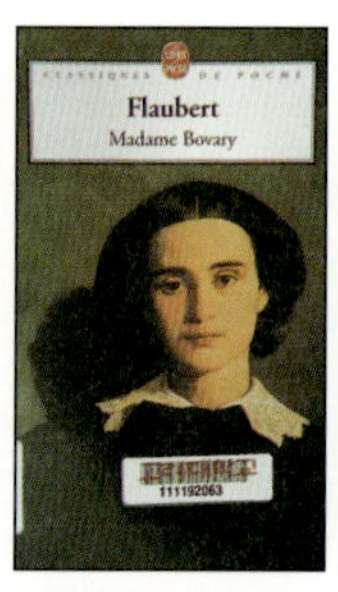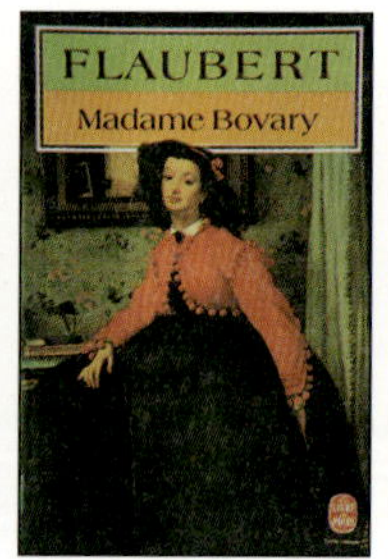

플로베르의 『마담 보바리』 번역본(민음사)과 원서들

보바리, 들로네, 들라마르

　　1857년 『마담 보바리』가 출간된 지 몇 달 뒤, 그 작품은 실제인물들을 등장시킨 "모델 소설"이라는 소문이 파다하게 돌았다. 그러나 작자인 플로베르는 완강히 부인했다. "그 어떤 인물도 내 앞에서 모델을 선 적이 없다. 『마담 보바리』는 순전한 창작이다. 이 책의 모든 인물들은 완전한 상상의 산물이며 용빌 라베이 자체는 리월 강이나 기타 여러 가지와 마찬가지로 실제로는 존재하지 않는 고장이다"라고 그는 편지 속에서 분명히 밝혔다.

　　모델 소실이라는 소문의 문학사적 진원은 작가의 친구 막심

루이 부이예

뒤 캉이 플로베르의 사후인 1882년에 펴낸 저서 『문학적 회고』이다. 그 속에는 다음과 같은 기록이 전해진다.

동방여행을 떠나기 직전 플로베르는 일 년 전부터 집필중이었던 『성 앙트완느의 유혹』을 기어이 끝내고자 했다. 원고가 완성되자 그는 뒤 캉과 루이 부이예, 두 친구를 크롸세로 불러서 자신의 작품에 대한 평가를 요청했다. 그는 무려 32시간에 걸쳐 원고를 큰 소리로 읽어내

  보 바 리 를 찾 아 서

려갔다. 꼬박 나흘 동안, 정오에서 오후 네시까지, 여덟시에서 자정까지 그는 줄기차게 읽었다. 마지막 페이지를 넘기던 날 저녁 두 친구의 솔직하고 단호한 선고가 내려졌다. "이건 불 속에 처넣어버리고 다시는 입 밖에 내지 않는 것이 좋겠다!" 주제가 모호한데다가 그것을 처리하는 방식 때문에 더욱 모호해졌다는 것이었다.

그리고 부이예의 다음과 같은 충고가 뒤따랐다. "너무나도 막연해서 집중이 불가능한 주제들은 포기하는 것이 좋겠네. 지나치게 서정적인 성향을 억제하지 못하는 자네이니, 그런 서정성을 쏟아놓았다가는 우스꽝스러워질 뿐인지라 서정적 감정을 통제하여 그런 성향을 포기할 수밖에 없는 어떤 주제를 택해야 하네. 좀 세속적인 주제를, 중산층의 생활 속에서 흔히 볼 수 있는 무슨 사건들 중 한 가지를 다뤄보게나……" 그리고 그 이튿날 루이 부이예가 아이디어를 냈다. "들로네 이야기를 쓰면 좋지 않을까?"

막심 뒤 캉이 그의 저서 속에서 진짜 이름을 숨기고 가명으로 말한 그 "들로네(Delaunay)"란, "보잘것없는 시골 의사로 플로베르의 아버지의 제자였었고 우리도 아는 사람이었다. 그는 루앙 근처의 봉스쿠르 마을에서 개업했다. 재산이 많은 줄 알고서 자신보다 연상인 여자와 결혼했다가 상처하고 홀아비가 된 그는 루앙의 기숙학교에서 교육받았지만 재산은 별로 많지 않은 처녀와 재혼했다. 그다지 예쁠 것도 없는 그 키 작은 여자는 빛 바랜 노랑머리에 얼굴은 온통 주근깨투성이였다.

잘난 체하기 좋아해서 남편을 바보 취급하며 멸시하기 일쑤인 그녀는 통통하고 뽀얀 살결에 전체적인 몸놀림이 유연하여 마치 구렁이가 꾸불거리는 것 같았다. 노르망디 남부 억양으로 찌그러진 그의 목소리는 사람을 애무하는 듯하고 어정쩡한 색깔의 두 눈은 빛을 받는 각도에 따라 녹색, 회색 혹은 청색으로 변했다. 들로네는 아내를 몹시 좋아했지만 그녀는 남편을 아랑곳하지 않은 채 바람을 피워대면서 만족할 줄 몰랐다. 그녀는 빈혈 환자 특유의 심한 노이로제 같은 것에 걸려 있었다. 색정과 편집광적인 낭비벽에 사로잡힌 그녀는 책임감이 전혀 없었지만 사람들이 들려주는 선의의 충고 정도로는 치유가 불가능했다. 사방에 빚을 져서 채무자들에게 시달리고 자신을 구타하는 애인들을 위하여 남편의 돈과 물건을 훔쳐내곤 하다가 심한 절망감에 못 이겨 음독자살하고 말았다. 들로네는 아내가 남긴 어린 딸아이를 나름대로 키워보려 했다. 그러나 아내의 빚을 다 갚지도 못한 채 재산을 바닥내고 파산하여 사람들의 손가락질을 받기에 이른 그 가련한 사내 역시 인생에 염증을 느낀 나머지 스스로 극약을 조제하여 잊지 못할 아내 곁으로 돌아갔다."

친구 부이예가 플로베르에게 제안한 주제는 바로 이름 없는 작은 마을에서 네댓 사람에 불과한 이 인물들을 중심으로 연출된 이 이야기였는데 소설가는 즉시 이 주제를 택하여 집필을 시작했고 이것이 바로 『마담 보바리』의 모델이라는 것이 뒤 캉의 설명이다. "만약에 『성 앙트완느의 유혹』이 만족스러운 작품이었다면 그 소설을 쓸 생각은 하지 않았을 것이다." 과연 뒤 캉이 전하는 "들로네"의 이야기는 소설 속에서 기술된 보바리 집안 사람들 및 그들의 운명과 너무나도 유사하다.

그리고 얼마 후 그 두 친구는 동방여행(이집트, 중동, 터키, 그리스, 이탈리아)을 떠났지만 작가가 너무나 소설 구상에만 사로잡혀 있어서 여행을 만끽하기가 어려웠다. "그가 장차 쓰려는 소설이 그의 마음을 가득 채우고 있었던 것이다. 그는 나에게 이렇게 말하곤 했다. 강박관념이 되고 말았어! 남부 누비아의 경계 지역, 두번째 폭포를 굽어보는 제벨 아부시르 정상에서, 나일 강물이 검은 화강암 바윗덩어리들을 내려치며 떨어지는 광경을 바라보다가 문득 그가 소리쳤다. 옳거니! 옳거니! 난 그 여자를 엠마 보바리라고 부르겠어!"

이 이야기는 멋지게 윤색되어 아무런 검증도 거치지 않은 채 오랫동안 진실로 인정되어왔다. 그러나 이 진실 아닌 '전설'은 세밀한 분석과 매우 중요한 반론을 필요로 하는 내용이다. 세 친구 사이에 『성

마담 보바리를 해부하는 플로베르

앙트완느의 유혹』 원고의 독회가 있었다는 사실은 부정하기 어렵다. 동방여행을 떠난 두 달 뒤, 플로베르가 어머니에게 보낸 편지와 8개월 뒤 루이 부이예에게 보낸 편지(""성 앙트완느』가 내게 가한 끔찍한 충격에서 그럭저럭 회복되었다")가 이를 증거한다.

플로베르와 뒤 캉은 1849년 10월 22일 크루아세를 출발, 1851년 6월에야 동방여행에서 돌아온다. 따라서 정확하게 1849년 9월 12일 오후 3시 20분에 탈고된 문제의 원고를 플로베르가 두 친구 앞에서 읽은 나흘은 9월 12일과 10월 22일 사이였다고 보아야 한다. 그런데 뒤 캉의 진술과는 달리 문제의 "들로네"는 그 무렵에 아직 자살하지 않은 채 살아 있었다. 그는 플로베르 일행이 동방여행중인 12월 7일에야 사망했던 것이다. 따라서 그의 가정적 불행은 아직 세인들에게 널리 알려진 사실이 아니었다.

"엠마 보바리"의 명명 과정 또한 그렇게 신비한 영감의 모습으로 찾아든 것이 아니었고 그 시기 역시 그보다 한참 뒤라고 보아야 옳다. 플로베르는 1870년에서야 "카이로에 있는 여관 주인이었던 부바레를 변형시켜서 지어낸" 이름이 보바리임을 밝혔다. 과연 구상 과정의 네 번째 "시나리오"에서 작가는 두 번씩이나 주인공을 "부바리"라고 잘못 표기하고 있다. 그러나 나일 강변의 폭포 장면을 목격했던 1850년 3월에는 아직 플로베르의 머릿속에 보바리의 이름은커녕 그 인물의 초벌그림조차 그려지지 못한 상태였다. 플로베르가 실제로 『마담 보바리』의 주제를 구상하기 시작한 것은 그로부터 1년도 더 지난 1851년 4월 9일에서 7

월 23일 사이였던 것이다.

　『문학적 회고』에서 뒤 캉이 언급한 "들로네" 집안이 실은 "외젠(Eugéne)과 델핀 들라마르(Delphine Delamare)" 부부라는 사실이 널리 알려지고 '진정한 마담 보바리'의 이야기가 노르망디 사람들의 입에 다시 오르내리기 시작한 것은 1890년이었다. 루앙의 신문기자 조르주 뒤보스크(G. Dubosc)가 사건의 현장을 찾아가서 '확인'한 결과를 신문에 발표하여 일대 센세이션을 일으킨 것이다. 그후 수많은 조사자들과 그에 이어 호기심 많은 사람들이 이른바 '현장'이라는 '리(Ry)' 마을로 몰려들기 시작했다. 그러나 실제로 뒤 캉이나 뒤보스크가 『마담 보바리』의 '모델'을 소개하거나 발견했다기보다는 소설이 발표된 뒤에 그들이 현실을 소설에 맞추어 다듬은 결과 소설 밖에 또하나의 허구가 구축되었다고 하는 것이 더 사실에 가까울 것이다. 이 점은 이미 많은 플로베르 연구가들에 의하여 밝혀진 사실이다.

뒤 캉의 『문학적 회고록』

노르망디의 여행자

플로베르의 동방여행과 달리 나의 '보바리 여행'을 위해서는 별다른 준비가 필요하지 않았다. 우리 대학 졸업생으로 파리에 와서 롱사르 연구로 박사학위를 준비하고 있는 손주경군이 자동차로 동행해주기로 했다. 나는 그전에 아셰트 출판사에서 나온 『청색 여행가이드 (*Guides Bleus*)』 한 권을 구입하여 플로베르, 특히 『마담 보바리』와 관련된 사항들을 면밀하게 체크해놓았다. 이 내용이야말로 뒤 캉과 뒤보스크 이래 끈질기게 이어지고 있는 또하나의 픽션의 연속에 불과하지만 그것대로 흥미가 없는 것은 아니다. 정밀한 검증을 필요로 하는 모델과 문학 텍스트의 비교 연구는 연구이고 문학을 에워싸는 야사(野史)는 또 야사다. 마치 몇 번이고 되풀이하여 각색하고 제작하는 새로운 영화 『마담 보바리』의 또다른 버전 같은 것이다. 허구가 용납되는 야사는 가끔 평범한 독자의 상상력에 불을 지르는 도화선이 될 수도 있고 또 한번의 상쾌한 노르망디 여행의 출발점이 될 수도 있다. 그리고 무엇보다도『마담 보바리』를 대자연 속에 해방시키면서 다시 한번 마음속으로 정독하는 귀중한 기회라는 점에서 내겐 더욱 중요하다. 나는 잠시 순진한 나그네의 마음으로 돌아와 사진기, 수첩, 필기도구 등을 준비했다. 나는 이제 허구와 허구 사이로 난 실물크기의 새로운 영화『마담 보바리』의 오솔길로 접어든다. 아침 9시 정각에 손군이 집으로 찾아왔다. 곧 자동차에 올라 포르트 생클루를 거쳐 5년 전에 살아서 정들었던 뫼동을 거쳐 루앙으로 가는 고속도로 A13번으로 들어섰다.

전날 밤 늦도록 우물대는 바람에 새벽 두시나 되어 잠이 들었던 탓일까, 손군이 운전하는 옆자리에 앉아서 자꾸만 졸았다. 맑은 아침이었는데 노르망디 지방으로 들어서면서 하늘에 구름이 끼더니 빗방울까지 간간이 차창을 두드렸다. 좀 불안해졌다. 마침내 고속도로를 빠져나와 루앙 시에 진입. 오른쪽에 세느 강이 보였다. 파리와 달리 루앙은 세느 강 좌안이 신도시이고 우안이 구시가다. 그러나 강의 양쪽이 다 일종의 개성 없는 신축건물들이어서 고도(古都)라는 인상을 별로 풍기지 않는다. 노르망디 지방의 거점도시로 세느 강 하구의 하항인 루앙은 이차대전 때 노르망디 상륙작전을 전후하여 폭격의 피해가 극심했던 곳이다. 대성당도 전쟁 때 많이 파손되었다가 후에 원형대로 복구되었다. 그러니 엠마와 레옹을 태운 마차가 무작정 질주했던 루앙의 거리는 오늘의 그 거리가 아니다.

1. 크루아세와 대성당

그러나 내가 첫 방문장소로 잡은 것은 구시가가 아니라 플로베르의 창작산실인 크루아세(Croisset)다. 그 집이 있는 마을의 이름은 캉틀뢰. 강변대로를 지나노라니 이곳 출신인 극작가 코르네이유의 동상이 보이고 그 뒤로 서울의 장충동 국립극장만큼이나 몰취미한 '예술극장'이 서 있다. 다시 신시가 쪽으로 건너가서 U자를 그리며 왼쪽으로 돈다. 부두의 어지러운 공장들과 접안시설들을 끼고 잠시 따라가니 금방, 차량들이 속력을 내어 달리기 시작하는 시골동네 캉틀뢰가 나타난다. 왼쪽은 협궤 기차·길과 강폭이 넓은 세느 강 하구, 오른쪽만이 드문드문 언덕발치에 늘어선 가옥들이다. 파리 근교 투르게네프의 다차가 있는 마을 '부지발'을 연상시키는 지형이지만 강변의 집들과 강의 풍경은 부지발과 비교가 되지 않을 만큼 을씨년스럽다.

카르타고의 폐허에서
크루아세로 옮겨놓은 돌기둥

이내 길 오른쪽 철책에 바싹 붙은 작은 정자가 나타나고 그 좌우와 뒤편은 작은 정원이다. 여기가 문학사에 널리 알려진 그 유명한 크루아세. 명성에 비하여 너무나 보잘것없는 집이요 뜰이다. 철책 문은 열려 있고 인적이 없다. 작은 정원을 거쳐 계단을 오르니 정면에 언덕 비탈을 등지고 작은 고대 돌기둥이 하나 서 있다. "북아프리카 카르타고의 폐허에서 발굴한 돌기둥으로 카르타고의 사람들이 플로베르

크루아세 정자 입구

를 기리기 위하여 귀스타브 플로베르 탄생 100주년 기념으로 1922년 3월 12일 『살람보』를 집필한 이 장소에 옮겨다놓다"라고 기록한 청동판이 밑에 설치되어 있다.

다시 그 왼쪽으로 이어진 풀밭을 따라 몇 발짝을 옮기니 길가에서 보이던 사각형 2층의 정자 건물로 통하는 소로. 크루아세는 플로베르 사후 조카딸 카롤린 아마르에게 유산으로 남겨졌었다. 그러나 그녀는 외삼촌 플로베르에 대한 깊은 존경심에도 불구하고 채무 때문에 그 집과 땅을 매각하지 않으면 안 되었다. 그리하여 집의 본채는 이미 옛날에 헐려버렸고 지금은 외따로 지은 정자만이 남아 있다. 루앙 시립도서관에는 본채가 허물어지기 전의 모습을 보여주는 크루아세의 풍경 수채

크루아세의 정자

화가 보관되어 있는데 강쪽으로 면한 본채의 정면에는 창문이 아홉 개나 되어 작은 성관을 연상시킨다. 공쿠르 형제는 1863년 10월 29일자 일기에서 플로베르가 『마담 보바리』를 집필하던 방의 모양은 "세느 강 쪽으로 창문이 두 개, 정원 쪽으로 창문이 세 개 있었다"고 기록하고 있지만 그것은 오히려 지금 남아 있는 정자의 묘사가 아니었을까?

키를 넘게 늘어선 보리수 나무들이 정자 입구 현관으로 인도한다. 플로베르는 글을 쓰는 사이 이곳으로 나와 쉬면서 낮에는 손님을 맞아들이고 밤이면 강물을 바라보면서 명상에 잠기곤 했다. 그는 밤을 도와 쓴 글을 고치고 또 고치면서 문장의 리듬과 운을 테스트하기 위하여 큰 소리로 읽어대는 버릇이 있었는데 그 낭랑한 소리는 세느 강의 대안에까지 들렸다고 한다. 그래서 크루아세는 플로베르의 "고함치는 집(Gueuloire)"으로 더 널리 알려져 있다. 그는 동방여행중에도 크루아세의 집을 그리워하며 이렇게 썼다. "저기, 강가 어딘가에, 나는 고색창연하지는 않지만 더 정다운 하얀 집 한 채를 두고 왔다. 내가 지금 거기에 없으니 덧문은 닫혀 있겠지. 나는 그곳에 보리수 늘어선 루이 15세식 긴 테라스를 두고 왔다. 여름철이면 흰 가운을 입고 나는 그곳을 서성거린다. 강가에 정자가 서 있고 장미덩굴 뒤덮인 커다란 벽을 나는 두고 왔다. 밖에는 쇠 발코니 위에 인동덩굴이 무성하게 자란다. 칠월의 새벽 한시, 달 밝은 밤이면 낚시질하기도 좋으니.”

정자 오른쪽 서너 개의 계단을 따라 내려가면 매우 정갈하게 손질한 작은 정원이 철책을 사이에 두고 길 쪽으로 면해 있다. 정자 앞에 놓인 붉은 페인트칠 벤치에 아침 빛이 고와 잠시 앉아본다. 플로베르는 큰 소리로 원고를 읽다가 지치면 두 친구들과 함께 이 뜰에 나와서 거닐곤 했을 것이다. 지금은 빈 정자만 넘실대는 강물을 건너다보며 덧문을 닫은 채 멀리 한국에서 찾아온 내 앞에 멀뚱하게 서 있다. 그냥 퇴락한 작은 집의 모습이 플로베르의 문체만큼 적적하다.

플로베르의 가족은 1844년에 이곳 크루아세 새집으로 이사했다. 철도건설 때문에 데빌의 주말별장이 철거되자 그후에 구입한 곳이었다. 1845년 그 유명한 발작을 일으킨 직후 플로베르는 알프레드 르 푸아트뱅에게 “나는 실생활과는 돌이킬 수 없는 작별을 고했다”고 술회한다. 플로베르는 종교에 입문하듯이 문학에 입문한다. 옛날에 베네딕트 수도사들이 살았고 아베 프레보가 『마농 레스코』를 쓴 곳이라고 전해지는 이곳은 그런 심정의 플로베르를 매혹하기에 충분했다. 루앙으로부터 강 하류 쪽으로 이삼 마일 떨어진 근교의 세느 강변. 강가의 집을 일년

루앙 대성당 정문

내내 살기 좋은 집으로 만드느라고 엄청난 공사를 했다. 침실에 난로도 설치하고 강기슭을 산책하는 사람들이 들여다보지 못하도록 최대한 신경을 썼다. 그것은 초라할 정도로 소박한 이층집이었다. 넓은 마당과 정원이 있었고 나무가 무성한 가파른 언덕 위로 캉틀뢰 마을이 자리잡고 있었다. 귀스타브는 곧 편안함을 느꼈다. "내 앞의 테이블 위에는 내 책이 있고 창문은 열려 있고 모든 게 조용하다." 이것은 1845년 6월에 알프레드에게 보낸 편지인데 1년이나 5년 혹은 10년 20년 후에 썼더라도 편지 내용은 같았을 것이다.

그는 이곳에서 첫번째 『성 앙트완느의 유혹』과 『마담 보바리』 『살람보』 『감정교육』을 썼으니 실로 플로베르 문학의 '산실' 이라 할 만하다. 1870년 보불전쟁이 발발하여 크루아세가 프로이센군에 징발당하자 플로베르는 루앙으로 옮겨가 살았다. 전후에 다시 돌아온 이 집에서 「순박한 마음」 등 세 편의 단편을 썼다. 그는 1880년 5월 8일 이곳에서 『부바르와 페퀴셰』를 집필중 뇌출혈로 사망했다. 그후 1905년 플로베르를 사랑하는 사람들이 크루아세를 사들여가지고 루앙 시에 기증하면서 기념관이 되었다.

나는 다시 차를 돌려 루앙 시내로 향한다. 시내의 첫 목표는 모네의 그림으로도 유명한 대성당이다. 주교관 문앞에 차를 세운다. 고개를 완전히 뒤로 젖히고 하늘을 쳐다보듯 바라보아야 보이는 철의 첨탑이 꺼멓고 까마득하다. 성당 앞 광장에는 관광객들을 맞는 간이식당이 붉은 테이블보를 덮은 수많은 식탁들과 더불어 열병식을 하듯 넓게 차려져 있다. 첨탑이 너무 높아 그 전경의 사진을 찍으려면 그 앞의 계단들을 내려가 다시 대로를 건너 시내 쪽으로 한참 내려가야 할 것 같다. 그토록 하늘을 찌를 듯 높이 솟은 첨탑. 1544년에 완성되었다가 1822년 9월 15일(플로베르가 태어난 이듬해) 벼락으로 파괴되었다. 건축가 알라브완느 (Alavoine)가 조사를 마치고 제안한 보수 방법이 놀랍게도 산업용재에나 쓰이는 철탑이었다. 주물로 뜬 장식들을 조립연결할 수 있어 건축이 용이하고 가격이 저렴하며 돌보다 더 가볍다는 것이 그 이유. 그러나 1848년 115미터에서 작업 중단. 비올레 드 같은 전문가는 "쇠붙이의 거대한 피라미드"라고 빈정댔다.

소설 『마담 보바리』에서 이 성당의 역할은 중요하다. 레옹은 "난생 처음 여자를 위하여" 제비꽃 한 다발을 사들고 성당 안으로 들어간다. 작가는 소설 속에서, 엠마를 기다리는 레옹의 상상을 빌려 성스러운 대성당의 내부를 "거대한 규방"으로 탈바꿈시켜놓는다. 그같은 시선 속에는 플로베르의 매서운 반교권주의적 풍자가 깃들여 있다. "성당은 거대한 규방 같은 분위기로 그녀를 중심으로 삼아 배치되어 있었다. 천장의 궁륭은 어둠 속에서 그녀의 사랑의 고백을 받아들이기 위하여 몸을 굽히고 그림 색유리는 그녀의 얼굴을 물들이기 위해 빛을 더하고 향로는 그녀가 향의 내음 속에서 천사처럼 나타나도록 하기 위해 타오르리라. 그러나 그녀는 좀처럼 오지 않았다." 이윽고 "바닥돌 위에 비단 스치는 소리가 나면서" 엠마가 나타나는 순간 성당지기가 지겹게 따라붙으며 안내를 자청한다. 마음은 온통 엠마뿐인 서기 레옹에게 성당 안내인이 마지막까지 감상을 권하는 것도 첨탑이다. "첨탑을 구경해야죠! 높이가 무려 사백사십 피트나 됩니다. 이집트의 대피라미드보다 딱 구 피트 모자랍니다. 전부 주물로 되어 있굽쇼……" 1875년에야 다시 계속된 첨탑의 복구 작업은 1881년에야 완성되었다. 고딕 건축과 주물 건축재의 선구. 전체 높이 150미터.

　　　　　나는 다시 대성당의 정문 앞 광장으로 나선다. 그제서야 모네가 반복하여 그린 그 거대한 정면의 전모가 드러난다. 그러나 탑의 상단부는 한창 공사중이어서 가림막으로 은폐되어 있다. 레옹이 성가신 안내인을 간신히 따돌리고 나서 보바리 부인의 손목을 끌어 마차 위로 뛰어올라타던 그 자리. 지금은 흐린 날 여름 아침의 쌀쌀한 기운이 반팔 셔츠에 소름을 돋게 한다. 나는 오래 전, 20대 후반의 어느 날 이곳을 처음 방문했었다. 그때 나는 얼마나 희망에 부풀어 있었던가. 그리고 그때 나는 얼마나 무지한 백지였던가. 그때는 여기 와서 『마담 보바리』를 연상할 줄도 몰랐었다. 성당의 측면 모퉁이에 있는 작은 카페에서 늦은 아침식사 대용으로 카페 크렘을 마신다. 옆자리에 앉은 어떤 외국인 한 쌍의 손에 들린 담배에서 차갑고 맵싸한 연기가 자꾸만 내게로 쏟아져온다. 흐리고 쌀쌀한 아침나절. 나는 몸을 떨면서 성당 앞 광장의 낯선 풍경과 그것이 촉발하는 몽상 속에 파묻힌다. "나리, 어디로 모실깝쇼? 하고 마부가 물었다. 아무 데라도 좋아! 하고 레옹은 엠마를 마차 안으로 밀어넣으면서 말했다. 그리고 무거운 마차는 달리기 시작했다." 이윽고 저녁 여섯시경, 보브와진느 구역의 어떤 뒷골목에 가서 멈출 때까지. 그 마차 안의 사정

플로베르 박물관 정문

이 궁금해진 제2제정의 검찰이 『마담 보바리』를 법정에 세울 때까지.

2. 루앙 시립병원 (Hôtel-Dieu)

루앙 시의 귀스타브 플로베르 대로 끝에 정면으로 보이는 정
갈하고 아름다운 건물. 기하학적으로 설계하여 넓고 흰칠하게 가꾸어놓
은 정원을 품에 안듯이 둘러싼 건물이 철책 너머로 건너다보인다. 우리

는 철책 대문 왼쪽에 늘어선 나무 밑 주
차장에 차를 세웠는데 마침 그 앞이
'플로베르 박물관 (Musée Flaubert)'
의 문앞이다. 점심시간이어서일까 ?
문은 굳게 닫혀 있다. 문 옆에는 "이
곳에서 귀스타브 플로베르가 태어났
다"라고 새긴 청동판이 붙어 있다. 여
기가 플로베르의 아버지이며 이 병원

루앙 시립병원

의 외과과장이었던 아쉴 플로베르 박사가 1816년부터 1846년까지 30년
동안 살던 집이다. 아들 귀스타브는 1821년 이 집에서 태어나 1846년까
지 유년과 청소년, 그리고 청년 시절을 보냈다. "병원의 강당은 정원에
면해 있었지. 누이동생과 함께 정원의 덩굴시렁 위로 기어올라가서 포
도넝쿨에 매달린 채 그 안에 늘어놓은 시신들을 호기심 어린 눈으로 바
라본 것이 몇 번이었던가"라고 그는 루이즈 콜레에게 보낸 편지에서 회
상했다. 그 안으로 들어가면 그 집 식구들이 살던 아파트와 가구들, 그리
고 집기들이 옛날 모습 그대로 놓여 있겠지.

　　　　이 병원의 부속사택은 견고하게 건축된 별채로서 병원의 시
가지 쪽 구석에 자리잡고 있다. 플로베르의 탄생에서 현재까지 180년간
외부환경은 거의 변하지 않았다. 널찍한 병원의 단지는 15세기 말 루앙
시외(당시에는 흑사병 환자를 수용하는 곳이었으니까)에 조성되었지만 건물 자체
는 18세기에 완성되었다. 그 당시에 더불어 건축된 왼편의 수석외과의

사의 사택은 앞뜰과 좁은 르카 거리를 향하여 창문이 나 있다. 귀스타브는 이층의 부부침실에서 태어났다. 1821년 12월 12일 오전 네시. 이때 그의 형 아실은 이미 아홉 살이었으므로 귀스타브는 세 살 아래인 여동생 카롤린과 정답게 자랐다. 그들 남매의 우애는 카롤린이 결혼할 때까지 계속된다. 소설가에 관한 회고록『마음속의 추억(*Souvenirs Intimes*)』을 쓴 또하나의 카롤린은 바로 그 누이가 남긴 유일한 딸이다.

이 병원과 플로베르 가의 관계는 귀스타브의 어머니 쪽에서 시작된다. 그녀는 1793년 9월 7일, 중세 이래 낙농업으로 유명한 농업지역 오주의 퐁레베크에서 카롤린 플뢰리오라는 이름으로 태어났다. 그녀의 아버지 장 바티스트는 '보건검역관' 이었는데 소설 속의 샤를르 보바리 역시 보건검역관이다. 이는 의학박사와는 아주 달리 간단한 연수 과정을 거쳐서 받는 개업의 자격이다. 그녀의 어머니는 딸을 낳은 지 일 주일 만에 죽었고 아버지마저 그녀가 아홉 살 때 죽었다. 고아가 된 그녀는 기숙학교를 마친 뒤 사촌이며 대모인 마리 투레와 루앙 시립병원의 수석외과의사인 그녀의 남편 장 바티스트 로모니에에게 맡겨졌다. 그런 연유로 이 병원에서 성장한 그녀는 로모니에 박사의 젊은 제자 아 쉴 −

플로베르의 무덤돌

클레오파 플로베르와 결혼하게 되어
마침내 소설가 플로베르의 어머니 자
격으로 문학사에 등장하게 된 것이다.

아버지 아쉴-클레오파는
상스에서 고등학교를 마치고 파리의
의과대학에 입학, 수련의 시절에는 이
미 유명한 외과의사인 스승의 주목을
끌었다. 그는 머지않아 루앙 시립병원
의 수석외과의사 로모니에의 해부학

플로베르 가의 묘석(가장 왼쪽이 귀스타브 플로베르의 묘석)

보조교사로 임명되었다. 그리고 가진 것이라곤 장래성뿐인 그는 18세
되던 해에 연수 4000프랑이나 되는 지참금을 지닌 반듯한 용모의 카롤
린을 신부로 맞았다. 결혼식은 1812년 2월 10일 루앙 시청에서 올렸다.
플로베르 가족은 1만 5000프랑의 자본으로 결혼생활을 시작했지만 34
년 후 플로베르 박사가 사망했을 때는 그 유산이 무려 80만 프랑에 달하
여 당시 루앙에서 가장 부유한 집안의 하나가 되었다. "쾌락과 공부를 병
행하며 돈을 물쓰듯 하고 가난을 한탄한다"라고 막심 뒤 캉이 플로베르
에 대하여 투덜댄 것은 우연이 아니었다.

그들 사이에 태어난 첫아들이 아쉴이다. 첫딸 카롤린은 두 살
때 죽고 둘째딸 카롤린이 살아남았다. 그 이전에 또 아들 셋을 낳았으나
앞서의 둘은 죽고 막내가 살아남아 소설가가 된다. 1815년 플로베르 박
사는 스승의 뒤를 이어 시립병원 오텔 디외의 수석외과의사가 된다.

1818년 로모니에가 사망하자 플로베르 가족은 병원 내의 수석외과의사의 사택, 내가 서 있는 바로 이 집으로 이사했다.

사르트르는 플로베르의 청소년기를 분석하면서 그의 아버지를 폭군으로 묘사하고 귀스타브가 "집안의 천치"로 버려졌다는 결론을 내린다. 그러나 플로베르 자신은 그의 일기에서 "나는 친구로서는 오직 한 사람(알프레드 르 푸아트벵)만을 사랑했고 그리고 또 한 사람을 사랑했는데 그는 바로 내 아버지다"라고 썼다. 소설 속에서 음독한 엠마를 위한 마지막 구원의 손길로 초청되어온 라리비에르 박사는 플로베르의 아버지를 많이 닮았다. 작가가 등장인물 가운데서 유일하게 긍정적으로 묘사한 의사다. "훈장이니 칭호니 아카데미니 하는 것을 우습게 여기며 가난한 사람들을 친절하고 관대하게 어버이의 정으로 보살피고 덕을 의식하지 않으면서 몸소 실천하는 박사는 성자로 통할 만도 했지만 너무나도 날카로운 정신의 소유자인 그를 사람들은 악마라도 보는 듯 두려워했다. 그의 눈빛은 메스보다도 더 날카로워 곧장 사람의 마음을 꿰뚫어보고 여러 가지 변명이나 수줍음을 파헤치고 그 속의 모든 거짓을 드러냈다." 그러나 그토록 유능한 의사인 그가 마침내 "더이상 손쓸 수가 없다"는 최종 선고를 내리고 돌아설 때 엠마

루이 부이예의 묘석

는 참으로 죽은 것이다.

플로베르는 아버지의 장례식에 이어 여동생마저 산욕으로 죽자, 병원 사택을 사용하게 된 아쉴 이외의 가족들과 함께 이곳을 떠나 크루아세로 옮겨가 살기 시작했다.

갈 길이 멀기에 그 문 앞에서 사진 몇 장을 찍고 그냥 떠난다. 전기작가가 소개하는 실내 정경과는 딴판으로 담벼락에 뚫어놓은 듯한 그 초라한 입구의 모습 때문일까, 가볍게 그곳을 떠나도 그리 서운하지 않다. 병원의 철책대문에 마들렌 쪽 입구로 출입하라는 표시가 있어 담을 끼고 가다가 왼쪽으로 돌아가니 18세기 말엽에 지었다는 마들렌 광장의 신고전주의적 풍모의 성당이 고대 신전 같은 모습으로 버티고 서 있는 것이 보인다. 귀스타브가 세례를 받은 성 마들렌 성당이다.

3. 모뉘망탈 공동묘지— 플로베르, 부이예, 뒤샹

대성당 앞 관광안내소에서 가르쳐준 대로 우리는 도시의 북쪽 언덕을 따라 한적하고 넓은 오르막길을 달린다. 길 왼쪽에 기나긴 담장이 이어지다가 오른쪽 비탈에 무덤과 돌십자가들이 보이기 시작한다. 왼쪽으로 가볍게 모퉁이를 도는 즉시 길 오른편에 공동묘지의 정문이 나타나고 그 앞에 작은 주차시설이 있다. '북부 묘지(Cimetiére du Nord)'라는 표시가 보인다. 왼쪽에 관리사무실인 듯한 건물. 그러나 인기척이

부이예와 플로베르 가족묘지 안내판

없다. 발 아래로 다시 구름을 뚫고 쏟아지는 햇빛 속에 루앙 시가 내려다보인다. 카뮈의 글 속에서 젖은 입술처럼 다가드는 알제의 바닷가 아랍인 묘지를 연상시킨다. 안내받을 곳이 없으니 플로베르의 무덤을 어디서 찾으랴. 두리번거리다가 문득 뒤를 돌아다보니 우리가 올라온 길 건너편에 또다른 묘지가 있고 그 정문에 붙은 '모뉘망탈 묘지 (Le Cimetiére Monumental)'의 간판이 잘 보인다. 루앙 안내책자에서, 그리고 모파상의 단편 「비곗덩어리」에서 종종 만난 적이 있어 낯익은 이름이다. "루앙 시내를 굽어보는 좋은 전망대 구실을 한다"고 소개되어 있는 그 유명한 묘지.

길을 건너 정문을 들어서니 그 오른쪽에 묘지 사무실이 보이나 여전히 인기척이 없기는 마찬가지다. 그런데 정문으로부터 곧바로 넓게 뚫린 중앙통로 한쪽에 하얀 팻말이 크게 안내하고 있다. '플로베르 가족묘와 루이 부이예의 묘.' 아마도 플로베르의 무덤을 찾는 사람이 많은 모양이다. 눈부신 햇빛 속에 인적 없는 그 대로를 따라 밝은 빛 속에 한가하게 발걸음을 옮기자니 마음속에 솟아오르는 것은 죽음의 비통함이 아니라 오히려 아, 나는 살아 있구나! 하는 느낌이 주는 기쁨이다. 좌우로 자욱하게 배치된 무덤돌, 십자가, 여러 가지 형상의 가족묘들, 모두가 정갈해 보인다. A, B, C 차례대로 구역표시가 되어 있는데 대로 한쪽에는 뜻밖에도 '뒤 캉 가족묘'라고 적힌 표지판이 하나 서 있다. 크루아세에 모였던 세 친구가 어쩌면 같은 공동묘지에 묻혀 있다는 것일까? 뜻밖의 사실에 놀라지 않을 수 없다. 그리고 곧 플로베르 가족묘를 안내하는 또하나의 표지판. 이렇게 몇 번 더 나타나는 표지판들을 차례로 따라가니 루앙 시가 내려다보이는 비탈에서 쉽게 플로베르 가의 묘석들을 찾을 수 있었다. 중앙의 약간 짙은색 묘석이 둘. 작가의 아버지 아쉘과 어머니의 것이다. 그 왼쪽에 보다 작고 아담한 흰색의 묘석이 플로베르의 무덤이고 그와 꼭 대칭되는 오른쪽 것이 여동생 카롤린의 무덤이다.

플로베르 박사는 1846년 1월 15일에 세상을 떠났다. "네가 알고 사랑한, 선량하고 유능한 사람을 우린 잃었어. 온화하고 고결한 영혼이 떠나간 거야"라고 귀스타브는 에른스트 슈발리에게 보내는 편지에서 말했다. 플로베르 박사의 장례식 날 루앙 시가 내려다보이는 언덕에 자리잡은 묘지로 향하는 길에는 온통 사람들이 빽빽했고 비탈은 문상객들로 붐볐다. 아버지의 죽음으로 인해 귀스타브는 동면에서 깨어났다. 어머니는 남편보다 25년이나 더 살았고 언제나 귀스타브를 떠나지 않았다. 한편 여동생 카롤린은 귀스타브의 중학 동창이며 "너무 우둔해서 연민을 느낄 정도"라는 에밀 아마르와 1845년 3월에 결혼했다. 기이하게도 신혼여행에는 신부의 부모와 오빠가 제노아, 나폴리, 밀라노 등지로 동행했다. 이듬해 플로베르 박사가 죽고 6일 후에 카롤린은 딸을 낳았다. 그러나 산모는 남편과 갓난아이 카롤린만을 남긴 채 3월 15일 산욕열로 죽었다. 너무 일찍 세상을 떠난 아내를 잊지 못해 남편은 "언젠가

모뷔망탈 묘지에서 내려다보이는 루앙 시(가운데 대성당의 첨탑이 보인다)

그녀와 저 세상에서 만나기를 바란다"는 명문을 여기 희고 작은 아내의 무덤돌에 새겨놓았다. 비교적 단출하고 아름다운 무덤이다.

플로베르 집안 묘지 바로 앞 왼쪽에 그와 같은 해에 태어나 십여 년 먼저 세상을 뜬 둘도 없는 친구이며 시인인 루이 부이예의 무덤이 외롭게 홀로 서 있다. 등뒤에서 플로베르의 가족이 지켜주지만 그는 더 외로워 보인다. 뒤 캉이 전하는 바에 따르면, 플로베르와 부이예가 인척간이라는 추측도 있었는데 이는 부이예가 플로베르 박사의 사생아라는 암시였다. 플로베르 사후, 모파상은 그 주장이 억측에 불과하며 비록 혈통을 의심한다 하더라도 어쨌든 "플로베르의 어머니에게 근심을 끼칠 만한 정도는 아니었다"고 카롤린에게 말했다.

부이예는 1821년 5월 27일, 페캉과 디에프 사이의 해변에서 그리 멀지 않은 카니에서 태어났다. 의과대학을 중퇴한 그 역시 학창시절부터 낭만주의 시인이었는데 항상 "빵과 시간"이 부족한 그는 그냥 낭만주의 시인으로 남고 말았다. 부이예는 성인이 된 플로베르에게 더없이 중요한 존재가 되므로 사실상 제2의 자아나 다름없었다. 고등학교 시절 이후 두 사람은 연락이 끊긴 적이 없다. 시의 논리와 리듬에 정통했던 그는 평생 동안 플로베르의 원고를 교정해주었다.

그들의 무덤 저 아래로 루앙 시가 멀리 내려다보이고 그 한가운데 양떼를 모는 목자처럼 대성당의 첨탑이 우뚝 솟아나 있다. 대작가의 무덤에서 발길을 돌리니 해가 점점 더 눈부시게 빛나기 시작한다.

묘지의 중앙통로에서 '뒤 캉' 집안 무덤의 표지판을 본 생각이 나서 그것이 가리키는 방향으로 오던 길을 되짚어 아래로 내려가본다. 루이 부이예와 더불어 『성 앙트완느의 유혹』 원고를 불 속에 처넣으라고 판결을 내린 친구 뒤 캉. "1843년 3월에 파리에서 처음 만난 친구. 알프레드 르 푸아트벵이나 루이 부이예 못지않게 그에게 큰 영향을 끼친 인물. 비슷한 나이에, 외과의사의 아들로 글쓰기를 좋아하는 법과대학생이라는 점이 또한 공통점이었다. "그는 매력적이고 다소 못생기기는 했지만 키가 크고 아주 멋진 사람이었으며 뒤로 젖혀진 몸매가 날씬했고 숱이 많은 갈색 머리였다"고 조카딸 카롤린은 회상한다. 그들은 무엇보다 여행친구였다. 브르타뉴 여행, 동방여행. 더군다나 그는 『마담 보바리』를 처음으로 연재한 잡지의 편집장이기도했다.

플로베르의 무덤에서 동쪽으로 더 나아가 다시 루앙 시내가 바라보이는 내리막길을 따라가니 바로 그 집안 무덤이 자리잡은 쪽을 지시하는 팻말이 나타난다. 그런데 이게 웬일인가? 막심 뒤 캉의 무덤으로 알고 열심히 찾아가 발견한 것은 뜻밖에도 20세기 초엽의 〈레디 메이드〉라는 변기 작품으로 유명한 마르셀 뒤샹 집안의 무덤이었다. 내가 뒤샹(Duchamp)을 뒤캉(Du Camp)으로 잘못 읽은 것이다. 머릿속이 온통 플로베르와 관련된 인물들에 대한 생각으로 가득 차 있었던 탓이다. 기대한 바와는 달랐지만, 며칠 전 파리의 그르넬 가 마이욜 미술관에서 열리는 '보나르 전시회'를 보러 갔다가 그곳에 소장된 여러 작품들을 다시 한번 더 접했던 그 뒤샹의 무덤을 뜻밖에도 이곳에 와서 만난 것이다. 노르망디의 자랑인 뒤샹의 집안에는 화가와 조각가가 여럿이다.

4. RY―용빌 라베이

이제 루앙을 떠나 『마담 보바리』의 "무대"인 리(Ry)로 향한다. 루앙에서 동쪽으로 언덕길 20킬로미터. 이 길이 끝나는 마을 속에 소설사에 빛나는 한 권의 명작이 들어 있다. 루앙에서 레옹과의 밀회가 끝나면 엠마가 낡은 역마차 '제비'에 몸을 싣고 권태로운 용빌 라베이로 돌아오곤 했던 그 낯익은 귀로. "엠마는 그 길을 끝에서 끝까지 훤하게 알고 있었다. 목장 다음에는 도로 표지 말뚝, 그 다음에는 느릅나무 한 그루." 너무나도 낯익은 이 길의 반복되는 왕래가 심지어 간통이라는 위반

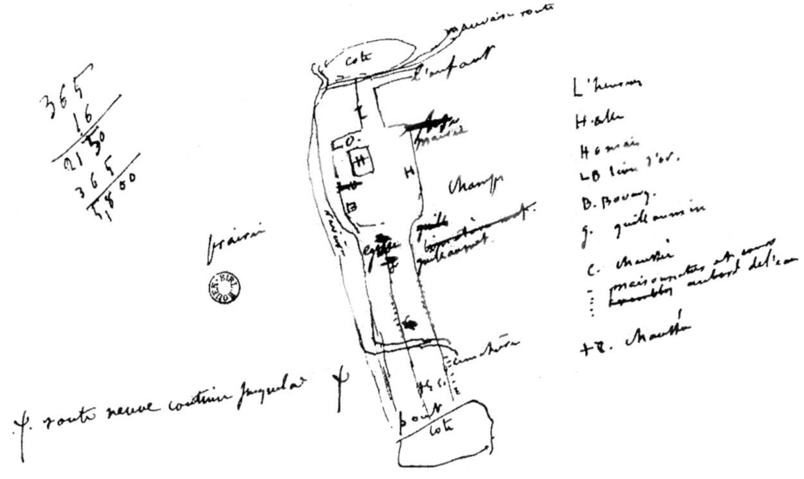

플로베르가 작성한 용빌 라베이 약도

에서까지도 일상생활의 "습관" 처럼 고인 물냄새가 나게 한다. 이내 녹음이 우거진 언덕.

등뒤에는 도시 루앙. 따분한 남편의 마을 용빌을 벗어나 애인에게로 달려가는 아침 나절이면 엠마의 눈앞에 바빌론의 환영처럼 나타나는 공간. "안개에 묻힌 도시는 계단식 원형극장 모양으로, 아래로 내려가면서 교량들 저 너머 희미하게 펼쳐져 있었다. 이렇게 높은 곳에서 내려다보면 풍경 전체가 요지부동으로 한 폭의 그림 같은 모습이었다…… 엠마의 느낌에는 첩첩이 쌓여 있는 그 숱한 삶들에서 현기증나는 그 무엇인가가 발산되고 있는 것 같았고 그녀의 가슴은 그 때문에 한

리 마을 전경

껏 부풀어올랐다. 마치 거기 맥박치고 있는 십이만의 생명들이 그들이
품고 있을 정념의 열풍을 그녀에게 일제히 쏟아보내기라도 하는 것만 같
았다. 그녀의 사랑은 그 광대한 공간 앞에서 드넓게 확대되어갔고 끓어
오르는 그 막연한 술렁임과 더불어 넘쳐흐르며 소용돌이쳤다. 그녀는
그 사랑을 밖으로, 광장으로, 산책로로, 거리거리로 내쏟았다. 그러자
노르망디의 그 해묵은 도시는 그녀가 이제 발들여놓으려는 그 무슨 어머
어마하게 큰 수도원처럼, 바빌론의 도시처럼 그녀의 눈앞에 펼쳐지는
것이었다." 간통을 위해 찾아가는 도시를 바빌론에 비유하는 것은 이해

가 가지만 "큰 수도원"이라니? 엠마에게는 그것이 '종교'였을까?

　　그러나 지금 우리가 찾아가는 쪽은 그 반대 방향, 다시 말해서 수도원이 아니라 엠마의 권태로운 일상이 고여 있는 세속의 용빌, 아니 리 마을이다. 이내 길 양편에 넓게 뻗어간 밀밭과 소들이 풀을 뜯는 목초지. 그리고 사과나무들. 그 끝에 로터리가 나타나고 이어지는 다른 길들은 공사로 막혀 있지만 사분의 삼을 돌아 왼쪽 'Ry' 방향으로 뚫린 길은 활짝 열려 있다. 좁은 시골의 소로. 양편에는 자잘한 흰꽃들을 잔뜩 매단 잡초가 웃자라 있다. 더러는 추수한 밀짚 덩어리들이 이곳저곳에 굴려져 있고 더러는 아직도 이삭을 매단 채 회색으로 변해가는 밀밭. 벌써부터 길가의 무슨 팻말엔가 '보바리'라는 이름이 언뜻언뜻 눈에 띈다. 마을 이름 표지판 'Ry'와 더불어 우리는 소설 속으로 진입한다.

　　"용빌 라베이는 루앙에서 팔십 리 떨어져 있는 마을로서 아베빌 가도와 보베 가도의 중간, 리욀 강이 흐르는 분지의 저 안쪽에 있다. 이 작은 강은 그 하구 근처에 이르러 세 개의 물레방아를 돌리고 난 다음 마침내 앙델 강과 합류하는데 송어가 좀 있어서 일요일이면 어린애들이 낚시를 즐긴다." 소설의 제2부 도입부

리의 면 사무소

에서 이 마을은 독자의 눈앞에 이런 모습으로 등장한다. "멀리서 바라보면 마치 물가에서 낮잠을 자고 있는 암소지기처럼 강기슭을 따라 길게 누워 있는 것" 같다는 마을.

낡은 사진들 속에서 여러 번 보아 눈에 익은 정경. 연극무대 같은 외길의 마을의 초입. 소설 속의 묘사가 눈에 선하다. "큰길(하나뿐인)은 소총의 유효 사정거리 정도의 길이인데 양쪽에 늘어선 가게들 몇이 고작이고 길모퉁이에서 갑자기 끊겨버린다. 큰길을 오른쪽에 남겨두고 생 장 언덕 밑을 따라가면 이윽고 묘지에 이른다." 리 마을에 들어서는 즉시 가장 먼저 내 눈에 띄는 것은 오른쪽의 카페 Le Flaubert, 그 맞은편에 자리가 있어 차를 세우고 보니 면 사무소(Mairie) 건물 바로 앞의 광장이다. 나중에 알았지만 이곳이 바로 이 마을 용빌 라베이의 '시장터'였단다. 그러나 "시장이래야 스무 개 정도의 기둥 위에 기와지붕을 덮은 것이 고작이지만 그것만으로도 용빌 큰 광장의 반을 차지하고 있다"는 소설 속의 시장이 아니라 차 여남은 대를 겨우 세울 수 있는 마을 주차장이다. 그 뒤는 "파리 건축가의 설계로 지은 면 사무소"인데 소설에서 묘사된 것 같은 "희랍의 신전 양식"은 아니다.

면 사무소 바로 옆에 전형적인 노르망디 식 이층건물이 식당. 그 옥호가 'Le Bovary'다. 『마담 보바리』의 명성은 여러 가지 형식으로 나타났다. 『피가로』지에 의하면, 함부르크에서는 두 남녀가 특별한 목적으로 빌리는 삯마차를 보바리라고 불렀다고 한다. 파리의 뮤직홀에는 엠마가 무대에 등장했다"고 적고 있던 플로베르의 전기가 기억난다. 그런데 리 마을이야말로 『마담 보바리』의 소설공간 속으로 깊숙이 들어가 먹고살기로 작정을 한 것 같다. 점심때도 되었기에 우리는 우선 '르 보바리' 식당으로 들어가서 허기를 달래기로 한다. 홀 안에는 이미 많은 손님들이 가득 들어차 한창 식사중이다. 칸막이 안쪽 구석, 이층으로 올라가는 층계 밑 2인석 테이블에 자리잡기로 한다. 키가 크고 날씬하며 주근깨가 유난히 많은 시골 처녀가 주문을 받는다. 나는

르 보바리 식당

잘게 썰어 볶은 돼지삼겹살 섞인 샐러드와 쇠고기 안심살 구이를 주문한다. 그리고 보르도 산 붉은 포도주. 후식은 이 지방에서 주문하면 틀림없이 가져다주는 사과 샤벳. 날라온 푸짐한 요리들이 마치 샤를르와 엠마의 결혼식 피로연에 초대라도 받은 느낌을 준다.

식사 후 산보를 겸하여 상상 속의 엠마와 샤를르를 따라 용빌, 아니 리 마을 순례길에 나선다. 식당 '르 보바리'에서 마을을 관통하는 경사진 외길을 천천히 걸어내려간다. 소설 속의 19세기 초엽의 소읍은 물론 아니지만 길 건너 또하나의 식당은 엠마를 태우고 용빌과 루앙을

왕래하던 승합마차의 이름을 따서 '제비(L' Hirondelle)'라는 간판을 내걸고 있다. 오른쪽의 어떤 집 옆의 작은 통로가 시선을 끌기에 그리로 해서 뒷곁으로 들어가니 한적한 마당이 나오고 그 건너편은 스포츠센터. 아늑한 시골 마을 분위기(나중에 '보바리 지도'를 받아보니 여기가 '옛 농가'로 소개되어 있다). 이 집이 혹시 보바리의 집은 아닐까? 로돌프가 엠마와 밀회하기 위하여 "매주 서너 번씩 캄캄한 어둠을 타고" 찾아오던 정원, 엠마가 일부러 자물쇠를 치워놓아 항상 열려 있던 "목책", "지난날 여름 저녁이면 레옹이 그토록 정겨운 눈으로 그녀를 바라보던, 바로 그 둥그런 덩굴시렁 밑 썩은 통나무 벤치", 등뒤에서 들리던 "시냇물 소리", 그리고 무엇보다도 아내가 자살한 다음 어느 날 샤를르가 숨을 거둔 그 벤치. "샤를르는 덩굴시렁 밑의 벤치에 가서 앉았다. 얽어맨 졸대들 틈 사이로 햇빛이 들어왔다. 포도 잎사귀들이 모래 위에 그림자를 그리고 있었다. 재스민 꽃이 향기를 뿜었다. 하늘은 푸르고 만발한 백합꽃 주위에는 땅가뢰 떼가 붕붕대며 날고 있었다. 샤를르는 슬픔에 잠긴 그의 심장을 부풀게 하는 그 몽롱한 사랑의 향기에 소년처럼 숨이 막혔다." 어쩌면 그는 사랑에 숨이 막혀 죽어 있었는지도 모른다.

다시 큰길로 돌아 나온다. 다른 마을로 인도하는 팻말들. 리 마을을 관통하는 큰길과 D12번 지방도로가 교차하는 작은 네거리. 중앙대로를 따라 계속 내려가니 그 끝 왼쪽에 나타나는 '갈르리 보바리(Galerie Bovary)'라는 이름의 자동인형 박물관. 1977년에 문을 연 문화센터. 입장료 30프랑. 아래층에는 『마담 보바리』의 스토리를 묘사한 여러 개 장면들(샤를르가 전학온 루앙의 학교 교실에서부터 결혼식 피로연, '농사공진회', 대성당 앞에서 출발하는 마차와 루앙의 여관방 등을 거쳐 샤를르의 죽음까지, 300여 개의 인형들이 연출하는)이 벽을 따라 전시되어 있고 입구 오른쪽에는 실물크기의 '오메 약방'(리의 옛 주안 약국 조제실). 실제의 "주안 약국이 폐업할 때 거기서 빈 약병과 판매대, 문짝 등을 옮겨다가 실물크기로 재구성한 것"이다. 현실이 허구적 작품을 모방한 하나의 예다. 이 마을의 재간꾼인 시계공 뷔르고 씨의 솜씨란다.

소설은 그 약국을 이렇게 묘사한다. "그러나 무엇보다도 사람의 눈을 끄는 것은 '금사자' 여관 앞에 있는 오메 씨의 약국이다! 주로 저녁에 켕케 등이 켜지고 가게 진열장에 장식해놓은 빨갛고 노란 표본병들이 멀리 땅바닥에까지 그 두 가지 빛을 길게 늘일 때가 그렇다. 그럴 때면 그 불빛을 통하여 마치 벵갈 불꽃 속에 들어앉은 것처럼 책상에 팔꿈치를 괴고 있는 약사의 모습이 들여다보이는 것이었다. 그의 집에는 위에서 아래까지 영국 글씨체, 둥근 글씨체, 인쇄체 등으로 씌어진 광고판들이 잔뜩 붙어 있다. '비쉬, 셀츠, 바레쥬 등 각종 광천수, 정화용 시럽, 라스파유 약제, 아랍 분말, 다르세 정, 르뇨 연고, 붕대, 욕제, 건강 초콜릿 등등.' 가게 전체의 폭을 다 차지하는 간판에는 금색 글자로 '약제사 오메' 라고 씌어 있다. 그리고 가게 안쪽 카운터 위에 고정시켜놓은 큰 저울 뒤로는 '조제실' 이라는 글씨가 유리문 위에 걸쳐 있고 문 중간 높이쯤 검은색 바탕에 '오메' 라는 금빛 글씨가 다시 한번 반복되어 있다." 나는 150년 뒤의 한국에서 한창 논란을 빚고 있는 의약분업을 상기한다. 어쩌

갈르리 보바리(자동인형 박물관)

면 의·약이 빚는 기묘한 갈등의 차원에서 『마담 보바리』를 읽는 방법도 흥미로울 것 같다. 샤를르가 도처에서 졸고 있듯이 약사 오메는 도처에서 나서고 도처에서 수다를 떤다. 유능하고 유명한 외과의사의 아들 플로베르는 아이러니컬하게도 소설을 약사의 승리, 부르주아의 승리로 끝내고 있다. 약사 오메는 "이제 막 레지옹 도뇌르 훈장을 수여받았다." 작가 특유의 통찰력으로 그는 이 비속한 사회의 필연적인 미래를 예견한 것이다.

박물관 이층으로 올라가면 200개 자동인형 "세상의 장면들"이 알리바바, 에스키모, 미국, 스페인, 프랑스의 생활을 묘사해 보인다. 그러나 이런 자동인형은 그것을 만든 사람의 정성과 더불어 그 조잡함을 통해서 우리를 슬프게 한다. 다시 아래층으로 내려가면 실제 소설과 모델이 되었다는 '들라마르' 집안 인물들 사이의 관계를 소상히 서술한 낡은 신문기사와 사진 복사본들의 전시장. 리 마을의 장사밑천인 명작소설의 전거가 거기 노랗게 바래고 있다.

건물 밖으로 나서니 그 답답한 인물들의 어둠을 벗어버린 햇빛. 아담한 잔디밭과 크르봉 개울이 세차게 흐르는 푸른 시골 풍경이 눈에 시리다. 잔디밭 가에 가지런히 놓인 하얀 의자들. 오래 그곳에 앉아 한가하게 쉬고 싶지만 갈 길이 멀어 박물관 왼쪽으로 난 나무 대문을 밀고 밖으로 나온다.

길 건너편에 있는 '플로베르 광장'에 세워놓은 표지판에서 리 마을의 지도를 읽으며 『마담 보바리』의 "무대"였다는 집들의 위치를 수첩에 적어넣는다. 오오, 무용한 우리의 허구적 호기심이여. 광장가에 있는 관광안내소에서 작은 지도를 하나 얻다. '리, 용빌라베이:귀스타브 플로베르. 마담 보바리'라는 막연한 제목이 현실과 허구의 미묘한 관계를 슬며시 건너뛰려 한다. 광장가에는 플로베르의 기념비 하나.

나는 다시 왔던 길을 되짚어 마을을 관통하여 올라간다. 19세기 용빌을 머리에 떠올려본다. "언덕 밑에서 다리를 건너면 어린 사시나무들을 심어놓은 둑길이 시작되고 그 길은 일직선으로 뻗어 처음 몇 채의 마을 가옥들로 인도한다. 한결같이 생울타리로 둘러싸인 그 집들은 마당 한가운데 서 있고, 마당에는 포도를 압착하는 곳, 짐수레 두는 곳, 사과주 만드는 곳 등의 건물들이 사다리, 장대, 큰 낫 따위를 가지에 걸어놓은 무성한 나무들 아래 여기저기 흩어져 있었다. 초가 지붕은 털모자를 눈 위까지 덮어쓴 것처럼 나지막한 창문의 거의 삼분의 일까지 늘어져 있고 볼품없는 창유리는 병 밑바닥처럼 한가운데 혹이 나 있었다. 검은 가로목이 비스듬히 지나가며 박힌 회벽에는 군데군데 야윈 배나무가 기대서 있고 아래층 출입문에는 조그만 회전식 울타리가 달려 있는데 이것은 사과주에 적신 흑빵 부스러기를 쪼아먹으려고 달려드는 병아리들을 막기 위한 것이다. 그러고는 마당은 차차 좁아지고 집과 집 사이가 가까와지면서 생울타리는 볼 수 없게 된다. 어떤 창문 밑에는 빗자루 끝에 매달아놓은 고사리 묶음이 흔들거리고 있다. 말발굽을 만드는 대장간이 있고 다음에는 수레 만드는 목수집 앞에는 두세 채의 새 짐수레가 길에까지 비어져나와 있다. 그러고는 살울타리 너머 원형의 잔디밭 저편에 하얀 집이 한 채 나타난다. 입에 손가락을 갖다대고 있는 큐피드 상이 잔디를 장식하고 주물로 뜬 무쇠 항아리가 돌계단 양쪽에 하나씩 놓여 있다. 문 위에는 방패 모양의 간판이 빛을 발하고 있다. 마을에서 제일 좋은 공증인의 집이다."

　　사실주의의 교과서답게 그 묘사가 자상한 소설 속의 마을 모습은 이제 찾아볼 길이 없다. "포도를 압착하는 곳, 짐수레 두는 곳, 사과주 만드는 곳 등의 건물들", 대장간과 수레 만드는 목수집은 물론 "털모자를 눈 위까지 덮어쓴 것처럼 나지막한 창문의 거의 삼분의 일까지 늘어져 있는" 노르망디 특유의 초가집도, "창문 밑 빗자루 끝에 매달아놓은 고사리 묶음"도 이 후기 산업사회 속에서는 찾아볼 길이 없는 과거가 되었다.

5. 들라마르의 일생

사실 이곳은 보바리가 아니라 그의 '모델'이라는 들라마르의 세계다. 루앙이 고향인 들라마르는 소설가의 아버지 아쉴 플로베르 박사의 제자로 1836년 25세 때 리 마을로 왔었다. 소설에서와는 달리 39세의 과부 뮈텔과 첫 결혼. 그 부인이 이듬해 죽자 2년 뒤 델핀 쿠튀리에와 결혼했다. 델핀은 1848년 3월 6일에 자살했다. 그 죽음을 슬퍼하던 남편도 이듬해 12월 사과나무에 목을 매어 따라 죽었다. 플로베르가 『마담 보바리』를 쓰기 시작한 것은 부인이 죽은 지 3년 만인 1851년이었다. 손에 받아든 '보바리 지도'를 따라 마치 형사처럼 관련자들의 집을 확인하기 시작한다. 무엇이 나를 이 무용한 일에 이토록 집요하게 매달리게 만드는 것일까? 언제 다시 읽어도 싫증이 나지 않는 그 소설이다.

1) 길 오른쪽의 41번지는 공증인 르클레르의 사무실이다. 소설 속에서는 공증인 기요멩의 집이다. 궁지에 몰려 다급해진 엠마는 바로 그 집으로 돈을 융통하러 찾아갔었다. "공증인 기요멩은 포목상 르뢰와 내통하고 있어서 사정을 잘 알고 있었다." 그 사내는 막다른 지경에 몰린 엠마의 "손을 잡고 미친 듯이 키스를 하고 나서 그 손을 자기 무릎 위에 올려놓았다." 엠마는 후들후들 떨리는 걸음으로 사시나무가 늘어선 길을 걸어나오며 그의 야비함을 저주한다. 그 집은 지금 'Rêve Ry'라는 재미있는 간판이 걸려 있는 기념품, 잡화 가게다. '리의 꿈' 혹은 '몽

들라마르의 집(가운데)과 그 이웃 약방(간판 붙은 오른쪽 건물)

상'이라는 뜻이다. 가게 진열장 왼쪽에 붙여놓은 작은 표지판 '공증인 기요멩의 집'이 여름볕에 퇴색해가고 있다. 20년 전 이곳을 찾았던 김성우 특파원은 "기념판을 단 채 지금은 구둣방이 되어 있다. 레옹은 실제에 있어서는 이 공증인 사무실의 보테라는 서기였다"고 썼었으니 공증인 사무실, 보테 혹은 레옹의 직장, 구둣방, 잡화점…… 이 집의 변화만으로도 인생은 과연 덧없는 '몽상'임을 말해주는 듯하다. 그 몇 집 건너 47번지는 지금 'Bovary'라는 간판을 내건 비디오 가게다. 인생은 그냥 가게에서 빌려주는 한낱 비디오 필름 같은 것인가? 공증인 르클레르 사무소의 서기였던 실제인물 보테는 1888년 71세로 보베에서 사망했다.

　　　　2) 길 건너편 60번지는 집의 외면을 황색으로 새로 칠하고 수리하여 매우 정갈하다. 이곳이 바로 들라마르, 즉 보바리의 집이다. 집을 확인하기가 쉽지 않았다. 옛날 사진에서 본 기억을 되살려 찾을 수 있었다. 몇 걸음 물러서 보니 아까 작은 통로를 거쳐 안뜰로 들어가 보았던 집이다. 오늘은 오히려 이 집이 공증인의 사무실로 쓰이고 있다. 반면에 그 바로 옆집이 지금에는 약방이다. 김성우 특파원은 이렇게 기록했었다. "이층 위로 지붕 밑 방이 딸린 기다란 집으로 아래층에 약방을 들이고 칠을 하얗게 했다. 집주인은 동네 촌장인 메르 씨. 1928년 장모가 이 집을 사들여 1932년부터 약방을 차렸다. 전직이 의사인 메르 촌장은『마담 보바리』한 권을 줄줄 외우다시피 하는 플로베르 애호가."

　　　　들라마르가 남긴 딸 알리스는 부인이 죽을 때 여섯 살이었다. 자란 뒤 어머니에 대한 소문 때문에 마을을 떠난 것으로 되어 있고 그 뒤 어디 가서 살았는지 후손이 있는지 전혀 알려진 것이 없다. 나의 스승인『책 읽어주는 여자』의 작가 레몽 장은 1991년에 그 아이 알리스 들라마르, 다시 말해서 베르트 보바리의 후일담을 상상하여 그린『마드므와젤 보바리』를 발표했다. 샤를르가 죽고 난 뒤 "모든 것을 다 팔고 나니까 십이 프랑 칠십오 상팀이 남아 어린 보바리 양이 할머니한테로 가는 여비로 쓰였다. 노부인도 그해에 죽었다. 루오 노인은 중풍에 걸렸기 때문에 어떤 친척 아주머니가 아이를 맡았다. 그녀는 생활비를 벌도록 베르트를 방직공장에 보내서 일을 시키고 있다." 소설『마담 보바리』의 마지막

리옹 도르 여관 자리에 신축된 농협

페이지, 기이하게도 현재형 시제로 바뀌면서 정지된 그 시간 이후의 후일
담인 셈이다. 레몽 장의 소설에서 노르망디의 한 방직공장 직공이 된 스
무 살의 보바리 양은 어느 날 문득 플로베르의 소설을 읽게 된다. 놀라고
화가 나고 동시에 궁금증이 솟구친 이 아가씨는 수국 한 다발을 손에 들
고 크루아세로 플로베르를 찾아가서 감히 그녀의 어머니에 대한 그 추잡
한 이야기를 쓰게 된 경위를 따진다. 그리고 이 처녀와 늙은 작가 사이에
는 애정과 관능과 공모의식으로 점철된 관계가 맺어지고…… 이쯤 되면
어디까지가 현실이고 어디까지가 허구인지 분간이 확실치 않아진다.

　　3) 길 건너편 네거리의 모퉁이 바로 전 33번지 건물은 루앙 호
텔, 즉 소설 속 마담 프랑스와즈의 '리옹 도르' 여관이다. 여인숙과 식당
을 겸하면서 승합마차 '제비'가 출발하고 도착하는 이를테면 차부이기

도 하다. 샤를르의 가족이 처음 용빌에 도착하여 오메와 레옹을 만난 곳도 여기다. 마차 '제비' 호의 마부는 본명이 테렝이었는데 1903년 83세로 사망했다. 그 여관 자리가 지금은 크레디 아그리콜(농협)의 지점이다. 원래의 여관을 허물고 신축한 건물이라 유난히 깨끗하다. 그래서 은행 지점이 들어섰겠지.

4) 네거리에서 오른쪽 골목으로 꺾어져 들어가서 또하나의 들라마르네 집이 있는 것으로 되어 있으나 확인이 쉽지 않다. 네거리를 지나 면 사무소 쪽으로 조금 올라가다가 왼쪽에 있는 집이 옛 주안 약국, 즉 오메의 약국이다. 엠마가 독약을 먹은 곳이다. 지금은 장난감 가게로 변해 있다. 실제의 주안 약국 주인은 1895년 76세로 죽었다.

5) 마을 초입, 우리가 처음 도착하여 자동차를 주차해 둔 작은 광장. 그 앞에 오늘의 면 사무소가 있다. 소설 속에서와는 위치가 사뭇 다르다. 시청을 끼고 오른쪽 골목 안으로 들어가니 그 오른쪽에 교회가 나타난다. 아주 말끔한 모습이다. 검은색 아르드와즈의 첨탑과 규석으로 지은 건물의 모서리가 엄격하다. "성당은 거기서 스무 발짝쯤 떨어진 길 건너쪽 광장 입구에 있다. 성당 옆의 조그마한 묘지는 팔꿈치를 괼 만한 높이의 담으로 둘러싸여 있는데 무덤들이 너무 빽빽하게 들어차 지면과 거의 같은 높이가 되어버린 낡은 묘석들은 한데 이어진 포석처럼 되어 있어서 거기 자라는 풀은 저절로 규칙적인 초록의 사각형을 이루었다. 교회는 샤를르 10세의 만년에 새로 개축되었다. 목조의 원형 천장은 윗부분에서부터 썩기 시작하여, 그 푸른색의 군데군데가 꺼멓게 패 있었다. 문

위쪽 파이프 오르간이 설치되어야 할 자리에는 남자용 주랑이 나 있고 그리로 이어진 나선형 계단은 나막신을 신고 밟으면 요란한 소리를 낸다."

6) 교회를 오른쪽에 두고 왼쪽으로 골목을 굽이도니 약간 언덕진 곳에 길쭉한 농가가 뻗어 있는데 그 입구에 엠마의 어린 아기를 받아 키우던 유모 롤레 아줌마의 집이 있던 곳이라는 팻말이 희미하게 지워진 채 붙어 있다. 오후의 금빛 햇살이 세차다. 소설 속에서는 "마을 끝 언덕 아래 큰길과 목장 사이에 있는" 롤레의 집을 향해 걷던 엠마는 "기력이 빠지는 느낌"을 이기지 못하여 우연히 마주친 레옹에게 함께 좀 가달라고 부탁을 한다. 그녀는 서기의 팔짱을 끼고 걷는다.

"그날 저녁으로 그 일은 용빌 전체에 알려졌고 면장 마누라인 튀바슈 부인은 하녀 앞에서 보바리 부인이 손가락질 받는 처신을 하고 있다고 공언했다. 유모 집으로 가려면 행길을 지나서 묘지로 가듯이 왼쪽으로 꺾어져서 오막살이 집들과 마당 사이의 쥐똥나무 줄지어 서 있는 샛길로 가지 않으면

리 마을의 교회

안 되었다. 쥐똥나무에는 꽃이 피었고 개불알풀, 들장미, 쐐기풀, 그리고 관목의 덤불숲에서 비져나온 산딸기나무도 꽃을 피우고 있었다. 생울타리 구멍으로 보이는 시골 농가들에서는 퇴비 더미 위에 돼지가 누워 있고 암소들이 끈에 매인 채 뿔을 나무기둥에 비벼대고 있었다. 두 사람은 나란히 서서 천천히 걷고 있었다. 그녀는 그에게 몸을 기댄 채였고 그는 그녀와 발걸음을 맞추려고 속도를 줄이며 걸었다. 두 사람 앞에는 파리떼가 더운 공기 속에서 윙윙거리면서 날고 있었다. 그들은 그늘을 드리우고 있는 해묵은 호도나무를 보고 유모의 집이라는 것을 알 수 있었다."

언덕으로 올라가 소담스레 가꾸어놓은 잔디밭을 거닐며 사진 몇 장을 찍노라니 그 집 창문이 열리며 늙은 부부가 웃으면서 내다본다. 웬 아시아 사내들이 이곳을 다 찾아왔나 하는 표정이다. 『마담 보바리』 속의 유모 롤레 아줌마가 살던 곳에 지금 그들이 살고 있는 것이 아니냐고 물으니 아는지 모르는지 그냥 웃기만 한다. 그 가난했던 롤레 아줌마의 남루하기 짝이 없는 집이 오늘의 현실 속에서는 깔끔하게 수리한 건물이어서 오히려 누구나 가서 살고 싶은 시골 별장같이 변해 있다. 소설 속에서 엠마가 동네 청년 레옹의 팔에 의지하여 찾아간 유모의 집까지의 거리가 매우 멀게만 느껴졌는데 바로 면 사무소 뒤 성당 바로 옆에 있다니. 그래서 소설은 현실과 먼 것이다.

다시 거리로 나와 처음 보았던 'Le Flaubert' 란 간판을 단 카페에서 시원한 콜라를 사서 카운터에 선 채 마신다. 그리고 다시 출발. 금방 본 마을풍경 위로 겹쳐지는 소설 속의 옛 마을. 아무래도 언어로 지은

유모 롤레 아줌마의 농가(저 끝에 마을 교회가 보인다)

옛 마을이 내 머릿속에서는 더 친근하고 더 오래 갈 것 같다. "지금부터 이야기하려는 사건이 있은 이후에도 사실 용빌에서는 변한 것이 아무것도 없다. 양철판으로 만든 삼색기는 여전히 교회의 종루 꼭대기에서 빙글빙글 돌아가고 있고 새로운 유행품 가게에는 여전히 인도 사라사 깃발 두 개가 바람에 펄럭이고 약제사의 태아 표본은 흰 부싯깃 덩어리처럼 탁해진 알콜 속에서 점점 더 썩어가고 있다. 또 여관의 대문 위에는 비를 맞아 퇴색한 낡은 금사자가 변함없이 곱슬곱슬한 강아지털을 행인들에게 보여주고 있는 것이다."

6. 사라져버린 보비에사르 성관

리 마을의 중앙통을 거쳐 '갈르리 보바리'를 지나 크르봉 개울 위의 다리를 건너 오르막. "암소가 건널 수 있도록 대놓은 널빤지가 걷혀 있을 때는 강을 따라 담장을 끼고 돌아가지 않으면 안 되었다"는 그 강은 아마도 이 크르봉 개울을 두고 하는 말일 터이다. 언덕 위에서는 마을을 굽어보는 전망이 좋다는데 숲이 우거져 보이는 것이 없다. 오른쪽의 목초지만 나무 사이로 언뜻 보일 뿐. 저 너머 어느 언덕 위 숲으로 엠마는 로돌프를 따라 말을 타고 올라가서 마을을 내려다보았으리라.

"시월 초순이었다. 들판에는 안개가 끼어 있었다. 야산들의 윤곽 사이로 지평선에 수증기가 길게 깔리기도 했고 더러는 조각조각 찢어져 다시 위로 오르다가 시야에서 사라졌다. 때때로 안개구름이 터진 사이로 햇살이 비치고 그 아래로 멀리 용빌 마을의 지붕들, 물가의 정원과 마당, 담장들, 그리고 교회의 종루가 바라보였다. 엠마는 자기 집을 찾으려고 눈을 반쯤 감았다. 자기가 살고 있는 그 보잘것없는 마을이 그렇게까지 작게 보인 적은 한 번도 없었다. 그들이 와 있는 언덕 위에서는 골짜기 전체가 대기 속으로 증발하는 희끄무레한 넓은 호수 같아 보였다. 군데군데 우거진 나무덤불들은 마치 시꺼먼 바윗덩어리들처럼 불거져 있었다. 안개를 뚫고 머리를 내밀고 늘어선 키 큰 포플러 나무들은 바람에 흔들리는 모래사장 같았다. 그 옆, 전나무들 사이의 잔디 위에는 따뜻한 공기 속으로 갈색의 햇빛이 흐르고 있었다. 담뱃가루 같은 적갈색

보비에사르 성관이 있던 빈터

흙을 밟는 발굽 소리가 부드러웠다. 말들은 걸으면서 발굽 끝으로 떨어진 솔방울을 앞으로 걷어차곤 했다. 로돌프와 엠마는 이렇게 숲기슭을 따라갔다. 그녀는 가끔 그의 시선을 피하기 위해서 고개를 돌리곤 했다. 그럴 때면 줄지어 서 있는 전나무들의 밑둥들만 연속적으로 보여서 나중에는 좀 어지러웠다. 말들이 헐떡거렸다. 안장의 가죽이 삐걱거렸다. 그들이 숲속으로 들어가는 순간 해가 났다."

숲길을 따라 잠시 달리니 소설 속에서 보비에사르 성관이 있었던 르 에롱(Le Héron)마을 표지판. 오른쪽에는 저녁 나절의 세찬 햇빛을 받으며 알렝 푸르니에의 『대장 몬느』에 나올 법한 면 사무소 겸 학교 건물이 외로이 서 있다. 그 옆에 농구 골대. 지난날 그 왼쪽에 개울가에 서 있던 성관에서 16세의 귀스타브 플로베르는 엠마처럼 집주인 포므로 후작 (Marquis de Pomereu)이 1836년에 베푼 화려한 축제와 무도회를 목격한 것으로 알려져 있다. 소설 속에서 보비에사르라는 이름으로 소상하게 묘사되어 있는 그 18세기 성관과 부속건물, 그리고 마구간은 이차대전 후 화재로 소실되고 오늘은 건축가 르 노트르가 설계했었다는 정원만이 남아 개울가의 평범한 풀밭으로 변해 있다. 지금은 빈터 한 구석에 새로 지은 개인 저택만이 뙤약볕을 받고 있다. 개울은 좁고 깊다.

　　　길을 되짚어나와 왼쪽으로 꺾어지니 지방도로 31번 끝에 생드니 르 티보(St. Denis le Thibault)라는 마을 표지판이 나타난다. 마을 안에 한가한 교회. 로돌프의 커다란 성관 같다는 농가를 찾으나 보이지 않는다. 마을 안에서 발견한 표지판이 가리키되 지방도로 31번을 향하여 3킬로미터쯤 가면 그 집이 있다고 하나 그 도로까지 곧바로 가보아야 그 거리가 결코 3킬로미터가 되지 못한다. 잠시 더 나가니 모퉁이에 보바리 부인 초상을 그린 꽤 큰 팻말이 우회전 화살표를 그린다. 시골의 소로로 접어들어 숲속을 따라간다. "로돌프 불랑제 씨는 서른네 살이었다. 거친 기질에 머리가 좋은데다가 여자관계가 무척 많아서 그 방면에는 훤했다." 낭만적 몽상에 젖어 있던 엠마가 만난 첫번째 정부는 이 방면의 전문가였다.

7. 로돌프의 집 — 라 위셰트

　"어느 날 아침, 샤를르가 날이 새기도 전에 외출하자 그녀는 왠지 로돌프를 당장 만나고 싶은 충동을 느꼈다. 위셰트는 금방 갈 수 있는 데였으니 거기 가서 한 시간쯤 있다가 용빌로 돌아와도 아직 모두들 자고 있을 것이었다. 그렇게 생각하자 욕정에 숨이 가빠왔다. 그래서 그녀는 금방 목장의 한가운데로 나와서 뒤도 돌아보지 않고 종종걸음으로 가고 있었다."

　다시 길이 두 갈래로 갈라지는 곳에 표지판이 빌리에(Villers) 마을은 좌회전이라고 가리킨다. 인적 없는 좁은 길을 한참 따라가니 마침내 길가에 집 몇 채가 엎드려 있다. 그 끝 왼쪽 길가에 꽉 닫힌 철책문이 보이고 대문 기둥에 '라 위셰트(La Huchette)' 라는 집 이름이 붙어 있다. 흰칠한 안뜰이 보이고 강아지가 짖는다. 그리고 바로 그 앞은 문제의 지방도로 31번이다. "날이 밝기 시작했다. 엠마는 멀리에서부터 애인의 집을 알아보았다. 제비꼬리 모양을 한 두 개의 바람개비가 뿌연 새벽 하늘을 배경으로 까만 윤곽을 드러내고 있었다. 농장 뜰을 지나자 저택으로 짐작되는 본채가 있었다. 그녀는 마치 가까이 다가가자 벽이 저절로 열리기나 한 것처럼 안으로 들어갔다. 똑바로 난 큰 층계가 복도 쪽으로 통해 있었다. 엠마는 어

라 위셰트

떤 문의 고리쇠를 돌렸다. 그 순간 방
의 저 안쪽에 자고 있는 남자가 보였
다. 로돌프였다. 그녀는 소리를 질렀
다." 실제로 이 집의 주인이었던 대지
주 캉피옹(소설 속의 바람둥이 로돌프)은 평
생 독신으로 지내다가 1868년 58세로
죽었다고 한다. 지금 '라 위세트'는 개
인 소유의 집이라 방문할 수가 없다.
뜰에 피어 바람에 흔들리는 꽃들이 여
름 햇빛 속에 한가하다.

로돌프의 집, 라 위세트
(왼쪽 기둥에 이름이 붙어 있다)

　　　　차를 돌려 엠마가 황급히 새
벽길을 달려 정부를 찾아갔던 그 길을 되짚어 리 마을로 향해본다. 로돌
프에게 꾸어줄 돈이 없다는 말을 듣고 엠마가 절망하여 돌아서 나온 그
"가로수 늘어선 오솔길." 그리하여 "마치 부상당하여 다 죽어가는 사람
이 피가 흐르는 상처를 통해서 생명이 새나가는 것을 느끼듯이 옛날의
기억들을 통해서 자신의 생명이 빠져나가는 것을 느끼며" 달려 내려오
던 언덕길. 그리고 그녀는 독약을 목구멍 속으로 털어넣었다. 그것이 끝
이었다. 소로의 양편은 밀밭이 펼쳐져 있고 간혹 길가의 개망초 더미 속
에 피를 흘린 것 같은 개양귀비꽃이 피어 있다. 유부녀가 새벽길을 도보
로 달려갔다 돌아오기에는 너무나 먼길 같아 보인다. 욕망의 에너지, 아
니 간통의 매력이 그 길을 훨씬 가깝게 만들기야 했겠지만. "그러나 암소

여름날 늦은 오후. 도로 표지판 ― 로돌프와 엠마의 갈림길

를 건네주는 널빤지가 떼어져 있을 때는 강을 따라 있는 담장을 끼고 걸어가지 않으면 안 되었다. 강둑은 미끄러웠다. 그녀는 넘어지지 않도록 시든 계란풀 더미를 손으로 붙잡곤 했다. 그러고는 갈아놓은 밭을 건너지를 때는 발이 빠져서 비틀거렸고 조그만 반장화가 금방이라도 벗겨질 것만 같았다. 머리 위에 묶어 맨 스카프는 목장에 부는 바람에 펄럭였다. 그녀는 황소들이 무서워서 달리기 시작했다. 그러고는 숨을 몰아쉬면서 뺨이 장밋빛으로 변하여 전신에서 수액과 초목과 대기의 신선한 냄새를 발산하면서 도착했다. 로돌프는 그때까지도 자고 있었다. 마치 봄날 아침이 그의 방 안으로 찾아 들어온 것만 같았다."

밀밭을 건너질러 왼쪽으로 어둑신한 숲길을 지나가니 그 끝에 삼거리. 젖소가 풀을 뜯는 저녁 나절. 비낀 햇살을 받는 인적이 없는 거리의 표지판들이 정겹고 적막하다. 한쪽은 생 드니 르 티보와 쥘 미술레의 꿈이 서린 성관의 고장 바스쾨이유, 그 반대편은 아주빌 쉬르 리, 그리고 다른 한쪽으로 500미터만 더 가면 다시 'Ry'란다. 엠마가 푸섶길을 달렸던 그 길. 지금은 벌써 저녁해가 기우는 여섯 시다.

8. 결혼—루오 농가

다시 리 마을을 통과해 가다가 한가운데 네거리에서 우회전, 즉 들라마르의 두번째 집이 있었다는 골목으로 돌아 내처 달리니 매우 아담한 시골집들과 테니스 코트가 띄엄띄엄 보이는 숲길을 지난다. 우리는 외젠 들라마르가 델핀 쿠튀리에 양과 1839년 8월에 결혼식을 올린 교회가 있다는 마을 블렝빌-크르봉(Blainville-Crevon)으로 어느새 쑥 들어왔다. 정면에 면 사무소. 그 옆에 우스꽝스런 간판을 단 잡화점에서 어떤 젊은 여자가 가게문을 닫는다. 그리고 우체국. 길 건너에 세워놓은 안내판에 따르면 이 마을이 화가 마르셀 뒤샹(1887~1968)이 태어난 고향이란다. 그의 아버지는 공증인으로 이곳의 시장이었단다. 오늘은 이상하게 플로베르의 족적을 찾아다니다가 덤으로 뒤샹의 흔적과 자주 부딪힌다. 우체국 옆으로 운치 있는 흙담과 그 옆에 아주 아름다운 꽃들이 키 넘게 자라 가슴 저리게 하는 골목길을 지나 문제의 콜레지

들라마르와 쿠튀리에가 결혼한 마을 교회

알(교회)을 찾아가본다. 해묵은 규석의 모서리들이 준엄한 모습의 교회가 크고 단정하다. 자살과 절망의 운명을 알지 못한 채 그들이 결혼식을 올린 그 교회.

1839년 8월 7일 저녁 여덟시. 17세의 델핀 쿠튀리에는 28세의 의사 들라마르와 교회 마을에서 결혼식을 올린 뒤 이 농가에서 성대한 잔치를 베풀었다. 비극의 탄생일이었다. "손님들은 이른 아침부터 말 한 마리가 끄는 짐마차, 여러 개 좌석이 달린 두 바퀴짜리 수레 마차, 포장이 없는 낡은 2인승 마차, 가죽 커튼이 달린 승합마차 등 가지각색의 마차들을 타고 도착했고, 가장 가까운 마을 청년들은 속보로 달리며 몹시 덜컥거리는 짐수레를 타고서 넘어지지 않으려고 난간을 손으로 꽉 붙잡은

쿠튀리에의 농가(엠마의 친정집)

채 한 줄로 늘어선 채였다. 고데르빌, 노르망빌, 카니 등 백 리씩이나 되는 먼곳에서들 왔다"로 시작되는 엠마와 샤를르의 결혼식은 소설의 1부 4장 전체를 차지하는 압권으로 노르망디의 결혼 풍속을 소상히 전하는 인류학적 문헌이기도 하다.

다시 블렝빌 마을을 통과하여 언덕길. 다리 건너 왼쪽에 발굴한 옛 성터. 그 뒤로 난 소로. 길가에 보바리 농가라는 표지가 작고 높게 떠 있다. 포장되지 않은 한가한 숲길. 길가의 별장들이 아름답다. 한참을 가다가 동네 젊은 소녀와 소년에게 길을 묻다. 500미터나 언덕을 올라야 한단다. '보바리 농가' 라고 높게 매단 팻말을 보고 따라 올라간 오솔길. 생울타리를 옆으로 끼고 왼쪽은 목초지. 그 끝에 큰 대문 입구. 사유지 표

보바리 농가로 가는 길 표지판

시. 오솔길 저 끝에 아주 규모가 커 보이는 농가. 개가 요란하게 짖어서 더이상 들어가기 어렵다. 대문 옆 어느 작은 집의 아주머니가 빨래를 널고 있기에 물으니 그 안쪽 농가가 바로 소설의 무대인 루오 영감의 농가, 즉 엠마, 아니 델핀 쿠튀리에의 친정 농가란다. 멀리서 사진만 찍고 돌아선다.

"훌륭한 외관을 갖춘 농장이었다. 마구간 안에는 열린 문 위로 살찐 밭 가는 말들이 새 꼴시렁에 넣어준 먹이를 한가하게 먹고 있는 것이 보였다. 건물들을 따라 널직하게 널린 퇴비에서 김이 무럭무럭 오르고 있었다. 그리고 암탉과 칠면조들 가운데서 코오 지방의 사육조로서는 사치인 공작새 대여섯 마리가 모이를 쪼고 있었다. 양우리는 길었고 곳간은 높았고 그 벽들은 손바닥처럼 매끄러웠다. 창고에는 두 대의 커다란 짐수레와 네 대의 쟁기가 채찍이며 목걸이며 마구 일습과 함께 갖추어져 있었는데 그중 푸른색 물을 들인 양털은 지붕 밑에서 떨어지는 가는 먼지를 쓰고 더럽혀져 있었다. 마당은 오르막으로 경사가 져 있었고 대칭되게 간격을 두고 나무가 심어져 있었으며 늪 가까이에서는 거위 떼들이 신나게 꽥꽥거리는 소리가 울려오고 있었다." 바로 이 농가에서 "세 폭의 밑자락 장식이 달린 푸른색 메리노 모직 옷차림의 한 젊은 여자"가 집 문간에 나오더니 보바리 씨를 맞아 부엌으로 안내했다. 그녀가

바로 수도원에서 교육을 받고 돌아와 집안을 돌보는 엠마 루오 양, 장차
의 마담 보바리다.

9. 농사공진회―소설의 여백

언덕길을 더듬어 내려와 다시 리 마을로 가는 길을 되짚어 나
와 로돌프의 '라 위세트' 앞 지방도로 31번으로 나선다. 이제 남은 곳은
『마담 보바리』의 저 유명한 2부 8장, "농사공진회"가 열린 농가와 목초
지의 모델이 있다는 리조르(Lisors)다. 그곳은 좀 멀고 길이 복잡하다.
우여곡절 끝에 저물어가는 그 마을에 이르렀으나 농가도 목초지도 보이
지 않는다. 길가의 작은 카페에 앉아 있는 처녀들에게 교회가 어디 있나
고 묻는다. 좌회전하여 마을 안으로 들어간다. 그 끝에 꼭 강진의 다산 초
당 들어가는 마을을 연상시키는 곳, 오른쪽에 이끼가 뜬 연못이 둥글게
고여 있고 그 주위에 소담스런 풀밭, 그리고 그 끝에 아름다운 교회. 성
모상이 아름답다는. 그리고 똑바로 난 길 끝에 대문과 거대한 나무들 뒤
로 큰 농가. 교회 앞에 차를 세우고 농가 마당으로 들어서니 인적이 없
다. 왼쪽, 사람이 사는 듯한 농가에서 어떤 아주머니가 나온다. 교회 구
경을 왔다면 문을 열어주겠단다. 뜻밖의 친절. 우리는 농가 뒤의 목초지
쪽으로 간다.

"문제의 농사공진회가 과연 열렸다! 식이 있는 날 아침부터

농사공진회 터

주민들은 모두들 문간에 나와 서서 그 준비에 대한 이야기를 주고받았다. 면 사무소 정면은 담쟁이덩굴로 장식했고 목초지 한 곳에는 연회 때 사용할 천막을 쳐놓았다. 성당 앞 광장의 중앙에 마련해놓은 일종의 구식 대포는 지사님의 도착과 표창받는 농부의 이름을 알릴 때 사용하기로 되어 있었다. 뷔시의 국민군(용빌에는 그것이 없었다)이 와서 비네가 지휘하는 소방대에 합류했다…… 군중은 마을 양쪽 끝으로부터 큰길로 속속 도착했다. 그들은 옆 골목에서, 오솔길에서, 이집저집에서 쏟아져나왔다. 이따금 실로 짠 장갑을 낀 부인들이 축제를 구경하러 집을 나설 때면 그들의 등뒤에서 문고리쇠가 팅기는 소리가 들렸다. 특히 사람들의 눈을 끄는 것은 명사들이 자리잡기로 되어 있는 연단 양쪽에 장식 램프를

가득 달아매어 세워놓은 두 개의 높은 등불막대였다. 그 밖에 면 사무소
의 네 개의 기둥에 붙여서 세운 네 개의 장대 같은 것들에는 제각기 녹색
바탕에 금색 글씨를 쓴 작은 깃발이 매달려 있었다. 그중 하나에는 '상업
만세', 다음은 '농업만세', 세번째는 '공업만세', 네번째는 '예술만세' 라
고 씌어 있었다."

　　　　로돌프가 엠마를 유혹하기 위하여 수다스러운 오메를 피하여
걸었던 그 풀밭. 그리고 엠마를 데리고 올라갔던 면 사무소 2층이 이 농
가의 어디에 있을 수 있단 말인가? 왜냐하면 시청은 십여 킬로미터 떨어
진 리 마을에 있으니 말이다. 하루 종일 플로베르의 세계 속에서 헤매다
보니 마침내 나는 허구와 현실을 분간하지 못할 지경에 이른 것인가. 저
녁빛을 받는 초원. 해가 저물려고 한다. 농가가 큰 나무에 가려 사진의 구
도가 잘 잡히지 않는다. 농가의 아주머니가 무슨 오래된 프린트 책자 하
나를 선물로 준다. 농가와 교회에 관하여 쓴 책이란다. 그 친절한 아낙은
플로베르가 누구인지 모른다. 물론 그의 소설 속에 장황하게 묘사된 농
사공진회도 알지 못한다. 그녀의 관심은 자신이 살고있는 농가와 오래
된 교회뿐이다.

　　　　16세기에 석회석과 규석으로 지은 교회. 우리는 어두운 교회
안으로 들어간다. 단정하고 아름다운 옛 교회다. 지금도 자주 미사를 드
리는 듯, 일상의 손때가 묻어 있다. 마을 사람들의 체온이 느껴진다. 왼
쪽 기둥 앞 머리 위에 아주 아름다운 마리아 하얀 석상이 보인다. 〈리조
르의 성모상〉 조각은 1936년에 어떤 우물 속에서 발견되었단다. 14세기

여행의 끝

의 석회암으로 다듬은 가장 아름다운 조각품의 하나.

교회 앞 풀밭에서 사진을 찍는 것으로 오늘의 플로베르, 그리고 보바리 순례는 끝난다. "엠마는 아무 말 없이 샤를르의 어깨에 가볍게 기댄 채 몸을 웅크리고 있었다. 그러고는 턱을 쳐들어 어두운 하늘로 날아올라가는 불꽃을 눈으로 쫓고 있었다. 로돌프는 타고 있는 작은 장식 등의 흐린 불빛 속에서 그녀를 바라보고 있었다. 장식 등의 불들이 차츰 꺼졌다. 별들이 빛을 발했다. 빗방울이 후두둑 떨어지기 시작했다. 그녀는 모자를 쓰지 않은 머리에 숄을 둘렀다." 소설 속에서 엠마와 로돌프의 관계가 시작되는 농사 공진회는 이렇게 끝난다. 나도 이제 저무는 길로 차를 달려 파리, 나의 현실 속으로 돌아가야겠다. 파리 13구 단골 중국집 '하와이'에서 얼큰한 고추와 박하잎을 띄운 월남 국수와 돼지갈비를 먹는 일만 남았다. 그리고 생 미셸 가의 어느 한 귀퉁이에 열린 맥주집이 있다면 테라스에 나앉아 깊어가는 밤을 앞에 앉혀놓고 큰 잔으로 시원하게 목을 축이고 싶다. 그러면 파리라는 8월의 사막이 문득 오아시스로 변할 것이다.

Ⅲ. 파리 기행

허망한 것 가운데 새겨놓은 영원(永遠)
― 파리의 개선문(凱旋門)

여행길의 낯선 도시에 처음 도착하여 호텔에 여장을 푼다. 피곤에 지친 몸을 따뜻한 물로 씻은 후 상쾌한 속옷으로 갈아입고 나면 돌연 밖으로 나가보고 싶어진다. 호텔 로비 저쪽 끝으로 언뜻 보이는 바에서 낯선 사람들이 소곤거리며 이야기를 주고받는 소리나 까르르 터지는 웃음소리는 돌연 우리를 유혹한다. 그리고 어디선가 들은 듯한 음악. 어둠이 내리는 도시, 가뭇없이 깊어지는 저 골목길 저 안쪽으로 첫번째 불빛들이 휘황하게 돋아나기 시작한다. 꿈길인 듯 그 불빛들을 따라가면 어디선가 축제(祝祭)가 벌어지고 있을 것만 같은 느낌. 영문도 모른 채 가슴이 뛴다. 여행의 첫날 저녁은 모든 것이 낯설고 모든 것이 신비스럽고 모든 것이 은밀히 부르는 손짓 같고 유혹 같아 마음이 달뜬다. 여행지

(旅行地)의 첫날 저녁은 언제나 이렇게 시작된다. 모름지기 이렇게 시작되어야 한다. 그렇지 않다면 무엇하러 그 먼 길을 달려왔단 말인가?

파리에 처음 도착한 여행자도 예외가 아니다. 그는 거리로 나선다. 어디로 가면 그런 축제가 벌어지고 있는 것일까? 그는 둘 중에 하나를 선택해야 한다. 세느 강의 좌안(左岸)으로 갈 것인가, 우안(右岸)으로 갈 것인가? 좌안으로 간다면 그는 지식인이나 예술가일 터이다. 그는 소르본 대학이 있는 라틴 거리(프랑스 사람들은 '카르티에 라탱' 혹은 '불 미슈' 라 부른다)나 거기에 잇닿아 있는 생 제르멩 데 프레로 걸어갈 것이다. 카페 '되 마고' 의 테라스에 나앉아 독한 커피를 시켜놓고 건너편 생 제르멩 데 프레 성당의 첨탑이나 문화인들의 단골집 '브라스리 립' 쪽을 바라본다.

그렇지 않고 세느 강 우안으로 간다면 그는 부유한 사업가일지도 모른다. 좁고 올망졸망한 집들이 늘어선 동네의 구질딱스러운 낭만은 좋아하지 않는다. 모두가 최고급이어야 한다. 그래서 그는 우선 택시 뒷좌석에 비스듬히 올라앉아 샹젤리제 거리로 나아갈 것이다. 속이 탁 트이는 듯한 드넓은 대로(大路). 그는 개선장군처럼 파리에 도착하고 싶은 것이다. 시원하게 터진 거리 풍경을 내다보며 그 넓은 포도를 마냥 걷는 것도 좋다. 이렇게 훤칠한 인도는 세계의 그 어느 도시에 가도 찾아보기가 그리 쉽지 않다. 걷다가 마음이 내키면 조르주 생크 대로와 샹젤리제 대로가 만나는 모퉁이에 위치한 고급카페 '푸케' 나, 아니면 길 건너 개선문 가까운 대로변의 카페 '조르주 생크' 의 테라스쯤에 자리잡고 앉아보는 것도 좋다. 글쎄 무엇을 주문하면 좋을까? 소설 속의 주인공처럼 알코올 농도 42퍼센트로 혀끝을 톡 쏘는 '아주 오래 묵은' 칼바도스를? 그것도 '더블' 로?

그러나 이것은 너무나 판에 박힌 분류방식이다. 낭만이 넘치는 라틴 구역을 찾아가고 싶은 사람이 어찌 예술가나 지식인뿐이랴. 그리고 또 예술가나 지식인이라 해서 어찌 개선문을 향하여 시원하게 트인 샹젤리제의 저 산책로를 따라 가슴을 활짝 열고 걷고 싶지 않겠는가? 우리들 모두의 마음속에는 언제나 가난한 예술가, 감수성 예민한 지식인, 혹은 사치스러운 한순간을 능히 만끽할 수 있는 귀족이나 사업가가 함께, 혹은 번갈아가며 들어앉아 있는 법이다. 여행의 첫날 저녁에는 모두가 잠시 예술가이며 백만장자다. 그리고 여행의 참맛은 판에 박힌 격

식과 분류방식으로부터의 해방, 그리고 거칠 것 없는 자유 그것이 아니던가.

그래서 레마르크의 소설 『개선문』의 주인공 라비크는 비록 나치에 쫓겨 파리로 망명온 스페어 외과의사 신분이지만 언제나 샹젤리제와 에트왈 광장 근처의 희뿌연 거리를 혼자 떠돌며 불안하고 절망적인 나날을 보낸다. 라비크 말고도 이 거리에는 삶에 절망한 사람이 하나 더 있다. 한 여자가 박명에 덮인 세느 강에 몸을 던져 자살하려는 순간이다. 라비크가 그 매력적인 혼혈아 조앙 마두를 그 순간에 마주치게 된 것은 우연일까 운명일까. 어쨌든 그 운명적인 만남이 이루어진 곳은 세느 강을 건너 개선문 쪽으로 올라가는 알마 다리 위였다. 처음 만난 두 사람은 함께 마르소 가를 따라 샹젤리제 쪽으로 우울하게 걸어간다. "샤이요 가의 교차로 뒤

로는 거리가 활짝 틔어 있고 개선문의 덩치가 멀리서 어른거리며 금세
라도 비가 내릴 것 같은 하늘을 배경으로 시커먼 모습을 나타내는 광경"
이 눈에 들어왔다. 그들은 어느 지하 술집으로 들어간다. 그리고 독한
칼바도스를 주문한다. 이 술은 조앙 마두에게뿐만 아니라 『개선문』의
독자들에게 "평생에 마셔본 중에서 가장 따스한 술"로 기억될 것이다.
칼바도스는 북불 노르망디 지방의 작은 현의 이름이다. 이곳이 바로 같
은 이름의 유명한 사과 브랜디의 명산지다.

　　　마르소 가는 알마 광장에서 개선문이 서 있는 에트왈 광장을
향해 뻗어 있다. 어찌 마르소 가뿐이랴. 개선문에 이르고 그곳에서 흩어
지는 대로는 무려 열두 개나 된다. 그 방사상(放射上)의 공간적 구조 때
문에 그 광장의 이름이 '에트왈' (별)인 것이다. 그 열두 개의 대로 중에서
가장 화려하고 큰 길이 샹젤리제다. 폭 70미터, 길이 2킬로미터에 달하
는 이 길은 그야말로 "세계에서 가장 아름다운 대로"라는 명성에 부끄
러움이 없다.

　　　파리를 찾는 이들에게 가장 깊은 인상을 주는 것은 이 도시의
미래를 일찍부터 멀리 내다볼 줄 알았던 역대 통치자들의 정신적 그릇
이다. 루이 14세, 재상 콜베르, 그리고 도시 설계사 르 노트르가 일찍이
내린 지혜로운 결정들이야말로 훗날 파리 전체의 도시계획에 원대한 가
능성을 제공한 출발점이었다. 오늘날의 루브르 궁에 이어진 튈르리 공
원으로부터 출발하여 콩코르드 광장의 뾰족한 오벨리스크를 거쳐 개선
문에 이르는 광대한 일직선은 그야말로 파리라는 도시구조의 척추에 해

당한다.

　　당시에는 버려진 풀밭과 농경지에 불과했던 이 지역은 이미 1667년에 국가의 참사원에 의하여 수용이 결정되었다. 뷜르리 공원의 중앙통로로부터 오늘날 개선문이 위치한 서쪽 끝의 '샤이요 언덕' 에 이르기까지 양편에 각각 두 줄씩의 가로수를 심어서 광대한 도로로 연장한다는 야심찬 계획이 수립된 것이다. 그로부터 무려 300년이 지난 오늘날에 와서조차도 '기적을 낳은' 서울의 한강 이남에 신도시를 건설한답시며 개선문은커녕 속시원한 공원터 하나 변변히 조성하지 않은 채 광대한 가능성을 잠재한 새로운 도시공간을 졸부들과 야비한 부동산 투기꾼들의 손길에 분별없이 방치한 우리네 지도자들의 그것과 그 옛날 프랑스 절대왕정의 이 미래지향적 안목과 원대한 계획과 어디 한번 비교해보라.

　　그로부터 150년 후, 튈르리 궁에서 콩코르드 광장을 거쳐 무려 2킬로미터씩이나 탁 트인 샹젤리제 대로의 끝, 그 소실점에다가 황제 나폴레옹은 자신이 이끌었던 '대군(Grande Armée)'의 영광을 영원한 것으로 기리기 위하여 '개선문(凱旋門)'을 세우고자 했다. 그 결과 오늘날 양편에 우거진 가로수의 숲을 거느리고 부드러운 경사를 따라 뻗어올라간 대로의 언덕 정점 위에 그 위용을 자랑하며 우뚝 선 개선문은 이 비길 데 없는 도시계획의 척도를 적절하게 요약하며 동시에 이 화려한 거리를 숭고하게 완성하게 된 것이다. 그러나 프랑스인들은 여기서 그치지 않았다. 그로부터 2세기 뒤인 1989년, 세계사의 물길을 돌려놓은 프랑스 대혁명 200주년을 기념하는 사업으로 미테랑 대통령의 정부는 개선문을 통과하여 같은 넓이와 길이로 샹젤리제를 세느 강 저 건너편 쪽까지 연장하고 그 끝 언덕 위에 개선문보다 훨씬 더 큰 규모의 '거대 아치'를 건설했다.

　　그러나 실제로 개선한 나폴레옹 황제의 '대군'이 승전고를 울리며 파리에 입성한 것은 지금의 개선문이 있는 도시의 서쪽이 아니라 동쪽을 통해서였다. 그러나 대혁명으로 바스티유 감옥이 파괴되고 난 후의 파리 동부 지역은 어수선한 공터에 불과했다. 그래서 당시 내무상이었던 샹피니는 이 지역의 낡은 거리들, 대로들의 집중도 탁 트인 조망도 없는 바스티유 광장에 아무런 관심을 보이지 않았다. 이러한 상황

속에서 실로 새롭고 매력적인 입지와 계획을 제시한 사람은 건축가 샬그랭이었다.

"역사상 그 유례가 없을 만큼 웅장한 위용을 갖춘 개선문을 이 자리에 세우자면 그것은 거대한 규모여야 하고 따라서 많은 비용이 소요된다고 보아야 합니다. 그러나 그 기념물은 도시의 어느 한쪽 구석에 숨어 있어서는 안 됩니다. 개선문이 바로 이 자리에 들어서게 된다면 그 우뚝한 입지조건으로 인하여 저 건너 뇌이이의 고지대에서도 보일 것이며 콩코르드 광장에서도 보일 것입니다. 이렇게 되면 파리에 처음 발을 들여놓는 여행자들은 누구나 멀리서부터 그것을 바라보며 감탄하지 않을 수 없을 것입니다. 왜냐하면 이런 종류의 기념물은 먼 거리에서 바라보아야 상상력이 자유롭게 날개를 펼칠 공간을 얻게 될 것이고 그리하여 한층 더한 감동을 맛볼 수 있을 것이기 때문입니다. 또한 같은 이유 때문에 그 개선문은 파리를 등지고 떠나는 사람의 마음속에도 그 사무치는 아름다움에 대한 기억을 깊이 새겨놓을 것입니다. 그리하여 제국의 중심인 파리, 파리의 중심인 폐하의 궁(宮)을 바라보고 있는 이 기념물은 또한 이 나라 수도의 중심에서 잘 바라다보일 것입니다. 개선문은 가장 광대하고 가장 잘 정돈된 광장에서, 그리고 사람들이 가장 많이 찾아드는 산책로에서 바라다보일 것입니다. 그러면서도 이런 기념물의 맡은 바 역할이 그러하듯이 개선문은 이 도시의 진정한 입구(入口) 노릇을 할 것입니다."

샬그랭이 제안한 이 야심찬 계획 중 오늘날 그 설득력이 증명

되지 않은 대목은 한 군데도 없다. 따라서 나폴레옹은 당시 '샤이요 언덕'이라 이름 붙였던 오늘날의 에트왈 광장을 개선문의 자리로 점찍었다. 18세기에 이미 가로수들이 줄지어 심어져서 그곳으로부터 뻗어나간 여러 개의 대로들은 그 윤곽이 어느 정도 갖추어져 있었다. 나폴레옹이 거처하는 튈르리 궁 공원의 널찍한 중앙통로에서 시작되는 비길 데 없는 조망의 소실점인 '샤이요' 언덕 꼭대기, 그 유리한 입지조건은 이미 후일의 영광을 약속하고도 남는 것이었다.

장소가 정해지고도 그 기념물의 모양을 어떤 것으로 하느냐에 대해서는 수많은 제안들이 나왔다. 피라미드를 세우자는 사람도 있었고, 뱃속에 갖가지 위락시설들을 갖춘 거대한 코끼리 모양으로 세우자는 사람도 있었다.

샬그랭의 계획이 채택된 것은 1806년. 황제는 913만 2,367프랑이라는 막대한 예산서에 서명했다. 그로부터 4년이 지난 1810년까지도 개선문은 지하 기초공사가 간신히 끝나고 지상의 벽이 조금 돌아났을까 말까 한 상태였다. 그런데 나폴레옹은 두번째로 결혼한 마리 루이즈 황후와 함께 개선문을 통과하여 파리로 들어오고자 한다. 이에 다급해진 샬그랭은 지혜를 내어 본래의 설계도에 따라 실물 크기의 목조 개선문의 틀을 급조하고 그 위에 천을 씌워 완성된 모습 그대로의 착시화를 그려 입혔다. 황제와 황후의 결혼행렬은 그 모조의 개선문을 통하여 화려하게 입성했다. 동시에 실제 크기와 똑같은 모형을 만들어본 덕분에 시민들은 장차 파리의 하늘로 솟아오를 개선문의 시각적 효과를 미리부터 예측할 수 있게 되어 만인의 호응과 기대를 모았고, 거기에 만족한 황제는 완공된 모습을 어서 보고 싶어 공사를 서두르도록 재촉했다.

그러나 참다운 역사의 승리는 나폴레옹 대군의 개선보다도 더 험난하고 어려운 것이었던가. 1811년에는 기념물을 설계한 샬그랭이 사망했다. 개선문의 높이가 아직 5.40미터에 이르렀을 뿐인 때였다. 그의 제자 구스트가 작업을 계속했으나, 차츰 속도가 늦어지던 공사가 정치적 격동과 더불어 마침내는 중단되고 말았다. 나폴레옹이 황제의 자리에서 물러나 유배지로 떠났고 미완성의 개선문 주위로는 이른바 ‘연합군’ 이라는 이름의 외국군이 입성했다. 거칠기 짝이 없는 코사크 군대가 들어와 야영을 하면서 샹젤리제 거리를 황폐하게 만든 것도 이때였다.

그 뒤에 역사의 수레바퀴가 거꾸로 돌아 그 따분한 왕정복고(王政復古)의 시절이 계속되는 동안에는 공사 또한 지지부진, 그저 마지못해 간헐적으로 이어질 뿐이었다. 7월혁명이 일어나고 마침내 ‘시민의 왕’ 인 루이 필립이 즉위하자 공사장은 다시 활기를 띠기 시작했다. 그는 개선문을 나폴레옹 제국의 군대보다는 프랑스 대혁명의 군대에 바치는 기념물로 삼고자 했다. 샬그랭의 위대한 작품은 1836년 7월 29일, 착공된 지 28년 만에, 그리고 제국에서 복고왕정을 거쳐 다시 7월 왕조로 정치체제가 여러 차례 곤두박질친 끝에 최종 완성을 보기에 이르렀다. 다행스러운 일이었다. 사실 그 동안 개선문 꼭대기에다가는 각종의 상징적 형상들, 거대한 코끼리, 날개를 활짝 펼친 독수리상 혹은 개선하는 나폴레옹의 동상 등을 세우자는 등 의견도 심심치 않게 대두되었던 터이므로 그런 상징물이 얹히지 않은 개선문은 미완성이라고 보는 사람들이 많았던 것이다.

그러나 자신의 위대한 군대, 위대한 제국을 기려 개선문을 세우고자 했던 나폴레옹 자신은 정작 살아 있는 동안 — 결혼행렬을 위하여 만든 모조의 개선문을 제외한다면 — 단 한 번도 이 개선문으로 지나가보지 못했다. 위대한 나폴레옹 황제는 1840년 12월 15일 감동적인 의식이 진행되는 가운데, 그러나 수레를 탄 한갓 유골의 모습으로 이 개선문을 통과하여 파리로 돌아왔다. 프랑스 전체를 호기심과 감동으로 뒤흔들어놓았던 '유해 봉환'의 의식이 바로 그것이었다. 이런 것을 두고 과연 '개선'이라 불러 좋을 것인가? 이 광경을 본 빅토르 위고는 "멀리서 황금의 산더미 같은 것이 천천히 움직이고 있었다"고 쓰면서 그 거창한 수레가 한갓 '허깨비 관(棺)'에 불과했음을 아쉬워했다.

그러나 그런 유골의 입성이 참다운 개선일 수는 없겠지만, 죽어서나마 이 개선문을 지나갈 기회가 누구에게나 차례가 오는 것은 결코 아니다. 그것은 위대한 사람만이 누릴 수 있는 영광이다. 나폴레옹의 유해 봉환 이후, 장례식 거행 전 시신의 모습으로 개선문 궁륭 아래 잠시 안치될 수 있는 것은 나라의 이름을 빛낸 위인들이 입는 마지막 영광의 절정이다. 막-마혼, 티에르, 강베타, 카르노 대통령, 조프르, 포슈, 르클레르 원수, 라트르 드 타시니 원수들은 이런 영광을 입은 사람들이다. 그러나 나폴레옹 이래 프랑스 역사상 그런 전무후무한 '영광'을 한몸에 독차지한 사람은 바로 '허깨비 관'을 아쉬워했던 대시인 빅토르 위고였다.

개선문이 우뚝 서 있는 에트왈 광장에서 갈라져 나가는 열두 개의 대로(大路) 중, 가장 좁지만 가장 우아하며 영광스러운 큰길은 바로 '빅토르 위고 대로' 다. 이 길은 원래 샤를르 10세 가, 나중에는 엘로 가라고 불렸는데 오늘날은 바로 빅토르 위고 광장과 교차한다. 시인은 1881년 이래 그 길의 124번지에 위치한 집에서 살다가 80세를 맞았다. 오늘날 이 길을 지나는 행인은 금세기 초 그 집 자리에 새로 지은 건물의 대문 위에서 빅토르 위고의 마스크를 볼 수 있다.

당시 파리 시민들은 이 위대한 시인의 80세를 축하하기 위하여 루이 블랑을 정점으로 하는 위원회를 구성하여 그 거리를 꽃으로 뒤덮었다. 축하행사의 날은 2월 25일 일요일로 정해졌다. 빛 밝고 따뜻한 남쪽의 니스에서 카네이션, 장미, 글라디올러스, 수레국화 등 온갖 색깔 온갖 향기의 꽃들이 기차에 가득 실려 올라왔다. 2월 파리의 흐린 하늘에도 불구하고 엘로 대로는 아침부터 저녁까지 거대한 정원으로 변했다. 시인의 집은 보석처럼 장미꽃에 파묻혔다. 행사 전날 저녁 국무회의 의장이 찾아와 역대의 제왕들에게나 바치던 세브르 자기꽃병을 『명상 시집』의 저자에게 바쳤다. 파리 시당국은 이 거리 입구에

빅토르 위고

"1802년 2월 26일 출생 / 1881년"

이라고 쓴 거대한 아치를 세웠다. 열광하는 군중이 에트왈 광

장을 가득 메웠다. 5만 명의 어린이가 선두에 서서 위고의 집을 향하여 행진했다. 전국의 초·중·고등학교에서는 일체의 벌이 면제되었다. 집 앞의 거리에서 에트왈 광장까지를 가득 메운 60만의 축하 군중을 향하여 백발의 노시인 빅토르 위고는 자기집 2층 창가로 나와 손을 흔들었다. 언제나 항의하고 요구하고 시위하기 위해서만 거리로 뛰쳐나왔었던 파리 시민들이, 그것도 무려 60만이나 되는 사람들의 물결이, 다만 대시인에 대한 존경과 사랑을 표시하기 위하여, 오직 '빅토르 위고 만세!'를 외치기 위하여 구름처럼 몰려든 것이었다.

일 주일 후 빅토르 위고는 상원으로 나아갔다. 늙은 노동자 같은 인상의 허름한 저고리를 입고 나타난 그를 보자 좌우의 동료의원들은 일제히 기립하여 박수를 쳤다. 레옹 세 하원의장은 큰 소리로 말했다. "천재가 참석하였으니 하원은 그를 박수로 맞이하였습니다."

그로부터 몇 달 후인 7월, 파리 시청 직원들은 엘로 대로의 길 이름 표지판을 모두 뜯어내고 '빅토르 위고 대로'라는 새것으로 일제히 바꿔 달았다. 이제부터 이 노시인의 친구들은 그에게 보내는 편지봉투에 다만 이렇게만 쓰면 되었다. "자신의 거리에 사는 빅토르 위고 씨 귀하."

그후 2년이 지난 1883년 5월 11일에는 시인이 그토록 사랑했던 아내 쥘리에트 드루에가 사망했다. 그 죽음과 더불어 위고는 더이상 글을 쓰지 않았다. 겉으로는 여전히 건강한 듯한 모습이었지만 그것은 외양이 주는 환상일 뿐이었다. 그러니까 지금부터 약 120년 전, 1885년 5월 22일 금요일 1시 27분, 집 앞 길에는 하루 종일 심각한 얼굴의 군중

빅토르 위고의 장례식. 1885년 5월 31일 밤부터 6월 1일까지 빅토르 위고의 유해는 개선문 밑에 안치되어 있었다.

들이 기다리고 있는 가운데 문호 빅토르 위고는 문득 숨을 거두었다. 그는 다음과 같은 유서를 남겼다.

나는 가난한 사람들에게 5만 프랑을 준다.

나는 그 가난한 사람들의 수레에 실려 무덤으로 가기를 원한다.

나는 그 어느 교회의 추도식도 거부한다.

나는 만인을 위한 기도를 원한다.

나는 신을 믿는다.

그는 쥘 그레비, 레옹 세, 레옹 강베타에게 유언의 집행을 맡겼다. 그리고 자신의 모든 원고, 자신이 "쓰고 그린 모든 것"을 어느 날엔가는 '유럽 합중국의 도서관'이 될 파리 국립도서관에 기증했다. 그리고 그는 결론지었다. "나는 이제 이 땅 위의 눈을 감으려 한다. 그러나 정신의 눈은 그 어느 때보다도 더 크게 뜨고 있으리라."

시인이 죽은 다음날 프랑스 의회는 시인의 국장(國葬)을 결정했다. 장례식은 6월 1일 월요일 열한시로 잡혔다. 국장이라고 해서 "가난한 사람들의 수레"에 실려서 떠나겠다는 고인의 뜻을 거역할 수는 없었다. 그러나 그 초라한 영구차는 그 어느 구석진 묘지가 아니라 역사의 심판을 거친 나라의 위인들만을 모시는 팡테옹 신전으로 곧장 가도록 조치되었다. 그리고 파리 시의회는 가난한 사람들의 수레에 실린 빅토르 위고의 영구를 5월 31일 일요일부터 이튿날 아침까지 개선문 아치 아래에 안치하여 시민들이 조문할 수 있도록 결정했다. 이리하여 사회주의적 평등을 부르짖던 이 대시인은 "가난한 사람들의 수레"에 실려 신들의 영원한 집으로 들기 전까지 역설적이게도 나폴레옹 '제국'의 개선문 궁륭 아래서 하룻밤을 지새우게 되었다.

샹젤리제를 포함하여 열두 개의 대로를 가득 메운 채 조문의 순서를 기다리는 남녀노소 시민들의 수는 무려 2백만! 개선문이 상(喪)을 당한 것이다. 오랜 기다림, 아침 열한시가 지나자 견딜 수 없을 만큼 뜨거워지는 햇빛, 끝없이 일어나 날리는 먼지에도 아랑곳하지 않고 조문 군중의 거의 움직이지 않는 행렬이 이어졌다.

1918년 일차대전 종전 후 파리에 입성하는 연합군

이 영결식을 위한 장식은 바로 파리의 오페라좌를 설계한 가르니에가 맡았다. 높이 50미터, 폭 45미터의 이 거대한 개선문이 검은 상장(喪章)과 검은 깃발들에 가리우고, 유일하게 열려 있는 샹젤리제 쪽 궁륭 아래에는 열두 계단을 밟고 올라야 이르게 되는 드높은 영구대가 개선문의 천장에 닿을 듯 설치되었으며 그 꼭대기에는 시인의 이니셜인 V H 두 글자가 높이 떠 있었다. 주위에는 한낮에도 2백여 개의 횃불과 가로등이 불을 밝혔다. 저녁 일곱시가 되어도 개선문 주위는 인파로 메워져서 채 발들여놓을 틈이 없었다. "군중으로 가득 찬 음산한 샹젤리제 대로―쿠르브브와 로타리 저너머로 기우는 태양의 마지막 빛이 지평선을 붉게 물들이고 개선문은 황금빛과 타는 불꽃을 배경으로 그 어두운 덩치를 드러내고 있었다." 콩코르드 광장 쪽에서 그 정경을 바라본 어느 기자는 이렇게 썼다. 마치 시인의 『동방시집(東邦詩集; *Orientales*)』에서 불쑥 솟아나온 그 어떤 초현실주의적 풍경 바로 그것이었다.

그러나 개선문은 이런 장엄하지만 음산한 장례식을 위해서 세운 것만은 아니다. 개선문은 레마르크의 음울한 소설 속에서처럼 끊임없이 비가 내리거나 안개 자욱한 거리 저쪽에 항상 유령처럼 떠 있는 것은 아니다. 로마 사람들은 개선한 황제와 병사들의 영광스러운 귀환을 엄숙하게 맞이하기 위하여 돌로 아치를 세웠었다. 나폴레옹은 자신의 개선을 머릿속에 그리며 이 모뉴먼트를 세우려고 했다.

그러나 에트왈 광장의 개선문이 그 참다운 사명을 처음으로 완수할 수 있었던 것은 1919년 7월 14일이었다. 일차대전에 승리한 연합군의 행렬이 억누르지 못할 열광 속에서 이 개선문을 통과하여 파리 시내로 행군했던 것이다. 1921년 11월 11일 휴전기념일에는 궁륭 아래에 무명용사의 무덤이 마련되었다. 암울했던 이차대전중에는 이 개선문의 성스러운 상징이 파리 시민의 가슴 깊이 사무쳤다. 이리하여 파리가 해방된 이튿날인 1944년 8월 26일 드골 장군이 개선문 궁륭 아래로 무명용사의 묘지를 다시 찾아와 참배하고 샹젤리제 대로를 걸어내려올 때 뒤따르는 군중의 열광은 절정에 달했다. 마침내 1945년 6월 18일, 길고 암울한 전쟁의 터널에서 빠져나온 파리 시민들은 두번째로, 승리한 프랑스군이 이 거리를 행진하는 모습을 볼 수 있었다.

그렇다. 이제 파리에 도착한 사람은 콩코르드 광장으로부터 샹젤리제 대로를 개선용사처럼, 그러나 평화 시절의 느긋함을 마음껏 즐기며 천천히, 유쾌하게 걸을 것이다. 소설 『개선문』에서의 라비크 역시 지옥 같은 시절로부터 다시 파리로 돌아와 그렇게 이 거리를 걷고 있었다. "다시 파리에 오니 좋았다. 이 거리를 따라 은회색의 빛 속을 생각도 없이 거니는 것은, 천천히 거니는 것은 좋았다. 아직 담뿍 유예된 기간이 있고, 부드러운 융합이 충만해 있고, 그지없이 먼 비애와 단순히 아직도 살아 있다는 데 대한 융합이 충만해 있고, 그지없이 유연한, 자꾸만 되풀이 맛보는 행복이 지평선처럼 혼합되어 있는 경계선에서 이러한 시간을 가진다는 것은 좋았다. 이 회유한 동물의 감정, 멀리 갔다 멀리에서 돌아오는 이 호흡, 아직 아무런 느낌도 없이, 마음의 가로를 따라, 사실의 희미한 불, 지나간 날의 못박힌 십자가와 다가오는 날의 가시못을 불어 지나가는 이 산들바람, 휴지(休止), 흔들리는 가운데에서의 침묵, 정지의 일순, 가장 더 열려지고 동시에 가장 더 닫혀진 현존(現存). 세상의 제일 허망한 것 가운데에서의 영원을 새기는 조용한 시계 소리.” 셔츠의 앞가슴 단추를 풀고, 심호흡을 하며 그렇게 바라보아야 하는 것이 개선문이며, 그렇게 산들바람처럼 거닐어야 하는 거리가 샹젤리제다. 흔들리는 가운데서의 침묵처럼.

달빛 속의 대사원
—노트르담

파리의 시테 섬 가장자리에 세워진 노트르담 대성당은 파리 시 전체에서도 가장 낮은 지대에 위치하고 있다. 이 성당은 길과 광장과 다리의 모퉁이에 불쑥 나타나 우리를 놀라게 한다. 샤르트르, 아미앵, 리옹, 혹은 스트라스부르의 저 명성 자자한 다른 대성당들은 돌출한 대지 위에 높이 올라앉은 채 지평선 저 위의 하늘로 우뚝한 첨탑을 뻗치고 있어서 이미 먼 곳에서부터 눈에 쑥 들어오게 마련이다. 그러나 저 유명한 파리의 노트르담 대성당은 뜻밖에 첨탑도 없이 움푹한 땅에 파묻혀 있어서 도시를 그의 발 아래로 굽어보지 않는다. 노트르담의 위용은 당당하지만 오만하지 않다.

이 성당은 서 있는 자리가 자리인 만큼 그것을 찬상하기 위하

노트르담 사원

여 일부러 찾아오는 사람이냐 그저 지나치다가 눈길을 던지는 사람이냐
에 따라 다양하고 서로 다른 얼굴을 보여준다. 단체관광단의 무리 속에
끼어서 버스를 타고 도착하는 여행객들이 예외 없이 선택하게 되는 가
장 고전적인 시점은 말할 것도 없이 그 성당 앞뜰의 드넓은 광장이겠는
데 이 경우 대성당은 그 유명한 정면이 지닌 요지부동의 엄격한 균형미
만을 드러내 보인다.

　　빅토르 위고의 유명한 소설 『파리의 노트르담 사원』은 그 어

느 관광안내서보다도 더 정확하고 자세하게, 그리고 또한 장려하게 그 정면의 모습을 그려 보이고 있다.

"첨두형으로 뚫린 세 개의 현관문, 역대의 왕들을 조각하여 28개의 벽감으로 수놓은 톱니바퀴 모양의 돌림띠, 마치 부제(副祭)와 차부제(次副祭)의 옹위를 받고 있는 사제처럼 양쪽 측면에 두 개의 창이 딸린 거대한 중앙의 장미꽃 유리창, 그 가느다란 원기둥 위에 묵직한 지붕을 이고 있는, 클로버 장식의 높고도 가녀린 홍예 회랑, 끝으로 슬레이트의 차양처마를 이고 있는 두 개의 육중한 검은 탑, 이 거창한 5층으로 쌓아올려진 굉장한 덩어리 전체의 조화로운 부분들, 이 모두가 차례로, 또는 한꺼번에, 그 헤아릴 수도 없는 각가지 조상(彫像)들이며 조각물이며 세공품들과 더불어 그 전체의 태연한 위대함에 이바지하는 가운데 혼연일체가 되어, 한가닥 흐트러짐도 없이 눈앞에 전개되는 이 정면의 모습보다도 더 아름다운 건축술의 한 페이지는 확실히 많지 않을지니, 그것은 이를테면 돌로 구성한 광대한 교향곡이요, 이 정면과 형제격인 『로만체로』나 『일리아드』처럼 총체적으로 단일하면서도 복합적인, 한 인간과 한 국민이 이룩한 거대한 작품이요, 예술가의 천재에 힘입어 노련한 일꾼의 기상(奇想)이 하나하나의 돌 위에서 천태만상으로 꽃피어나는 것을 볼 수 있는, 한 시대의 모든 역량이 정성껏 모여서 이루어진 산물이요, 한마디로 말해서 다양성과 영원성이라는 이중의 특성을 신에게서 몰래 훔쳐온 듯 신의 창조를 본떠 닮아 강력하면서도 풍요로운 인간의 창조물인 것이다."

이 소설의 평범한 독자였더라면 필경 아름다운 에스메랄다의 사랑이야기가 우선 궁금해서 훌쩍 건너뛰고 말았을 것이 이 장황하고 도도한 묘사이지만 이렇게 따로 인용해놓고 천천히 음미하며 읽어보노라면 낭만주의의 대시인 빅토르 위고의 그 유장하고도 통일된 호흡을 통해 "단일하면서도 복합적인" 대상(對象)과 "자세하면서도 기나긴 단 하나의 문장"으로 된 묘사가 너무나도 절묘하게 일치하고 있음을 발견하게 된다. 글의 언어적 구조와 대성당의 정교하면서도 통일된 구조가 적절하게 상응하고 있는 것이다.

　　균형잡힌 정면이 마주 보이는 광장에서 발걸음을 옮겨 이 거대한 사원을 천천히 한 바퀴 돌아가보면 그때마다 그 모습은 새로워진다. 투르넬 다리, 라르슈베셰 다리, 혹은 오를레앙 강둑에서 건너다보면 성당의 후진(後陳) 쪽이 보인다. 그러나 역시 이 대성당의 위용을 가장 그윽하고 아름답게 눈으로 껴안을 수 있는 전망대는 강 건너 남쪽 몽트벨로 강둑이다. 마치 그 사실을 증명이나 하려는 듯이 그 강변로 한 모퉁이에는 언제나 화가들과 사진작가들이 서성거리고 있다. 강물과 푸른 초목과 더불어 그곳에서 바라보이는 성당의 후진과 남쪽면의 정감 어린 모습은 이 지역에 가장 잘 어울리는 연출(演出)이라 할 만한 것으로, "코끼리처럼 육중하면서도 여치처럼 날씬하다"는 아나톨 프랑스의 표현을 실감케 한다. 하지만 뭐니뭐니해도 이 대성당의 전경을 멀리서 한눈에 담아볼 수 있는 최적의 전망대는 좌안 강둑길 옆의 생 - 쥘리엥 - 르 - 포브르 작은 광장일 터이다. 파리의 가장 아름다운 그림엽서들 중의 하나는 언제나 이 지점으로부터 찍혀진 것이다.

세느 강 좌안에서 건너다본 노트르담 사원

세느 강가의 연인들과 노트르담

옛날 옛날 중세시대, 더 정확하게 말해서 1482년의 어느 날, 지금의 파리 시청 앞 광장인 그레브 광장에서는 광인축제일(狂人祝祭日)을 맞아 아름다운 보헤미안 아가씨 에스메랄다가 군중들에 에워싸인 채 맨발로 춤을 추고 있었다. "발가벗은 어깨, 때때로 치맛자락 밖으로 드러나는 그 섬섬한 다리, 그 검은 머리털, 그리고 불타오르는 두 눈과 더불어 그 여자는 하나의 초자연적 피조물이었다." 이때 그레브 광장 모퉁이의 조그만 방에서 은둔생활을 하는 불쌍한 여인 하나가 어둠 속에서 그 여자에게 저주를 퍼붓는 소리가 들린다.

음유시인 그렝그와르는 그냥 장난삼아 한밤중에 그 집시 아가씨 뒤를 따라가다가, 성당의 종치기 카지모도가 노트르담 성당의 부주교(副主敎) 클로드 프롤로의 명령을 받고 그 여자를 납치해 가려고 하는 장면을 목격하게 된다. 다행히 야경대장 페뷔스 드 샤토페르의 개입으로 아가씨는 구출되는데, 에스메랄다는 그만 이 미남의 구조자에게 반해버린다. 이리하여 소설 『파리의 노트르담 사원』 속에서는 떠돌이 시인 그렝그와르, 15세의 집시 처녀 에스메랄다, 추남에 꼽추인 종치기 카지모도, 마음속에 타오르는 육욕(肉慾)의 불과 신앙의 의무 사이에서 번민하는 부주교 클로드 프롤로, 야경대장 페뷔스, 은둔하는 노파, 이 여섯 사람의 운명이 교수대(絞首臺)가 설치된 그레브 광장, 거지와 부랑배가 우글거리는 기적궁, 그리고 달빛 속에 우뚝 솟은 노트르담 사원을 무대로 하여 얽히고 설키게 된다.

음유시인 그렝그와르는 길을 잘못 들어 문제의 기적궁에 빠져 헤맨다. 에스메랄다가 그와 형식상의 결혼을 해주면서 목숨을 구하지 않았더라면 그 길로 거지패들에게 교수형을 당할 뻔했다.

꼽추 카지모도는 전날 밤의 납치극에 실패한 나머지 체포되어 죄인 공시대(罪人公示臺)에 묶인다. 그 흉측한 몰골이 어떠한가? "그 사면체의 코, 말발굽 같은 입, 오른쪽 눈은 하나의 커다란 무사마귀 아래 완전히 사라져버린 반면 더부룩한 붉은 눈썹으로 막힌 그 조그만 왼쪽 눈…… 붉은 머리털이 곤두선 대갈통, 두 어깨 사이에 그 반동이 앞에서도 느껴지는 엄청난 곱사등, 커다란 발, 괴물 같은 손, 이 모든 기형과 더불어, 무엇인지 알 수 없는 힘세고 날쌔고 씩씩한 걸음걸이……”
이것이 빅토르 위고의 붓끝에서 그려진 노트르담의 꼽추 카지모도의 모습이다.

그가 공시대 위에서 형을 받는 동안 그에 대하여 연민을 나타내는 이는 단 한 사람, 그것은 다름아닌 에스메랄다이다. 이 순간부터 카지모도 역시 이 집시 처녀를 남몰래 사랑하기 시작한다. 결국 그는 버림받은 자신을 거두어 키워주고 아버지 노릇을 해준 클로드 프롤로 부주교의 본의 아닌 연적으로 변해버린 셈이다.

부주교는 대성당의 탑 꼭대기에 있는 자신의 독방에서 문득 방울북과 캐스터네츠 치는 소리를 듣는다. 의아하게 여긴 그는 종탑 위에 올라가 성당 앞뜰의 광장을 내려다본다. 대사원을 에워싼 파리의 지붕들의 기복이 사슬처럼 얽힌 채 발 아래 펼쳐져 있다. 종탑이라면 지상에서 무려 69미터나 되는 가물가물한 높이다. 그곳까지 걸어서 올라가자면 무려 378개의 계단을 밟아야 한다. 거기서 바라보이는 시테 섬과 이 유서 깊은 시가지 지붕들이며 기념물, 솟아오른 언덕들 그 모든 것이 펼쳐 보이는 정경의 기나긴 묘사를 여기에 다 옮기지 못하는 것이 유감이다.

노트르담의 남쪽 장미창

그러나 여기서 중요한 것은 파리 시가의 파노라마가 아니라 프롤로 신부의 매혹된 시선이다. 그의 시선은 "그 모든 도시풍경 속에서 오직 포도 위의 한 지점, 성당 앞뜰의 광장밖에는 바라보고 있지 않았으며 그 군중 속에서도 오직 하나의 모습, 그 보헤미안 아가씨밖에는 바라보지 않았다." 혼란과 동요에 찬 시선. 그러나 요지부동으로 대상에 비끄러매인 시선. 거기서 불꽃이 뿜어나오고 있다. 빅토르 위고는 "마치 클로

드 프롤로 속에 살아 있는 것이라곤 눈밖에 없는 것 같았다"고 말한다.

"보헤미안 아가씨는 춤을 추고 있었다. 그 여자는 프로방스의 사라방드 춤을 추면서 손가락 끝으로 방울북을 뱅뱅 돌려 공중에 던져올리곤 했다. 날쌔고 경쾌하고 즐겁게, 자기의 머리 위에 수직으로 떨어지고 있는 그 매서운 눈의 무게도 느끼지 못한 채……"

그런데 탑의 꼭대기에서는 또하나의 눈이 그 춤추는 여자를 바라보고 있다. 프롤로는 "방긋이 열려 있는 종탑의 문 앞을 지나면서 이상한 것을 보았다. 카지모도가 커다란 겉창처럼 생긴 차양의 틈새기에 몸을 기울이고, 역시 광장을 바라보고 있는 것을 보았던 것이다. 그는 하도 골똘히 바라보고 있어서 자기의 양아버지가 지나가는 것조차도 모르고 있었다. 그의 짐승 같은 눈은 이상한 빛을 띠고 있었다. 그것은 매혹된 부드러운 눈이었다." 그러나 부주교는 카지모도가 에스메랄다에 대하여 품고 있는 이 예상 밖의 연정은 조금도 눈치채지 못한 채 오직 라이벌인 페뷔스 대장에게만 마음을 쏟았다.

마침내 그는 대장과 에스메랄다가 만나는 사랑의 장면을 숨어서 목격한다. "이때 벌레 먹은 문살 틈에 눈을 꼭 갖다대고 들여다보는 이 사나이(프롤로)의 얼굴을 볼 수 있었다. 사람이라면 어린 영양을 잡아먹는 자칼을 우리의 안쪽에서 바라다보고 있는 호랑이의 낯짝과 같다고 여겼을 것이다." 사랑과 질투의 세계는 그야말로 원시의 밀림이다. 영양과 자칼과 호랑이가 우글거린다. 그 열렬한 청년에게 아무렇게나 몸을 내맡기고 있는 젊고 아름다운 아가씨의 모습은 부주교의 "혈관 속에 끓는 납물을 부어넣고 있었다. 그의 속에는 비상한 움직임이 일어나고 있었다." 프롤로는 문을 부수고 뛰어들어가 단도로 페뷔스를 찌르고, 여자는 기절한다. 잠시 후 영문을 모른 채 의식을 회복한 에스메랄다는 억울하게도 살인죄로 체포된다. 그녀의 주위로 사람들이 몰려들며 "중대장을 단도로 찌른 마녀"라고 손가락질을 한다.

이렇게 체포된 보헤미안 처녀가 그레브 광장에서 교수형에 처해지기까지는 아직도 수많은 우여곡절을 거쳐야 하겠지만, 우리는 이제 다시 노트르담 사원의 이야기로 돌아와야 하겠다.

오늘날의 노트르담 대사원이 우뚝 솟아오르기 훨씬 전인 그 옛날, 그 자리에는 원래 로마인들의 개선 기념물이 하나 서 있었던 것으로 추정된다. 그후 기원 6세기경 그곳에는 파리의 거대한 교회 생 테티엔느 성당이 건설되었으나 차츰 폐허로 변해버렸다. 도대체 시테 섬에는 몇 개나 되는 성당이 서 있었을까? 그 대답은 쉽지 않다. 다만 확실한 것은 성모(노트르담)를 기리기 위하여 다시 그 터에 세운 성당마저 노르망디의 침입으로 인하여 파괴되었다는 점이다. 결국 우리가 오늘날 알고 있는 노트르담 대성당은 12세기에 와서야 비로소 파리 교구의 주교 모르스 드 쉬이의 주선에 의하여 처음부터 새로 건축되기 시작했다. 이 세번째 대성당은 1163년에 착공되었다. 그러나 무엇보다도 옛 성당의 잔해와 인근의 작은 집들을 헐어내어 넓은 터를 닦고 길을 내지 않으면 안 되었으므로 일은 더디게 진행되었다. 1182년에는 우선 성가대석 쪽

시테 섬과 노트르담 사원 조감

후진이 완공되어 미사를 집전할 수 있게 되었다. 1180년에 기초가 놓인 대성당은 1220년경 홍예 회랑(回廊)까지가 쌓아올려졌으며 1250년에 마침내 두 개의 웅장한 탑이 완공되었다. 정면의 색깔은 원래 회색이 아니었다. 그 위를 뒤덮고 있는 조각상들과 부조들은 채색이 되고 황금이 입혀져 있었다. 거대하고 투명한 색유리창을 통하여 빛을 받는 실내의 광채와 장관을 우리는 상상해볼 필요가 있다.

그 사이에 주교 모리스 드 쉬이는 사망했고(1196년) 장 드 셸, 피에르 드 몽트뢰유, 장 라비 등 명장(名匠) 건축가들의 손을 거쳐 대성당의 모두가 완성된 것은 14세기 초엽이었으니 무려 150년의 장구한 세월에 걸쳐 계속된 대역사(大役事)였다. 다시 빅토르 위고의 저 감동적인 설명을 들어보자.

"건축술의 최대의 산물은 개인적인 작품이라기보다도 더 사회적인 작품이요, 천재적인 사람들이 내던져놓은 것이라기보다 오히려 진통을 겪은 민중들의 산아(産兒)요, 한 국민이 남겨놓은 공탁물이요, 허구한 세월이 이룩해놓은 퇴적물이요, 인간사회의 계속적인 발산물의 침전이라는 것을 알 수 있다. 세월의 물결 하나하나가 충적토를 쌓아놓고, 민족 하나하나가 건축물 위에 그의 널판을 올려놓고, 개인 하나하나가 그의 돌을 가져다놓는 것이다. 물개들도 그렇게 하고 꿀벌들도 그렇게 하고 인간들도 그렇게 하는 것이다. 건축술의 위대한 상징, 바벨탑은 하나의 벌통이다."

큰 건물들은 큰 산들과 매일반으로 장구한 세월의 작품이다. 그것들이 아직 중단되어 있는 동안에도 흔히 기술은 변한다. "중단된 작업은 그냥 매달려 있다(Pendent opera interrupta). 건물들은 변화 발전된 기술에 따라 조용히 계속된다. 새로운 기술은 있는 그대로의 건축물에 손을 대어 그 속에 들어가 박히고, 그것을 제게 흡수하고, 그것을 제 마음대로 발전시키고 가능하면 그것을 완성한다." 그리하여 노트르담 사원은 로마네스크 양식에서 고딕 양식으로 옮겨가는 과도기의 모습

일차대전 당시 모래주머니로 노트르담 사원 조각상을 보호하는 모습

을 숨김없이 보여준다. 그러나 그것은 실상 고딕 대사원의 모범이다. 그래서 빅토르 위고의 소설 또한 '고딕' 식 소설의 한 본보기가 된 것인가?

이 글을 쓰면서 나는 문득 자문해본다. 지구의 반대편에서 프랑스 사람들이 무려 한 세기 반에 걸쳐서 노트르담 사원을 건축할 때 동방의 우리나라 사람들은 과연 무엇을 하고 있었을가? 때는 고려 명종시대였으니, 1170년 정중부 등이 난을 일으켜 문신 대학살극을 자행하면서 이후 약 100년간 무신이 집권했다. 그리고 1231년 고종 때는 드디어 황야의 거친 바람을 몰고 몽고군이 1차 침입, 겨레의 신앙심이 아로새겨진 팔만 대장경이 불길 속에 던져져 훨훨 타고 있었다……

노트르담은 흔히 "프랑스 역사의 교회"라고 불려왔다. 이 나라의 삶에 깊은 자취를 남긴 거대한 의식과 기도는 바로 이 성당의 궁륭 아래에서 이루어졌기 때문이다. 그러나 역대의 왕들은 파리가 아닌 랭스에서 관을 썼고 생-드니의 왕가 묘지에 뼈를 묻었다. 단 두 번의 예외가 있었다면 그것은 노트르담에서 거행된 1430년 영국왕 헨리 6세의 대관식과 1804년 나폴레옹 1세의 대관식이었다. 하지만 그것은 프랑스 정통왕가의 행사가 아니었다.

　　프랑스 대혁명은 이 대성당 최대의 시련이었다. 1790년 11월 22일 교회 참사회가 추방되자 성가대석의 쇠살문이 닫혀버렸다. 성골함과 유물함, 성물들이 끌어내어져 용광로 속으로 들어갔다. 1792년에는 청동상, 샹들리에, 촛대, 십자가, 종…… 등 모든 쇠붙이가 주철공장에서 녹았다. 중앙홀과 앞뜰에는 쓰레기가 가득했다. 1795년에 이르러서야 파괴의 손길이 멎었다. 그러나 모든 창문들이 판자로 막혔고 제단은 부서져 있었다.

　　1799년에는 마침내 성가대석과 가장 손상을 크게 입은 기도실들이 보수되었다. 1802년 벨르와 추기경은 교황의 특사가 입석한 가운데 제1통령 나폴레옹 보나파르트를 축성했다. 2년 후 같은 장소에서 거행된 나폴레옹 황제의 대관식은 영광의 절정인 동시에 우스꽝스러움의 극치였다. 그 기회에 대성당은 회칠을 하여 허옇게 단장되었고 정면은 어울리지 않는 혼융지 장식으로 치장되었다. 앞뜰로 열린 입구를 폐쇄한 채 실내에는 대문 쪽으로 24계단의 단을 쌓고 그 위에 설치한 황제의 옥좌는 성가대석의 교황석과 같은 높이가 되게 했다. 이 대성당에 그토록 많은 대주교들과 장군들이 함께 도열한 적은 역사상 한 번도 없었다.

　19세기 초에 이르러 이렇다 할 마스터플랜도 없이 우선 급한 대로 대성당의 보수가 시작되었다. 오늘날 우리가 보는 노트르담 사원은 저 유명한 비올레-르-뒤크의 손길에 의하여 복원된 것이다. 그는 중세건축에 해박한 지식을 가진 역사가였고 창의와 기량이 뛰어난 설계사인 동시에 목표를 달성하는 데 필요한 추진력과 권위를 골고루 갖춘 인물이었다. 따라서 그는 누구보다도 이 일의 적임자였다. 제2제정 당시의 새로운 사상조류, 중세에 대한 대중의 관심이 또한 그를 부추겼다. 한편 빅토르 위고는 『파리의 노트르담 사원』을 발표한 데 이어 "파괴자들에 대한 전쟁을!" 선포하는 책자를 내놓으면서 고딕 건물의 열렬한 수호자로 등장했다. 나폴레옹 3세는 그의 작업을 적극 지원했다.

　다시 위고의 소설 『파리의 노트르담 사원』으로 돌아가보자. 이야기가 대단원에 이를 즈음, 지난날 광장에서 춤추는 에스메랄다를 홀린 듯이 내려다보던 바로 그 두 사람, 프롤로와 카지모도는 종탑 꼭대기에서 다시 한번 그레브 광장을 골똘히 내려다보고 있다. 지상 69미터의 그 가물거리는 높이는 반드시 공간적인 높이만은 아닐 것이다. 그것은 동시에 대사원을 쌓아올린 그 기나긴 세월의 현기증 나는 높이인지도 모른다. 이제 그 두 사람은 그레브 광장의 사닥다리 위에 세워진 상설 교수대(常設絞首臺)를 내려다보고 있다. 교수대 위에는 그들이 사랑하는 에스메랄다.

"그리고 얼마 전부터 숨도 쉬지 못하고 있던 카지모도는 포도 위 두 길 높이의 밧줄 끝에서, 그 불쌍한 소녀가 매달려 흔들리고 있는 것을 보았다. 밧줄은 여러 번 뱅글뱅글 돌았다. 카지모도는 집시 아가씨의 몸뚱어리를 따라 무서운 경련이 흐르는 것을 보았다."

이제 막 에스메랄다는 밧줄에 매인 채 숨이 끊어진 것이었다. 분노한 카지모도는 악마의 웃음을 웃고 밑만 내려다보는 부주교의 등뒤로 달려들어 사납게 그를 떠밀어버렸다. 프롤로의 몸은 "떨어져나가는 기왓장처럼 지붕 위를 빨리 미끄러져서 포석 위에 떨어졌다." 카지모도는 이제 막 추락하여 깨어져버린 두 목숨을 그 가물거리는 종탑에서 내려다보며 소리친다. "오! 저 모든 것을 나는 사랑했었는데!" 그렇다. 우리가 사랑하는 모든 것은 그렇게 허공으로 추락하여 으스러져버린다. 사랑도 욕망도 번뇌도. 그 깨어져버리는 사랑스럽고 연약하고 덧없는 생명을 위하여 인간은 수세기에 걸쳐 대사원을 짓는 것이리라. 우리의 사랑도, 우리의 고통도, 우리의 애틋한 그리움도 다 쓸어가버리는 세월의 저 불가항력적인 파도를 막아보려는 듯 인간은 방파제처럼 돌로 성벽과 탑을 쌓는 것이리라. 길이 127미터, 정면 너비 40미터, 궁륭 높이 33미터, 종탑 높이 69미터의 육중한 탑, 인간의 운명을 향하여 수수께끼 같은 미소를 던지는 저 스핑크스를 사람들은 '노트르담 사원'이라 부른다. 샤르트르에도 부르쥬에도, 렝스에도, '노트르담 사원'은 있지만 오직 파리의 대사원만은 구태여 '파리의'라는 소유격 수식어를 생략하고 그냥 '노트르담 사원'이라 부른다.

빅토르 위고의 소설이 거기에 크게 한몫 했을 것이다. 위고의 이 소설을 두고 문학사가 귀스타브 랑송은 이렇게 말했다. "이 책의 참다운 재미는 갖가지 삽화와 광경묘사에서 찾아야 한다. 개개의 인물보다도 더 생생한 것은 군중이요, 거지와 부랑배의 우글거림이다. 그보다도 더 생생한 것은 도시 그 자체요…… 15세기의 파리다. 그러나 무엇보다도 더 생생한 것은 그 그림자가 도시를 덮고 있는 대성당이다. 파리의 노트르담 성당은 이 소설 속에서 정말로 넋을 가지고 있는 유일한 주인공이다."

프랑스의 모든 국도에 서 있는 이정표(里程標)들에는 해당 지점으로부터 파리까지의 거리가 숫자로 표시되어 있다. 그 거리는 언제나 노트르담 사원까지의 거리를 뜻한다. 파리를 찾아드는 모든 사람은 그 대사원 앞에 당도해야 비로소 파리에 도착하는 것이 된다. 그리하여 마침내 당신이 그곳에 이르거든 빅토르 위고처럼 탑 속의 캄캄한 벽 어딘가를 가만히 더듬어보라. "오랜 세월로 새카맣게 때묻어 돌 속에 깊이 새겨진 희랍어의 글자, 마치 그것을 쓴 것이 중세시대 어떤 이의 손이었다는 것을 말해주려는 듯, 그 모양과 생김새에서 풍기고 있는 고딕체 특유의 표정이 느껴지는 글자" 'AN'ATKH(宿命)'가 손끝에 만져질 때까지. 그 세월의 숙명적 감동이 가슴속으로 아프게 아프게 닿아올 때까지.

王의 宮, 王妃와 詩人의 감옥

─ 콩시에르즈리

　　19세기 프랑스 소설사 속에는 수많은 거물급 탈옥수들이 출몰한다. 대혁명, 나폴레옹 제국, 왕정복고, 7월혁명, 제2공화국, 제2제정 등 급격한 체제 변동이 연속되고 그 와중에서 인간의 삶이 역사의 격랑에 휩쓸려 정신을 가다듬을 수 없을 지경으로 부침을 거듭했던 만큼 소설도 당연히 소용돌이치는 그 시대의 기복과 명암을 격정적으로 반영했기 때문이다. 시대의 소용돌이는 수많은 죄수들을 낳고 죄수들은 요새와 같은 감옥을 부르고 그 감옥의 드높은 담장과 벽은 대담한 탈옥수들을 탄생시킨다.

　　대중들에게 가장 널리 알려진 탈옥수로는 빅토르 위고의 소설 『레 미제라블』에 등장하는 장 발장과 알렉상드르 뒤마의 몽테크리스

퐁토샹주 다리와 콩시에르즈리

토 백작을 생각할 수 있다. 그러나 작품의 위대성에 걸맞을 만큼 신화적이며 매혹적인 탈옥수로는 역시 오노레 드 발자크가 창조한 보트랭을 꼽아야 마땅하다. 그는 가장 먼저 소설 『고리오 영감』의 첫머리, 보케르 하숙집에서 신비에 싸인 인물로 등장한다. 그는 이 찌든 하숙집을 무대로 하여, 청운의 뜻을 품고 상경한 시골 귀족청년 라스티냑의 보호자가 되어 대리만족을 얻으려 한다. 그러나 치밀하게 계획한 그의 뜻이 이루어지기도 전에 그만 밀고에 의하여 경찰에 체포당하고 만다. 이로 인하여 보트랭의 진짜 신분은 '불사신' 이란 별명을 가진 탈옥수 자크 콜랭임이 밝혀진다. 이렇게 소설『고리오 영감』에서 퇴장한 보트랭은 다시 같은 소설가의 또다른 걸작『잃어버린 환상』의 대단원에서 검은 승복차림의 스페인 고위 성직자 카를로스 에레라로 변신하여 재등장하게 된다. 이 소설의 주인공 뤼시앵 드 뤼방프레는 파리와 고향에서의 모든 꿈이 물거품으로 변하자 실의에 빠진 나머지 고향 마을 앞 샤랑트 강물에 투신자살하려고 한다. 보트랭은 바로 이 순간에 고위 성직자의 모습으로 나타나 그 절망한 청년시인을 구하여 마차에 싣고 파리로 달리게 된다.

발자크 소설제국『인간희극』속에서도 가장 방대하고 가장 흥미진진한 작품『유녀(遊女)들의 흥망성쇠』는 이렇게 하여 파리에 도착한 뤼시앵과 카를로스 에레라의 파란만장한 드라마를 그려 보이게 된다.

근엄한 승려복을 입은 고위 성직자 카를로스 에레라는 실상 다시 한번 탈옥한 다음 스페인 국왕 페르디난도 7세의 밀사인 진짜 성직자를 살해하고서 그 신분의 가면 속에 숨어서 파리에 잠입한 도형수 보트랭에 다름아니다. 엄청난 정력과 지능, 그리고 비길 데 없는 야심의 소유자로서 동성연애 소질 또한 다분히 암시된 이 신화적 인물은 사회가 도형수에게 결코 허용하지 않는 저 으리으리한 삶을 재능은 있으나 심약한 미남 청년시인 뤼시앵을 통하여 대신이나마 실현하고자 한다.

그런데 사실 뤼시앵은 어느 면에서 보면 보트랭의 분신이라고도 할 수 있다. 이들 두 인물 사이의 관계는 현실 속에서 통일을 이루지 못한 인간성의 양면이기도 하다. 소설가 발자크는 모든 인간이 다소간에 고통스럽게 체험할 수밖에 없는 이 내면적인 동시에 사회적인 괴리를 상상으로 창조한 두 인물의 관계 속에 투영(投影)하고 있는 것으로 새겨볼 수도 있다.

카를로스 에레라는 그의 높은(그러나 사실은 도용한) 사회적 신분을 이용하여 계획을 하나씩 실천해나간다. 시대는 만인 평등의 대혁명기를 지나 또다시 타고난 신분이 운명을 결정하는 왕정복고 시대로 되돌아갔다. 따라서 그는 비천한 시골 약국집 아들에 불과한 뤼시앵 샤르동이 모계가문의 귀족칭호를 되찾아 일약 뤼시앵 드 뤼방프레로 승격할 수 있도록 국왕의 재가를 얻어내는 한편, 그 새로운 신분을 이용하여 파리의 상류 사교계에 진출하여 야심만만한 결혼을 성취하도록 계획을 세운다.

그런데 그만 장애가 생긴다. 때는 동시에 낭만주의 시대다. 청년시인 뤼시앵이 '어뢰'라는 별명을 가진 옛 창녀 출신 미녀 에스테르를 만나 깊은 사랑에 빠져버린 것이다. 에스테르 역시 뤼시앵의 아름다움에 매혹되어 수치스러운 과거를 청산하고 세탁소 직공으로서 정직한 삶을 살고자 한다. 그러나 부끄러운 과거가 탄로나게 되자 에스테르는 절망한 나머지 자살을 기도한다. (발자크의 세계 속에는 과연 자살미수도 많다!) 물론 보트랭이 때맞추어 등장하여 그녀를 구출해낸 다음 훌륭한 사립교육원에 보내어 겉보기에는 손색이 없는 숙녀로 키워낸다.

대재벌 은행가 뉴싱겐 남작은 보트랭의 계획에 따라 아름답고 세련된 숙녀로 변신한 에스테르를 보자 그만 혼이 나가버릴 정도로 사랑에 빠지고 만다. 때마침 새로운 신분으로 격상한 뤼시앵에게는 그 신분에 걸맞은 막대한 재산이 필요하다. 이제 그 필요한 재산을 마련하기 위하여 에스테르는 뉴싱겐 남작을 호려내고 그에게서 돈을 긁어내는 미끼 노릇을 하게 된다.

19세기 프랑스 사회에서 가장 신속하고 확실한 출세의 길은 단연 여자들을 통하는 길이다. 당시의 젊고 야심 많고 가난한 모든 청년들이 그러했듯이 뤼시앵 역시 세 사람의 여자를 차례로 만나게 된다. 진정한 사랑의 상대로서 에스테르 이외에 그는 파리 상류 사교계에서 막강한 영향력을 행사하는 스리지 백작부인을 정부(情婦)로 삼는 한편, 지체 높은 그랑리외 공작부인의 맏딸과 결혼을 꿈꾼다. 사랑과 권력과 돈의 삼위일체다.

헌신적인 창녀 에스테르는 뉴싱겐 남작에게서 받은 연금증서를 팔아 현금 75만 프랑을 마련한 다음 뤼시앵에게 주기 위하여 베개 밑에 숨겨둔다. 그러나 그 비싼 연금증서의 대가를 치러야 할 숙명의 시간이 다가왔다. 질탕한 파티가 끝나가는 밤에 에스테르는 마침내 뉴싱겐 남작의 침상으로 옮겨가 그를 즐겁게 해주지 않으면 안 된다. 남작은 마침내 밤새도록 "초인적인 관능의 도취"를 경험하게 된다.

그러나 이튿날 아침에 잠을 깬 그는 정신을 차릴 겨를도 없이

콩시에르즈리

연달아 충격적인 소식들에 접한다. 에스테르는 그가 준 연금증서를 매각하였을 뿐만 아니라 그녀의 늙은 숙부 곱세크의 사망으로 700만 프랑이라는 거액의 상속자가 되었다는 것이었다. "당신의 좋은 시절은 끝났어요, 늙은 어릿광대씨, 그 여자는 이제 진짜 애인과 결혼할 수 있게 되었다구요!" 이것이 바로 하녀가 그에게 비웃듯이 던지는 말이다. 그런데 어인 일인가, 에스테르가 침대에서 죽은 시체로 발견된 것이다. 그녀는 뤼시앵에 대한 이상적인 사랑을 위하여 자신이 약속했던 대로 남작과 그 숙명적인 밤을 보낸 다음 더럽혀진 몸과 마음에 수치심을 느낀 나머지 독약을 먹고 자살해버린 것이다. 기이하게도 발자크의 소설 속에서 가장 '순결한' 사랑을 바치는 여인들은 흔히 순진한 처녀나 유부녀가 아니라 남의 손가락질을 받는 창녀들이다. 물론 순결한 사랑이란 이처럼 비극적인 죽음을 통해서만 증명되는 것이 또한 어둡고 비정한 19세기다.

　　　에스테르의 죽음과 더불어 은행가 뉴싱겐 남작은 소설에서 퇴장한다. 그러나 끝내 은행가 특유의 근성을 버리지 못하는 그는 퇴장하기 전에 문제의 연금증서를 매각한 돈의 행방을 찾는다. 그러나 그 돈은 이미 하녀가 챙겨 가지고 도주한 뒤였다. 한편 이런 사실을 알지 못한 채 카를로스는 에스테르가 뤼시앵에게 전 재산을 물려준다는 가짜 유서를 작성한다. 문서위조는 그의 특기다. 뉴싱겐 남작은 카를로스를 절도 및 살인 혐의로 경찰에 고발한다. 경찰이 현장을 급습하고 카를로스는 자기가 저지르지도 않은 절도혐의를 받고 추격당하고 있음을 눈치채고 지붕을 통해서 도망친다. 노련한 형사 콩탕송이 추격한다. 그러나 백전노장인 탈옥수 카를로스를 누가 당할 수 있으랴. 콩탕송은 지붕에서 추락하여 절명한다. 그러나 카를로스 역시 결국은 체포되지 않을 수 없다.

　　　한편 이같은 우여곡절을 전혀 알지 못하는 뤼시앵은 결혼 상대자 클로틸드 드 그랑리외 양이 이탈리아로 떠난다는 소식을 듣고 그 길목인 퐁텐블로 숲에 가서 기다린다. 마침내 그는 클로틸드 양을 만나 이야기를 나누는 데 성공한다. 그러나 행복한 꿈도 잠시, 그는 도난 및 살인 사건의 공범으로 체포되고 만다. 급전직하, 청운의 꿈이 산산조각 나는 순간이다.

콩시에르즈리

　이렇게 소설의 두 주역이 경찰에 체포되면서 마침내 이 기나
긴 소설 『유녀들의 흥망성쇠』는 제3부로 접어들게 된다. 그와 동시에 우
리는 발자크 소설 속으로의 긴 우회를 거쳐 마침내 현실 속의 파리에 당
도한다. 현실이란 바로 오늘의 파리 시 중심부에 있는 시테 섬이다. 일
명 '불사신'이라 불리는 자크 콜랭을 태우고 죄수 호송마차가 "강둑길
을 달리고 있는 지금, 그 마차가 그곳에 도착하는 데 걸리는 시간 동안
이야기의 흥미를 위하여 콩시에르즈리 감옥에 대하여 몇 마디 하지 않

을 수 없다”라고 발자크의 소설은 기록하고 있다.

파리 세느 강 좌안의 소르본 대학이 있는 라틴 구역과 뤽상부르 공원 사이로 난 생 미셸 대로를 따라가다가 생 미셸 다리를 통하여 세느 강을 건너가면 바로 시테 섬으로 들어서게 된다. 즉시 그 좌측에서 만나게 되는 엄청난 건물들의 덩어리가 바로 프랑스 대법원이다. 이른바 법궁(法宮)이라고 하는 이 거대한 건물은 그야말로 궁의 한 표본이다. 역사상 전무후무한 프랑스 대혁명의 폭풍을 정면으로 맞은 가장 불행한 왕 루이 16세 때 만들어진 화려한 금박의 철책문과 그 뒤의 넓은 뜰. 거기서 불과 몇 걸음만을 옮겨놓으면 시테 섬의 북쪽 끝, 샹쥬 다리를 통하여 내처 또다시 세느 강을 건너기 직전 법원 건물에 잇닿은 모퉁이 벽에 사각의 높고 고풍스런 시계탑이 올려다보인다. 건물군의 이 부분부터가 오늘날 ‘콩시에르즈리’ 라고 불리는, 옛 왕궁(王宮)인 동시에 감옥(監獄)으로 쓰였던 역사적 유적이다.

여기는 동시에 오늘날 우리가 알고 있는 프랑스 수도 파리의 발상지다. 옛날 파리 지역을 지배했던 로마의 총독들이 자리잡았던 곳도 여기요, 바로 이 터에서 쥘리앵이 황제로 즉위했었다. 그후 이곳에 메로빙거 왕조가 자리잡았었고 클로비스가 이곳에서 죽었으며 루이 6세, 7세가 이곳에서 서거했다. 지금도 대법원 안에 남아 있는 성 교회는 루이 생 왕이 지은 것이었다. 오늘날 우리가 찾아가 볼 수 있는 콩시에르즈리 궁을 건축한 왕은 필립 르벨이다. 14세기 때의 일이다.

그러나 부왕 장 르 봉이 영국으로 잡혀가 있는 동안, 장차 샤를르 5세로 즉위하게 될 세자는 1358년 상인들의 우두머리 에티에느 마르셀이 영도하는 시민들의 무리가 궁 안으로 쳐들어와서 그의 충실한 신하들을 살해하는 광경을 목도했다. 이 난이 평정되고 나자 샤를르 5세는 그 치욕을 잊기 어려워 바스티유와 루브르로 왕궁을 옮겨가버렸다.

프랑스의 가장 오래된 벽시계

그후부터 이 왕궁은 파리의 최고 법원으로 사용되어왔다. '콩시에르즈리' 라는 이름은 콩시에르즈가 거처하는 곳이라는 뜻이다. 오늘날 불어의 콩시에르즈(Concierge)라는 말은 보통 아파트 같은 건물의 입구를 지키는 경비원을 뜻하지만 원래는 행정감독관 겸 시장에 해당하는 고위 관직이었다. 중세시대에 그는 하급 및 중급의 재판권을 지니고 있었고 궁 안의 수많은 상점을 임대하여 많은 수입원을 확보할 수 있었다.

견고한 탑루 위에 검은 고깔 모양의 고풍스런 지붕들을 머리에 이고 전개되는 콩시에르즈리의 육중하고 장려한 중세적 건축미를 제대로 감상하려면 세느 강 우안의 메지스리 강변로에서 강을 사이에 두고 건너다보아야 한다. 더 욕심을 낸다면 지난날의 귀족들처럼 마차를 타고 천천히 지나가며 바라보는 것이 이 옛이야기의 무대와도 같은 풍경에 가장 어울릴지도 모른다. 그렇게 강 건너쪽으로부터 시선을 던져

보노라면 세느 강변에 쌓아올린 우람한 강둑과 석벽 위로 우뚝 솟은 채 고요한 강물 위에 그림자를 드리우고 있는 네 개의 드높은 탑의 웅자는 묻지 않아도 그 건물이 중세시대의 왕궁이었음을 소리 높여 말해주는 듯하다.

가장 오른쪽에 까만 고깔 모양의 지붕을 쓰고, 총안의 요철이 새겨진 벽을 두른 탑이 '봉베크' 탑이다. '떠벌이 탑'이라는 뜻으로 그 안에서 자행된 각종의 고문에 못 이겨 죄수들이 마침내 입을 여는 곳이라 해서 그같이 끔찍한 이름이 붙은 것이다. 그 탑의 왼쪽으로, 19세기에 와서 건축가 루이 뒤크가 세운 네오고딕식의 화사한 건물벽을 사이에 두고 두 개의 쌍둥이탑이 솟아 있다. 이 두 개의 탑 사이로 옛날에는 왕궁의 정문이 나 있었으나 지금은 그보다 훨씬 왼쪽에 입구가 나 있다. 쌍둥이탑 중 오른쪽 것이 왕실의 보물을 간직했던 은탑(銀塔)이고 왼쪽의 것이 '시저의 탑'이다. 프랑스 대혁명기 공포정치 시절 그 서슬 푸르던 혁명재판소장 푸키에 텡빌의 사저가 이 탑실 안에 있었다.

그리고 가장 왼쪽 모퉁이에 솟은 사각의 탑이 유명한 '벽시계탑'이다. 이곳 벽 위에 지금도 달려 있는 거창하고 아름다운 시계는 1370년 최초의 벽시계로 파리에 등장한 이래 지난 6세기 동안 잠시도 쉬지 않고 왕궁과 이 나라 수도의 삶에 일정한 간격의 시간적 리듬을 부여해왔다. 카를로스 에레라도 뤼시앵 샤르동도 각기 그 써늘한 석벽의 감방 속에서 이 벽시계 치는 소리를 들었을 것이다.

1789년 프랑스 대혁명 때 파리 시민군은 이 시계탑에서 낭랑한 소리를 내며 시간을 알리던 은종을 떼내어 녹여버렸다. 절대왕권의 거만한 시간의 소리를 울려퍼지게 한 범죄의 종이고 보면 이제 더이상 공화국의 시간을 알릴 수 없다는 것이었다. 오늘날엔 시계탑의 모퉁이를 끼고 왼쪽으로 돌아서면 바로 세느 강 둑 쪽에서 건물 안으로 들어가는 입구가 나타난다. 파리 최초의 왕궁이요, 최초의 감옥인 콩시에르즈리를 구경하려면 바로 이 출입구를 이용해야 한다. 궁륭의 지붕 밑을 지나 안마당을 거쳐 오른쪽 계단을 내려가면 널찍한 경비실 홀이 나타난다. 그리고 큰 회의실, 궁륭, 프랑스 역대 제왕들의 첫 거주지요 루이 성왕의 궁이요 전형적인 왕궁이라 하여 그냥 '왕궁'이란 이름을 간직한 이 영광스러운 장소가 지금은 대법원 밑에 파묻힌 채 지하실을 이루고 있다.

발자크는 소설 속에서 이 왕궁 겸 감옥의 깊고 음산한 공간적 특징을 이렇게 설명한다. "왜냐하면 이 궁은 대사원과 마찬가지로 세느 강 물 속에다 박아 지어놓은 건물이기 때문이다. 어찌나 정교하게 지었는지 강물의 수면이 건물의 처음 몇몇 계단을 적실락 말락 할 정도다. 시계탑 옆으로 지나는 강변로의 강둑은 10세기가 넘은 이 건축물의 바닥보다 약 20피트 정도 더 높다. 높은 세 개의 탑을 받치고 있는 웅장한 기둥들의 기둥머리 높이로 마차들이 달린다." 그 어느 기념물에도 지지 않을 만큼 드높은 이 탑들이 원래는 세느 강물 속으로 곧장 뿌리를 박고 있었는데, 17세기 초엽에 와서 강둑을 많이 돋우게 됨에 따라 물 속 깊이 파묻힌 음산한 '지하실'이 되어 19세기 고딕식 소설에 너무나도 어울리는 공간을 제공하게 된 것이다. 그래서 발자크의 이 감옥 묘사는 한결같이 "어둑신한 복도들" "컴컴한 지하실" "미궁과 미로" "시궁창과 수렁" "빛이 들지 않는 거창하고 신비스러운 지하 교회" "거무튀튀한 벽" "침묵과 어둠" 그리고 "시커멓게 묻어 있는 땀자국" 등의 으시시한 표현들로 점철되어 있다.

하기야 놀라울 것도 없다. 프랑스의 오랜 역사는 이 어두운 지하실에 몸서리치는 흔적들을 남겼다. 국왕 앙리 2세를 경기시합에서 본의 아니게 살해한 몽고메리, 앙리 4세를 부상시킨 샤텔, 베리 대공을 살해한 루벨, 루이 필립 왕에게 폭탄을 던진 피에치 등 모든 국사범이 모두 이 감옥에 갇혔었다. 어디 그뿐이랴. 콩시에르즈리는 무엇보다도 프랑스 대혁명기 공포정치 시절 혁명재판소의 대기실이요 감옥이었다. 한꺼번에 1200명의 죄수를 수용할 수 있도록 설비가 되었었다. 바로 이 감옥을 거쳐서 단두대의 이슬로 사라져간 귀인들로는 루이 16세의 왕비 마리 앙트와네트, 왕의 누이인 엘리자베드 부인, 시인 앙드레 셰니에, 재판관으로부터 "공화국에 학자 따위는 필요없다"는 말을 들었던 과학자 라부와지에, 당통에게 처형당한 지롱드 당원들, 로베스피에르에게 희생된 당통 자신과 그의 동료들, 테르미도르 반동으로 전복된 로베스피에르와 생 – 쥐스트, 그리고 끝으로 수많은 사람들을 형장으로 보냈던 공포의 푸키에 텡빌 자신…… 1793년 1월에서 1794년 7월 사이에 약 2600여 명이 이 감옥 문 앞에 대기하고 있는 수레에 실려 형장으로 떠났었다.

그로부터 이제 꼭 200년 뒤…… 우리의 우유부단하고 허영심 많은 미남시인 뤼시앵도 마침내 이 고통과 공포의 공간 콩시에르즈리의 어느 감방(아마도 '떠벌이 탑' 바로 뒤쪽) 철책에 목을 매고 죽었다. "그럼 안녕히, 악과 부패의 장려한 화신이여, 안녕히. 옳은 길로 들어섰더라면 키메네스보다도, 리슐리외보다도 더 훌륭하게 되었을 그대, 그대는 약속을 지켰습니다. 나는 당신에게 황홀한 꿈의 빛을 지고 나서 샤랑트 강가의 그 초라했던 신세로 되돌아왔습니다. 그러나 불행하게도 이제 내 보잘것없는 젊은 육신을 던지려는 곳은 내 고향의 강물이 아닙니다. 그곳은 세느 강이요 나의 구멍이요 콩시에르즈리의 감방입니다. 나를 애석해하지 마십시오. 당신에 대한 나의 멸시는 당신에 대한 나의 찬미와 견줄 만한 것입니다―뤼시앵."

그는 카를로스, 아니 보트랭에게 이런 유서를 남기고 목을 맸다. 그러나 정작 카를로스 자신은 죽지 않았다. 죽기는커녕 장차 파리의 경찰국장이라는 높은 지위에까지 이른다. 재능이 있으나 심약한 시인 뤼시앵드 드 뤼방프레를 콩시에르즈리 감옥의 창살에 목매달아 죽인 다음 악의 화신인 강자 보트랭을 권좌에 올려놓음으로써 발자크는 19세기가 약육강식의 정글임을 증언해 보인 것이다.

800년의 꿈으로 지은 예술의 성
─ 예술이 정복한 왕궁, 루브르

지금으로부터 삼사십 년 전쯤, 비행기 타고 외국에 갔다 오는 것 자체가 거의 박사학위 따는 것만큼 부럽고 대단하게 여겨지던 옛날, 나의 대학 은사 한 분이 파리 여행을 하고 돌아오셨다. 부럽고 궁금한 마음으로 파리가 어떻게 생겼느냐고 여쭈었더니 그분은 아주 간단하고도 효과적으로 대답하셨다. "서울의 중앙청이 수백, 수천 채 서로 이어져서 하나의 도시를 이루고 있다고 생각하면 돼!" 지금도 나는 파리에 대한 그분의 놀라울 정도로 단순한 그 한마디 묘사를 명답 중의 명답이라고 생각한다. 과연 파리는 중앙청처럼 약 5층 높이의 큰 건물들이 정면의 벽을 나란히 줄맞추어 늘어서 있고 그 건물의 큰 대문 위에는 일정한 높이에 청색 바탕의 철판에 짝수나 홀수의 회색 숫자의 번지가 붙어 있는 아름답고 질서 있는 도시라는 인상을 준다.

그런데 벌써 '중앙청'이란 것이 무엇인지 알지 못한 채 오직 '국립박물관'만을 아는 세대가 어느새 어른이 되어간다. 그리고 해방 50주년을 기념하여 옛 조선총독부였던 중앙청, 다시 말해서 국립박물관 건물마저 해체되고 조선시대의 왕궁이 그 자리에 들어앉았다. 역사는 과거를 꿈으로 만든다. 이리하여 이 나라 사람들에게 파리의 모습을 딱 한마디로 비유할 만한 본보기는 아주 없어져버렸다. 그러나 무슨 상관이랴. 이젠 파리가 보고 싶으면 당장이라도 비행기를 타고 떠나면 된다. 열 시간 남짓한 시간이면 그곳에 직접 도착하는 시대에 우리는 살고

루브르 박물관과 예술교 다리

있는 것이다.

그래도 파리의 루브르 박물관 하면 내 머리에 가장 먼저 떠오르는 것은 서울의 '중앙청'이다. 왕궁에서 미술관으로 변한 루브르는 일제의 조선총독부에서 시작하여 독립한 대한민국의 행정부 청사를 거쳐 국립중앙박물관으로 바뀐 석조건물 '중앙청'의 기구한 변신 과정과 어딘가 닮은 데가 있기 때문이다.

닮은 점은 역사적 이정에 그치지 않고 그 겉모양새에까지 부분적으로 연장된다. 파리의 루브르 박물관은 '중앙청'처럼 가운데에 뜰을 둔 사면체 석조건물을 중심으로 출발하여 개선문 쪽을 향해 그 좌우 양쪽으로 수백 미터나 되는 길쭉한 두 팔을 마치 '앞으로 나란히'를 하듯이 뻗쳐 들고 있는 형상이기 때문이다.

실제로 그 속을 찾아 들어가보면 미로와 같아서 도무지 그 방향과 위치를 가늠하기 어려운 것이 루브르 미술관이다. 그래서 우리로서는 그 건물의 전체적 구조를 쉽게 짐작하자면 우리에게 친근한 '중앙청'의 모습과 견주어 단순화시켜 보는 것이 편리하다.

루브르 미술관은 적어도 세 가지의 매우 복잡한 측면을 함께 관련시켜 보아야 이해가 되는 하나의 총체이다. 그중 하나는 무려 7세기에 걸쳐 세워진 이 건물의 역사적인 건축 과정이고 다른 하나는 자그마치 225개나 되는 실(室)과 화랑들로 이루어진 이 건물의 복잡한 구조이며 끝으로는 이 건물 안에 전시된 수많은 미술품들의 수집과 진열에 대한 문제이다.

루브르 미술관 앞 피라미드

　　루브르 미술관을 처음으로 찾아가 구경하는 사람들이나 그저 책 속에서 글로 된 설명만을 읽고 이해하려는 초심자들은 우선 두번째의 공간적인 구조를 익히는 것이 효과적이다. 루브르 미술관이 원래는 왕궁이었다는 사실을 아는 사람은 많다. 그러나 이 미술관이 루브르 궁과 튈르리 궁이라는 두 개의 왕궁이 합쳐져서 만들어졌다는 사실을 아는 사람은 드물 것이다.

　　루브르 미술관은 대체로 엇비슷한 원을 그리고 있는 파리의 '외곽 도로'(페리페릭)를 테두리로 삼아 생각해볼 때 이 원형 도시의 정확

필립 오귀스트 치하의 옛 루브르

한 중심점에 자리잡고 있다. 이 궁의 남쪽 팔(날개)은 세느 강에 면해 있
고 북쪽 팔은 리볼리 가에 면해 있다. 1989년 대혁명 200주년을 기념하
여 피라미드 조형물이 뜰 안에 설치되기 전까지 미술관을 방문하는 관
람객들은 원래 건물군 전체 가운데서도 정사각형의 옛 왕궁으로서 '사
각정(四角庭)'이라 불리는 뜰을 에워싼 정사각형 건물의 동쪽 면을 바라
보며 돌로 지은 다리를 건너 미술관 입구로 들어갔었다. 이 건물의 사각
정 중심으로부터 서쪽을 향하여 정확하게 일직선을 그으면, 파리 도시
설계의 중추를 이루는 이른바 '위대한 축(軸)'이 카루젤의 개선문(凱旋
門)을 지나 콩코르드 광장의 중심 오벨리스크 및 롱 프엥의 중심을 뚫고

광활한 직선의 샹젤리제 대로를 따라 에트왈 광장의 개선문에 이르기까지 장장 3.5킬로미터에 걸쳐 뻗어간다.

오늘날에는 그 일직선이 개선문 반대편인 서쪽으로 계속 연장되어 나폴레옹의 대군을 뜻하는 '그랑드 아르메' 대로를 따라 이어지면서 마이요 문을 지나고, 다시 광대한 샤를 드골 대로를 거쳐 마침내는 이제 혁명 200주년을 기념하여 새로 축조된 어마어마한 대형 개선문(그랑드 아르크)에 이르는데 개선문 반대쪽의 이 길만 장장 4킬로미터에 이른다.

한편 루브르 궁의 서쪽으로 뻗은 두 날개 안쪽에는 거대한 유리구조물인 피라미드가 온갖 논란을 극복하고 등장하여 어느새 파리의 새로운 명물이 되면서 루브르 미술관의 공간구조를 근본적으로 혁신시켜놓았다. 중국계 미국인 건축가 J.M. 페이는 이리하여 '위대한 축'의 선상(線上)에 또하나의 '투명한' 모뉴먼트를 추가했을 뿐만 아니라 이제야 비로소 왕궁을 진정한 미술관으로 일신시켜놓는 데 성공했다.

루브르 궁은 파리의 또다른 유서 깊은 명물인 노트르담 대사원과 출생 연대가 비슷하다. 오늘날의 루브르 궁 사각정 남서쪽 세느 강변의 모퉁이 부근에는 원래 고성(古城)이 하나 솟아 있었다. 역사책 속에서는 이 성을 흔히 '옛 루브르'라고 부른다. 서기 1200년 필립 오귀스트 왕은 외적으로부터 파리를 방어하기 위하여 시의 서쪽 성문께에 높이 30미터의 탑신을 갖춘 사각의 요새를 짓고 그 성채 속에다가 은화와 무기 따위를 보관하는 한편 죄수를 가두거나 왕족들을 기거하도록 했다.

프랑수아 1세 초상(장 쿨레의 그림)

피에르 레스코가 설계한 사각정의 앙리2세관 정면

그 뒤 루이 성왕이나 필립 르 벨 시대에도 '옛 루브르'는 여전히 외적으로부터 방어를 목적으로 하는 요새의 기능을 계속했다.

그러나 샤를르 5세에 이르자 파리의 상주인구가 불어나는 바람에 더 넓은 영역을 에워싸는 성곽을 새로이 쌓지 않으면 안 되게 되었다. 그러자 자연히 서쪽을 방어하는 기능을 담당하던 루브르 요새는 서서히 도시의 안쪽으로 편입되면서 옛날과는 전혀 다른 역할을 맡게 되었다. 왕은 이 성관을 임시적인 거처로 이용할 수 있도록 개조하기 시작했다.

궁으로서나 미술관으로서나 오늘의 루브르와 가장 본격적인 관련을 맺기 시작한 왕은 16세기의 성군 프랑수아 1세였다. 재정난에 봉착한 왕은 파리 시민들에게 무거운 세금을 거둬들일 수밖에 없었으므

로 시민들의 환심을 사기 위하여 자신이 이제부터는 파리의 루브르 궁
에 와서 거처하겠다고 선언했다. 1528년의 일이다. 왕은 우선 군사적인
목적으로 축조했던 성의 주루(主樓)를 헐어버리고 옛 성 주위를 둘러싸
고 있는 호를 메움으로써 거친 요새를 르네상스 특유의 세련된 왕궁으
로 탈바꿈시킬 준비를 했다. 그러나 실제로 공사가 시작된 것은 1546년
이었으니 이는 곧 왕이 사망하기 1년 전이었다.

그 뒤를 계승한 앙리 2세는 설계를 맡았던 피에르 레스코에
게 새로운 안을 제출할 것을 명령했다. 오늘날 사각정의 남쪽과 서쪽 날
개 각각의 반씩에 해당하는 아름다운 ㄴ자형 3층 석조 건물은 앙리 2세,
샤를르 9세 그리고 앙리 3세 치하를 거치면서 점진적으로 완공되었다.
레스코의 설계와 명장 장 구종의 조각이 어우러져 프랑스 고전주의 건
축의 화려한 첫장을 장식하게 된 것이었다. 그러나 계속되어야 할 공사
는 종교전쟁으로 중단되고 말았다. 옛 루브르 궁은 이리하여 루이 14세
에 이르기까지 오랫동안 고딕 건축양식의 처음 두 날개와 르네상스 건
축양식의 나중 두 날개가 새롭게 마주 붙은 이질적인 사각형 건물로 남
아 있게 되었다.

앙리 2세가 몽고메리의 창에 맞아 갑자기 사망하자 왕비 카
트린 드 메디치는 괴로운 기억이 되살아나는 발루아의 옛 왕궁을 버리
고 왕자와 함께 파리 시내의 루브르 궁 쪽으로 옮겨와 살고자 했다. 그러
나 옛 궁궐 자체를 사용할 것이 아니라 그 옆에 새로운 궁을 짓기로 마음
먹었다. 그리하여 1563년, 마침내 필리베르 들로름에게 명하여 루브르

루이 13세 치하의 루브르

로부터 서쪽으로 500미터 떨어진 곳에 새로운 성관을 짓도록 하였으니 이 왕궁이 바로 튈르리 궁이다. '튈르리'란 말은 '기와 공장'이란 뜻인데 성관을 짓기 전에 그곳에 기와 공장이 있었음을 말해주고 있다.

그러나 튈르리 궁의 건축은 왕통이 발루아 왕가로부터 부르봉 왕가의 앙리 4세에게로 넘어간 뒤인 1594년에 가서야 계속될 수 있었다. 하지만 이 공사가 단순히 튈르리 궁의 완공만을 목표로 하는 것은 아니었다. 부르봉 왕가의 첫번째 왕 앙리 4세는 루브르 궁과 튈르리 궁을 연결하여 전무후무한 규모의 총체적 궁전으로 통합하겠다는 대담한 구상을 피력한 것이었다.

그 구체적인 내용을 살펴보면 우선 본래의 옛 루브르 궁보다

4배나 더 큰 사각정을 완공하여 왕실과 그 친지들이 거처할 수 있도록 한다는 것이다. 그리고 이렇게 새로 지은 루브르 궁과 그 서쪽의 튈르리 궁 사이에는 세느 강과 나란히 남과 북 양쪽에 대칭되는 긴 회랑을 건축함으로써 두 개의 궁을 이어놓겠다는 것이다. 또 중세 이래 루브르 궁 서쪽에 마구잡이로 생겨난 볼품없는 주택가를 완전히 쓸어냄으로써 궁궐 뜰 안에 광대하고 정돈된 정원을 조성하기로 했다.

앙리 4세가 구상한 이 방대한 규모의 설계를 역사가들은 흔히 '위대한 복안'이라고 부르는데 왕의 생전에는 그 복안의 일부만이 실현을 볼 수 있었다. 이 과정에서 튈르리 궁을 남쪽으로 더 연장한 플로르 성관이 지어졌고 한편 사각정에 잇대어 있는 '작은 회랑'을 한층 높여 증축할 수 있었다. 세느 강과 나란히 뻗쳐 지은 '물가의 큰 회랑'은 그 길이가 무려 450미터나 되었다. 이리하여 앙리 4세의 이 '위대한 복안'은 기획된 지 3세기가 지나 나폴레옹 3세의 제2제정 때에 와서야 그 장려한 전모를 드러내게 되었다.

원래 그 기나긴 '물가의 큰 회랑' 아래층에는 상점들과 공방들이 자리를 잡았었는데 그후 재상(宰相) 리슐리외가 그 자리에 왕립 조폐국과 인쇄소를 들였고 루이 14세 때에는 화가, 조각가, 가구 세공 장인, 건축가 같은 예술가들이 들어와 살게 했다.

오늘날 우리가 루브르 궁이라고 부르는 곳은 이 전체 건물군의 사각정 건물을 가리키는데, 루이 13, 14세 때에 완공된 부분이다. 루이 13세는 본래의 옛 루브르 궁이 너무 협소했으므로 명을 내려 소르본을 건축했던 르 메르시에로 하여금 오늘날의 시계탑 성관 부분을 증축케 하는 한편 건축자 레스코로 하여금 강가의 날개와 대칭되게 북쪽으로 또하나의 날개 건물을 짓도록 했다. 그러나 착공 3년 뒤 공사는 재정난으로 중단되고 말았다. 1659년 루이 14세는 건축가 르보에게 공사를 계속하도록 하여 사각정의 남쪽 날개가 두 배로 증축되었다. 또 필립 오귀스트 시절에 지은 옛 루브르 궁의 고딕 양식 두 날개를 허물어버리는 한편 루브르 궁의 '입구'가 있었던 동쪽의 주랑 정면(태양왕의 도도한 위세와 격에 어울리도록 클로드 페로가 축조한) 및 그와 조화를 이루도록 남북 날개의 정면(正面)공사를 마무리지었다.

그러나 1682년, 정작 사각정이 어느 정도 그 모습을 갖출 무렵 루이 14세는 루브르 궁을 떠나 베르사유 궁으로 이주해버렸다. 그래서 자연히 공사는 중단될 수밖에 없었다. 왕과 왕족들이 떠나버린 궁에는 그후 예술가들과 일반 세입자들이 들어와 살기 시작했다. 왕궁은 황폐해지기 시작했다. 그 도도한 위용을 자랑하던 동쪽의 주랑 정면 쪽에는 궁 안에 들어와 사는 사람들의 집 난로에서 뽑아낸 연통들이 추악하게 빠져나왔고 주변에는 카바레와 곡예사의 바라크들이 무질서하게 생겨났다. 1750년쯤에는 건물의 몰골이 눈뜨고 보기 어려울 정도가 되어 아예 건물을 헐어버리자는 의견까지 나올 지경이었다.

마침내 프랑스 대혁명이 일어났다. 베르사유 궁으로 떠났던 부르봉 왕가는 굶주리고 성난 민중들의 강요에 밀려 1789년 10월 5일 튈르리 궁으로 돌아왔으나 1791년 6월 20일에는 결국 도망을 시도하지 않으면 안 되었다. 그해 10월 10일 피로 물든 그날! 마침내 성난 군중들은 루이 16세의 머리 위에 붉은 보닛 모자를 씌워놓고 국민을 위한 건배를 강요했다.

한편 왕궁에는 국민의회, 공안위원회가 자리를 잡았다. 거센 역사의 소용돌이가 어느 정도 진정되자 단명한 공화국에 이어 등장한 나폴레옹 황제는 지난날의 '위대한 복안'의 계속적인 실현을 명했다. 카루젤 광장을 헐고 그곳에 개선문을 세우는 한편 중단된 사각정의 공사를 계속하여 완공을 보았으며 궁 안의 아파트들을 화려하게 장식하였다. 1810년 마리 루이즈 황후와의 결혼식이 루브르 궁의 '사각 살롱'과 '큰 화랑'에서 화려하게 거행되었다. 바야흐로 루브르는 나폴레옹 궁으로 그 면모를 일신했다.

그러나 유럽 대륙을 휩쓸던 나폴레옹의 제국도 오래지 않아 무너지고 왕정복고로 공사는 다시 중단되었다. 그런 가운데 복고왕정의 루이 18세가 역대의 왕들 가운데에서 유일하게 튈르리 궁에서 사망한 왕이라는 기록을 남긴 것이 고작이었다. 뒤를 이은 샤를르 10세와 루이 필립은 민중 봉기와 약탈로 왕궁에서 쫓겨나는 신세가 되었다. 플로베르의 유명한 소설 『감정교육』 제3부 1장은 1848년 2월혁명으로 군중들에게 점령된 튈르리 궁의 모습을 "마치 연극이라도 구경하고 있는 것 같은" 주인공 프레데릭 모로의 무심한 시선을 통하여 소상하게 묘사해 보이고 있다.

"임금의 안락의자는 군중의 팔 끝 위로 높이 쳐들어올려져 좌우로 흔들리며 이리저리 방안에서 옮겨다녔다. 결국 사람들은 그 의자를 창가로 들고가서 휘파람을 불며 밖으로 내던져버렸다. 그들은 복수심 때문이라기보다는 오히려 손에 넣은 것을 확인하고 싶은 심정에서 거울, 커튼, 샹들리에, 촛대, 테이블, 의자, 걸상 따위의 모든 가구와 화첩과 실내장식 술을 넣은 바구니까지도 부수어버리거나 찢어버리는 것이었다. 익살스럽게도 천민들이 레이스나 캐시미어로 된 괴상한 옷차림을 하고 있었다. 금장식 술이 작업복의 소매에 감겨 있기도 했고 타조의 깃이 달린 모자가 대장장이의 머리 위에 씌워져 있고 레지옹 도뇌르 훈장이 창녀의 머리띠로 사용되고 있었다. 왕비의 방에서는 한 여자가 머리에 포마드를 바르며 광을 내고 있었다. 죄수들은 공주들의 침대에 발을 파묻거나 그녀들을 욕보이지 못한 화풀이로 그 위에서 뒹굴었다. 출입문 쪽에서 바라보면 멀리까지 계속된 수많은 방 안에는 검은 무리를 이룬 사람들밖엔 보이지 않고 그들은 구름과 같은 먼지를 뒤집어쓴 채 휘황찬란한 배경 속에서 꿈틀거리고 있었다."

1848년 5월 24일, 제2공화국은 마침내 민중의 궁으로 변한 루브르의 공사를 완성하기로 결정하여 작업을 시작했다. 그러나 벅찼던 희망은 잠시뿐, 어이없게도 나폴레옹 3세가 등장하여 권력(權力)을 가로채어버렸다. 그러나 그는 루브르에 관한 한 그 어느 누구도 실천하지 못한 일을 해내기로 결심했다. 19세기 후반의 강제수용 정책과 재정계의 활황에 힘입어 무질서한 주변 거리를 말끔히 쓸어내고 앙리 4세의 꿈이었던 '위대한 복안'을 건축가 비스콩티와 르퓌엘에게 맡겨 '새로

1871년 화재가 일어나기 전 루브르의 마지막 모습

운 루브르’를 만들어내는 데에 성공한 것이었다. 이리하여 남쪽 ‘물가의 주랑’과 평행을 이루는 북쪽의 리볼리가의 기나긴 주랑이 완공되었으며 거기에 붙은 날개의 성관들이 완성을 보았다. 1867년 만국박람회를 찾아온 관람객들 앞에 3세기의 지루한 대역사를 거쳐 이룩한 그 ‘위대한 복안’이 새로운 궁전의 모습으로 그 찬란한 자태를 드러낸 것이었다. 루브르와 튈르리 두 개의 왕궁은 서로를 건너다보는 눈길에 거칠 것이 없는 광대한 카루젤 광장을 상에 두고 마주 서 있었다.

　　“그러나 그 무슨 역설적인 비극의 운명 때문이었던가 그토록 오랜 세월 동안 추진해왔고 여러 세대에 걸친 사람들의 피땀을 모아 실현을 보았던 그 목표는 머지않아 종이로 지은 성(城)과도 같은 연약함을 드러내고 만다. 겨우 3년 동안 세상에 존재하고자 여러 세기를 바쳤다니! 파리에 이제 더이상 왕관을 쓴 제왕이 존재하지 않게 된 1871년 5월, 절대권력이 군림하던 그 왕궁은 어떤 숙명의 철퇴를 맞은 듯 잿더미로 변하고 만 것이다. 앙리 4세의 야심만만하고 위대했던 군주적인 복안이 마침내 실현되는 바로 그 순간에 역사는 프랑스의 마지막 왕궁을 저버리고자 했던 것인가. 루브르 궁에도, 튈르리 궁에도 이제 더이상 들어가 살 제왕이 없는데 그 두 궁전을 한데 합쳐본들 무엇을 하겠는가?"

후일의 한 역사가는 파리 코뮌의 성난 시민들에 의하여 불타버린 튈르리 궁의 최후를 이렇게 적고 있다. 1871년 5월 23일과 24일, 베르사유 쪽에서의 사태가 심상치 않게 진전되고 있다는 소식을 접한 시민들은 튈르리 궁에 석유를 뿌리고 불을 붙이면서 절규했다. "다시는 이런 일이!" "이런 일"이란 물론 그들이 증오해 마지않았던 폭력적 체제를 가리키는 말이었다.

이리하여 세느 강과 평행으로 뻗은 '물가의 주랑'과 그에 대칭된 '북쪽의 주랑'은 앞으로 나란히를 한 두 팔처럼 뻗어가지만 그 서쪽 양손 끝을 이어주던 튈르리 궁은 불길에 타 자취도 없이 사라져버린 것이다. 오늘날까지 그 왕궁의 터는 여전히 빈 채로 남아 있다. 튈르리 궁이 불타버린 그 '빈 공간'이야말로 미슐레가 지적했듯이 프랑스 대혁명이 인류의 기억 속에 남겨놓은 가장 중요한 자유의 모뉴먼트일 것임에 틀림이 없다.

오늘날 루브르 박물관을 찾는 사람들에게 한세기 전 어느 날

다 빈치의 〈모나리자〉

튈르리 궁이 거기에서 있었다는 사실을 일깨워주는 것은 아무것도 없다. 그 역사적인 기념물은 집단의 기억 속에 무너진 체제의 왕궁을 역설적이게도 '텅 빈 공간'의 모습으로 새겨놓은 셈이다. 오늘날에 와서 다시 생각해보면 그 비워진 공간 덕분에 루브르의 사각정으로부터 개선문까지, 그리고 다시 거기서 그랑드 아르크에 이르는 장장 8킬로미터의 광활한 일직선상을 '자유와 영광의 축'이 거칠 것 없는 시선처럼 시원스럽게 뻗어가게 된 것이라고 생각해볼 수도 있다.

한편 루브르 궁만은 튈르리와 같은 저주를 모면할 수 있었다. 아주 옛날처럼 이 궁은 왕권(王權)과 적당한 거리를 유지해왔기 때문이다. 오늘날에는 교회건 기차역이건 공장이건 가리지 않고 개조하여 박물관으로 이용하는 일이 빈번해졌지만 루브르야말로 역사적인 모뉴먼트를 처음의 목적과는 판이한 것에 활용하고 있다는 점에서 최초이자 가장 위대한 본보기라고 할 수 있다.

루브르 궁은 그 초창기부터 미술품, 책, 문장 같은 것을 보관하는 장소로 활용되었다. 하지만 그때는 오로지 특수한 계층의 전문가들만이 접근할 수 있는 사적인 성격의 갤러리에서 벗어나지 못하였다. 오늘날 루브르에서 감상할 수 있는 가장 오래된 왕실(王室) 소장품들은 프랑수아 1세 때에 처음으로 수집되기 시작했다. 이탈리아에서 거의 관심권 밖으로 나앉은 레오나르도 다 빈치에게 은급(恩給)을 내려 1517년 프랑스 앙부아즈 왕성 곁의 클로 뤼세로 데려온 왕이 바로 프랑수아 1세였다. 이때에 들여온 작품이 바로 저 유명한 〈모나리자〉〈세례 요한〉〈성녀 안느〉 같은 작품들이다.

이 예술적 안목이 남달랐던 성군의 업적을 계승한 사람은 훗날의 루이 14세였다. 그가 즉위했을 때 프랑스 왕가(王家)의 '카비네' 가 소장한 그림 수집품은 200점에 불과했으나 그가 사망할 때는 2000여 점에 이르렀다. 콜베르가 수집에 크게 기여했고 화가 샤를 르 브렁이 그 보존을 맡았다.

루이 14세(야셍트 리고의 그림)

루브르가 공식적으로 미술품 전시와 관람의 장소로 사용된 것은 당대 프랑스의 화가들이 과거 이탈리아의 위대한 거장의 작품들을 접할 수 있도록 하려는 왕가의 예술(藝術) 장려 정책의 결과였다. 이 정책은 미술품 진열과 미술 아카데미를 서로 가까운 곳에 두어 그 실현을 볼 수 있었다. 이리하여 1699년 처음으로 '살롱전(le Salon)'이 열렸다. 아카데미가 그 회원들의 작품을 공중(公衆)에게 전시하기로 한 것이다.

1725년부터는 파리 시민들의 열광적인 관심을 고려하여 이 전시를 루브르의 '사각 살롱'으로 옮겼다. 당대의 건축가 르 보는 이를 위하여 오늘날 프랑스의 15, 16세기 회화가 전시된 그 층의 남쪽 끝에 해당하는 '큰 회랑'의 첫번째 토막을 증축하고 창문을 내어 채광(採光)을 쉽게 하였다. 이때부터 '살롱'이라는 말이 '전시회'의 동의어로 변했다. 사실 이 전시회는 임시로 연 것이었는데 이 착상이 인기를 얻으면서부터 왕가 소장 작품들의 상설 전시회에 대한 요구가 생겨났다. 계몽주의(啓蒙主義)의 도래는 모든 시민들이 향유할 수 있는 걸작품의 공동 전시 욕구와 그 필요성을 부추겼다.

1750년 10월 4일은 왕실의 건축부문 책임을 맡은 마리니 백작이 왕실 소장의 그림들을 선별하여 루브르에 전시하는 상설전(常設展)의 문을 처음으로 연 역사적인 날이었다. 전시는 매주 수요일과 토요일에 일반 관람객들에게 개방되었다.

1776년 마리니 백작의 후임인 당지비예 공작은 계획을 야심적으로 확대하여 '큰 화랑' 전체에 옛날 거장들의 그림과 현대 회화를 나란히 전시하기로 결정했다. 1781년은 일반 관람객이 직접 전시실에 접근할 수 있도록 층계를 만들었고 창문뿐만이 아니라 지붕을 뚫어 천장 조명을 얻어내는 획기적인 방법까지 고안해냈다. 이 혁명적인 계획은 오래지 않아 정치적인 대혁명(大革命)을 거치면서 마침내는 왕가, 추방귀족, 교회 소장품을 망라한 '국립미술관(Musém National)'의 탄생을 가져왔다.

　　　1793년 11월 8일은 루브르 미술관 역사상 길이 잊지 못할 날이다. 혁명력 2년 무월 18일에 해당하는 이날 시민들은 처음으로 루브르 궁의 사각 살롱과 광대한 '큰 회랑'을 자유롭게 왕래하면서 화파별로 분류되어 체계적으로 전시된 그림들을 감상할 수 있었다. 그러나 이 '중앙미술관(Musée Central des Arts)'은 한 달 중 처음 닷새는 화가들에게만 공개를 하고 그 다음 열흘은 청소와 수리를 위해 폐쇄를 했다가 남은 보름 동안만 일반 관람객들에게 개방을 했었다. 18세기 말에서 19세기 초 사이에는 장소 부족으로 결국 프랑스 화가들의 작품은 베르사유 궁전으로 옮겨가서 이탈리아 거장들의 작품들이 사각 살롱과 큰 갤러리를 가득 메웠다. 여기에 고대 미술품들이 추가되면서 그 격에 맞도록 천장과 삼각면 등에 장엄한 벽화들이 장식되었다. 이렇게 화려하게 꾸민 미술관은 혁명력 무월 18일 보나파르트와 조세핀에 의하여 개관되었다.

　　　이리하여 1803년에는 미술관이 '나폴레옹 박물관(Musée Napolén)'으로 이름을 바꾸었다. 전시(展示)가 일반 대중에게 공개되기는 했지만 아직 루브르는 황제의 궁이었다. 나폴레옹은 침실에서부터 곧바로 문을 열고 나아가 걸작품들을 구경할 수 있었다. 마리 루이즈

내려다본 루브르

와의 결혼식은 수세기에 걸쳐 만들어졌던 위대한 그림들이 내려다보는 가운데 '루브르 궁의 큰 회랑'에서 화려하게 치러졌다. 어느 면 그는 그럴 만한 자격이 있었다. 이 위대한 정복자(征服者)는 유럽의 수많은 나라들로부터 걸작품을 모아들였기 때문이다.

그러나 왕정복고 시대에는 연합국의 압력에 못 이겨 나폴레옹의 전리품은 대부분 반환하지 않으면 안 되었다. 다행스럽게도 1821년에는 콘스탄티노플 주재대사가 왕에게 선물로 보낸 저 유명한 〈밀로의 비너스〉가 루브르로 들어왔다.

시민의 왕 루이 필립은 테일러 남작을 스페인에 파견하여 방

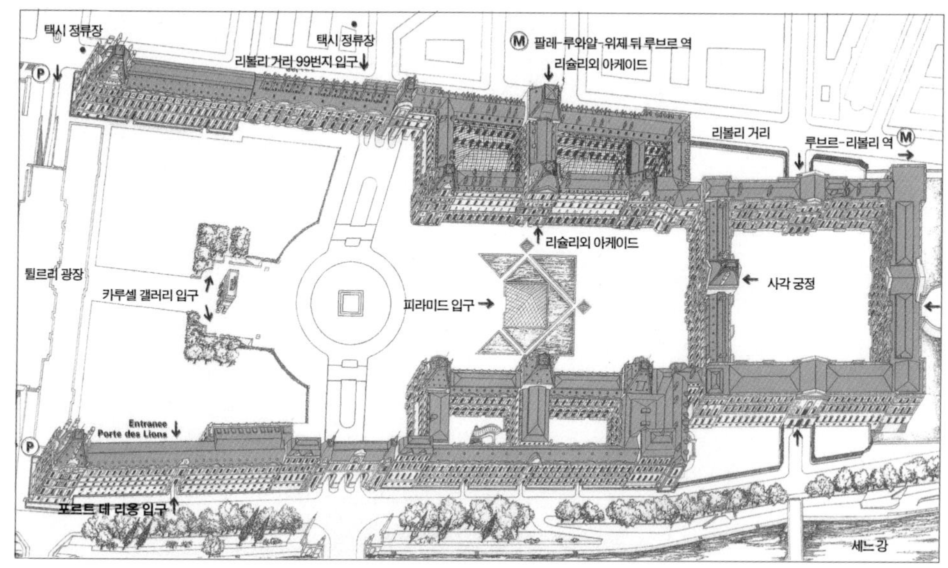

루브르 미술관의 평면도

대한 양의 '스페인 회화' 컬렉션을 갖추는 위대한 공로(功勞)를 세웠다. 그러나 고야, 벨라스케즈, 뮈리요, 주르바랑 같은 거장들의 작품으로 구성된 이 컬렉션은 시민의 왕이 권좌에서 쫓겨나면서 그만 경매 시장을 거쳐 흩어져버리고 말았다.

나폴레옹 3세 때에 루브르 박물관은 기적적인 확장에 성공했다. 유명한 니으베르케르크 후작의 책임 아래 미술관은 라카즈, 소바죠, 캄파나 등의 컬렉션을 추가했고 고대관, 조각품 그리고 오라스 드 비엘 카스텔이 모아들인 제왕들의 소장품이 새로이 추가되었다. 이 놀라운 전체 수집품들이 1871년 파리 코뮌 당시의 대화재(大火災)를 모면한 것

루브르 궁의 출입구

은 천만다행이었다.

제3공화국 이래 루브르 미술관은 확장을 거듭하여 튈르리 공원의 테라스에 건축된 죄 드 폼므와 오랑쥬리를 편입했다. 오늘날의 루브르 미술관은 1927년 미술관장 앙리 베른르가 기획한 공간과 수집품의 새로운 재구성 계획에 따라 그 진열 방식에 있어서 일관성을 갖추게 된 결과이다. 미술품 배치의 키는 다뤼 계단을 빛나게 하는 사모트라스의 〈승리의 여신〉 상이다.

미술관을 처음으로 찾아가 관람권을 산 사람은 우선 '다뤼 회랑'을 거쳐 널찍한 '다뤼 계단'을 밟고 오르게 된다. 그때 전면에 날개를 펼친 채 내려다보고 있는 사모트라스의 〈승리의 여신〉의 웅자에 강한 인상을 받게 된다. 그러나 우선 아래층의 둥근 로통드 실을 거쳐 '예술관'으로 들어가면 이곳이 사각정의 남쪽 날개 부분인데 안쪽에서 말로만 듣던 〈밀로의 비너스〉를 만나게 될 것이다. 그리고 일정이 바쁜 사람은 다시 되돌아나와 '다뤼 계단'을 통하여 2층으로 올라가서 '다뤼실'에 전시된 제리코의 그림들을 비롯한 19세기 프랑스 회화들을 곁눈질하며 서쪽으로 나아가다가 첫번째 왼쪽으로 돌아서면 그 방 벽에 걸린 다 빈치의 〈모나리자〉를 볼 수 있다. 그리고는 루브르의 끝도 없는 '큰 회랑'으로 이어지는 미로로 빨려들어가든가 아니면 오던 길로 되돌아나와버리든가 둘 중의 하나를 택할 일이다.

루브르는 8세기라는 오랜 세월 동안 지어진, 세계에서 가장 유명한 왕궁이다. 그러나 그토록 공들여 지은 왕궁은 세계에서 가장 유명한 그림들, 인상적이고 위대한 조각품들에 가려 잘 보이지 않는다. 예술이 정치권력을 가장 확실하게 정복해버린 결과를 유쾌한 놀라움과 함께 목격하게 되는 것이 또한 루브르 궁, 아니 루브르 박물관이다.

8세기! 그 이름에 손색이 없는 왕궁을 짓기 위하여 그토록 오랜 세월 동안 바쳐온 노력의 계속성에 어찌 경의를 표하지 않을 수 있으랴. 역사가는 말한다. "미술관으로 변한 루브르는 미술관을 위하여 구상된 것이 아닌 건축구조 속에서 방대하고 찬란한 수장품들에 적합한 환경을 창조해내지 않으면 안 되었다. 이 미술관 궁전에서는 건축의 아름다움을 손상하지 않으면서 예술품의 가치를 돋보이게 하지 않으면 안 된다. 현대의 미술관학적 관점과 최고의 문화재의 순수성을 함께 존중하려면 갈등이 없지 않겠으나 이는 왕궁과 미술관이라는 어쩔 수 없는 이중의 운명을 타고난 루브르의 난점인 동시에 가장 역사적이고 미학적인 도전이기도 하다."

프랑수아 미테랑 대통령이 1981년에 결심한 '위대한 루브르' 구상은 바로 이러한 도전에 대한 가장 야심찬 대응이었다. 이 계획은 우선 루브르 궁의 예외 없는 전체 공간을 수장예술품에 할애하는 것을 목표로 했다. 그 구체적인 내용은 두 가지였다. 하나는 중요한 미술관 건축에 있어서 세계적으로 재능을 인정받은 I.M. 페이를 기용한다는 것이고 다른 하나는 재무성이 사용하던 리볼리 가의 회랑까지를 포함한 왕궁건물 전체를 할애할 경우 그 새로운 공간 속에 수장품을 어떻게 배치 전시할 것인가에 대한 방대한 연구다.

이는 단순히 새로운 공간을 창조해내는 것에 그치지 않고 기존의 왕궁건축 구조에 적응하면서도 현대 미술관의 삶에 필수적인 기술장비를 갖추는 문제이므로 난제 중의 난제였다. 해묵은 돌 속에 현대적인 신경조직을 박아넣지 않으면 안 되는 것이었다. 따라서 단 하나의 가능한 해결책은 사각궁과 양 날개 사이의 나폴레옹 내정의 땅 속을 파서 그 속을 새로운 공간의 중심으로 활용하는 방법뿐이었다.

이 해결책에 의거하여 I.M. 페이는 빛나고 단순한 구상을 제시한다. 건물의 겉모습을 전혀 바꾸지 않은 채 루브르 궁의 양쪽 날개(북쪽의 리슐리외 관과 남쪽의 드농 관) 및 쉬이 관을 지하로 연결함으로써 길이로만 늘어선 건축구조를 사변요새형으로 바꾸어놓고 그 한가운데 피라미드 모뉴먼트를 건설하여 그 지하가 관람객의 출입구 및 안내소가 되도록 한다는 것이다. 그리하여 관람객은 그 입구로 들어간 다음 뤼슐리외, 쉬이, 드농 어느 쪽이든 자신이 선택한 방향을 향하여 최단거리로 미술품에 접근할 수 있게 되었다.

이미 많은 논란을 거쳐 세계적으로 유명해진 그의 투명 피라미드는 관람객에게 가장 효과적으로 입구의 위치를 가리켜 보이는 기능 외에 그 투명함 덕분에 지하의 관객이 항상 고색창연한 루브르의 건축미와 접촉상태를 유지할 수 있게 해주고 이 지하에 파묻힌 건축물에 더할 수 없는 엄격함과 순수함을 확보해준다. 페이의 건축은 고대건축에 최대의 경의를 표하면서도 동시에 지하에 무려 6만 평방미터라는 방대한 새 공간을 갖추어놓았다.

우리는 앞에서 1793년 11월 8일은 루브르 미술관 역사상 길이 잊지 못할 날이라고 말했었다. 혁명력 2년 무월 18일에 해당하는 이 날 시민들은 처음으로 루브르 궁의 사각 살롱과 광대한 '큰 회랑'을 자유롭게 왕래하면서 화파별로 분류되어 체계적으로 전시된 그림들을 감상할 수 있었고 이리하여 최초의 루브르미술관이라고 할 수 있는 '중앙미술관'이 탄생한 것이었다. 그로부터 꼭 2세기가 지나 1989년 대혁명 200주년을 기념하여 투명한 피라미드가 마치 화룡점정인 양 건설되고 리볼리 가에 면한 회랑을 1세기 동안이나 차지했던 재무성이 예술품에 자리를 양보함으로써 명실공히 왕궁과 미술관이 통일된 "위대한 루브르"가 탄생한 것이다.

누가 말했던가, "강물은 지나가나 바다는 남듯이 권력은 지나가나 예술은 남는다"라고. 그러나 벽창호 정치가들이여, 청력과 능력이 있거든 들으라, 예술을 남게 한 권력은 덧없으되 길이 가슴에 아름답도다. 그렇다고 예술 자체에 대한 진정한 사랑과 이해도 없이, 막대한 예산을 급조하여 과거 지향적인 예술의 '전당'이나 사드 백작의 폐쇄적 공간을 연상시키는 '고대적' 미술관을 엉뚱한 장소에 때려지어놓고, 부끄러워하기는커녕 한술 더 떠서 도(道)를 거슬러 흉내낸 그 부끄러운 '휘호'부터 화강암에 새겨놓을 생각일랑 아예 하지 말라. 대대손손 지워지지 않을 부끄러움을 화강암에 새기다니! 예술이 우리들에게 가르쳐주는 가장 위대한 덕목 중 하나는 바로 염치, 즉 '수줍음'임을 그대는 아는가?

Ⅵ. 인도 기행

신과 촉감의 에로티시즘
—인도기행(1)

인도 여행을 함께 했던 평론가 정선생이 그곳에서 고생스럽게 찍은 비디오 필름 시사회를 한다고 우리를 자기 집에 초대했다. 여행 동안 줄곧 타고 다녔던 인도 특유의 낡고 더러운 중형버스에 실려 우리는 정선생 댁을 향했다. 화신백화점 근처를 지나 어떤 초등학교의 긴 담벼락 앞 메마른 땅에 코스모스가 듬성듬성 자라고 있는 모습이 보이는가 했더니 버스는 어느새 조계사 쪽이라고 여겨지는 골목으로 접어들었다. 그런데 올망졸망한 골목 안의 민가들이 끝나면서 돌연 놀라울 정도로 드넓은 사과밭이 확 펼쳐졌다. 그러나 사과나무들은 무성하다기보다는 그냥 방치된 채 자라서 볼품없이 나직했지만 과일은 탐스럽게 가지가 휘도록 주렁주렁 달려 있었다. 나무 밑 풀밭에는 피크닉을 나온 듯

뉴델리 거리

한 가족들이 보자기를 펴놓고 음식을 먹거나 음료수를 마시고 있었고 저 앞쪽으로는 강인지 바다인지 광대한 물의 공간이 펼쳐져 있었다. 잔잔한 수면은 하오의 희뿌연 햇살을 반사하면서 은빛으로 번뜩였다. 물가의 한 사과나무 밑 풀 위에 수영복 차림의 여자가 비스듬히 누워 책장을 뒤적인다. 그 광경은 아름답다기보다는 약간, 아주 약간만 슬펐다. 해가 설핏해질 무렵 돌연 우리의 뼛속으로 서서히 스며드는 저 기이한 슬픔…… 그러나 서울 한복판 종로 뒤켠에 버려진 사과밭이라니, 그리고 그 앞에는 은빛으로 빛나는 강 혹은 바다라니. 이게 꿈인가 생시인가. 갑자기 누가 변소를 찾기에 오른쪽을 손가락질해 보였다. 나는 누군가 가 건네주는 소시지를 여전히 받아 먹다가 소스라쳐 꿈에서 깨어났다.

인도에서 돌아와서 처음 꾼 꿈은 이처럼 설핏하고 기이한 것 이었다. 이 꿈은 무엇을 의미하는 것일까? 모를 일이다. 다만 확실한 것 은 이 글을 쓰는 지금도 나의 짧은 인도 여행이 한낱 '꿈' 인 것만 같이 여 겨진다는 사실이다. 그 꿈의 끝에 서서 나는 여행 동안에 그만 늙어버렸 다는 생각을 한다. 그러면서도 이 기이한 꿈이 전혀 이상하질 않고 오히 려 인도와 잘 어울린다는 느낌 속에 있다. 인도를 다녀와서야 비로소 나 는 '꿈' 이라는 말의 참다운 규모를 이해하게 된 것 같다. 꿈은 프로이트 나 해몽 전문의 점쟁이보다는 인도와 잘 어울린다. 요즘 나는 꿈이 인도 의 은유라는 생각을 많이 한다.

인도 여행은 사실 몇 년 전부터 마음속에서 자신도 모르게 '계획' 되고 있었다. 아프리카의 케냐에 갔다 오는 길에 비행기가 봄베 이를 거치게 되어 있어서 그때 나는 처음으로 인도의 한귀퉁이와 접했 었다. 거의 한 번도 관심의 대상이 된 적이 없었던 그 인도, 그리하여 뜻 하지 않게 대면한 인도는 내게 커다란 충격이었다. 그 충격의 내용은 극 단적인 양면의 공존에서 오는 것이었다. 어린 시절과 젊은 시절에 이 땅 의 모든 가난뱅이들이 다 그렇듯 온갖 곤궁함을 다 체험해본 나이지만 인도의 극에 달한 가난 같은 것은 한 번도 구경한 일이 없다. 그 엄청나고 태연한 가난의 바로 옆에 수십 세기에 걸친 위대한 사유와 문화와 자존심이 버티고 있는 곳이 인도였다. 어떻게 이같은 양극단이 이렇게 오랫동안 공존할 수 있었단 말인가?

그러나 내가 봄베이에서 그 당장에 느낀 인상은 그저 저개발국의 더러움과 가난한 나라 대도시의 소음과 먼지, 이 모든 불편함, 이런 부정적인 내용이 대부분이었다. 그런데 정작 여행에서 돌아온 뒤에야 점차로 인도는 깊숙한 공간으로 변해갔고 그 유현한 깊이 어느 곳에 풀 길 없는 의문이 매력으로 변해가는 것을 느꼈다. 케냐 여행을 같이 했고 봄베이에서 며칠을 함께 다녔던 소설가 김주영 형도 이같은 느낌에 있어서 나와 공감했다.

우리들의 마음속에 저절로 계획된 인도 여행은 마침내 1993년 1월 22일, 음력 설날을 하루 앞두고 실현되었다. 『객주』의 김주영, 『마당 깊은 집』의 김원일, 『관촌수필』의 이문구, 『아제아제 바라아제』의 한승원 등 열두 사람의 소설가, 평론가로 구성된 인도 기행단을 구성하는 데 성공한 것이다. 12일간의 인도 여행. 최적의 계절을 선택했다.

방콕 공항에서 무려 여섯 시간을 기다린 끝에 갈아탄 타이항공의 맨 뒷좌석. 빈자리 하나 없이 꽉 들어찬 비행기 안, 내 왼쪽에는 검은색 터번을 쓰고 양복을 점잖게 차려 입은 거구의 시크교도가 와 앉았다. 애프터 셰이빙을 바가지로 뒤집어썼는지 그의 역겹고 진한 체취는 옆에 앉은 나의 전신에 깊숙이 침투하고 있었다. 양복 옷깃에는 거대한 순금의 브로치가 매달려 있고 왼손 손가락들에는 온갖 반지가 세 개씩

끼여 있다. 귀 밑과 턱을 가득 덮고 있는 검은 수염과 더불어 그의 우람한 체격 때문에 내가 앉은 자리는 숨막힐 듯이 좁게만 느껴졌다. 기내는 무더웠다. 인도가 가까워옴을 실감한다.

인도에서 시크교도는 힌두교와 모슬렘교 다음가는 세번째로, 1300만 명을 헤아린다. 1469년 구루 나나크 교주를 중심으로 시작된 시크는 힌두교와 모슬렘의 혼합종교지만 결국 힌두교의 한 분파다. 절대 진리로서, 형상도 이름도 없는 유일신을 숭배하며 신 앞에서의 평등을 부르짖는 것이 특징이다. 기도와 사회봉사를 생활 신조로 삼는 교도들은 주로 서북부 펀잡지방을 중심으로 인도 전역에서 군대식 교단을 형성하며 비즈니스, 교통, 군대 관계 일에 활약한다. 유령도 믿지 않고 무덤을 받들지도 않으며 갠지스 강으로 순례의 길을 떠나지도 않는다. 성스러움을 지키기 위하여 일생 동안 두발과 수염을 자르지 않기 때문에 장발이 된 머리털 위에 터번을 쓰고 수염을 무성하게 기른 것이 특징이다.

타이항공은 위스키나 포도주를 후하게 서비스하는데 내 옆의 시크교도는 그저 캄파리 한 잔을 시켰을 뿐이고 담배도 피우지 않았다. 철권의 여자 수상 인디라 간디를 살해한 이후 시크교도는 인도에서 학살당하고 박해받아 머리를 자를 수밖에 없었던 경우가 많았다는데 지금은 그 분노의 파도가 가라앉은 모양이었다.

새벽 두시 반에야 뉴델리의 인디라 간디 공항에 도착했다. 사람의 왕래가 거의 없는 공항. 흰색 대리석 바닥 때문에 사람들의 윤곽이

야무나 강가의 일요시장

더욱 선명하여 돌연 우리 모두가 꿈속에 나타난 유령 같다. 비행기에서 내린 후 순전히 여권검사에만 한 시간 반이 걸렸다. 인도에 관한 모든 안내서들은 '인도에 가면 느긋이 기다릴 줄 알아야 한다'고 충고하고 있었다. 그러나 모든 것을 빨리빨리, 심지어 엘리베이터나 지하철에서도 사람들이 내리기도 전에 밀치고 먼저 타는, 서울에서의 오랜 습관 때문에 기다림은 상당히 지루하게 느껴졌다. 그러나 까다로운 여권검사에 비해 정작 짐가방을 열어보자는 사람은 없었다.

서울의 음력 설날, 뉴델리의 인디라 간디 공항 밖의 새벽은 쌀쌀하다. 회색 담요로 어깨 아래 전신을 뒤덮은 채 꾀죄죄한 피부에 비썩 마른 사람들이 인도에 가장 흔한 거지의 표본인 양 슬슬 돌아다닌다. 영상 5도의 새벽 공기 속에서 마중나온 여행사 사람들이 목에 걸어주는 주황색 꽃목걸이가 젖은 빨래처럼 축축하게 살과 닿으면서 으스스한 느낌을 더한다. 우리나라 시골 역사에 완행열차가 머물 때면 자주 보이곤 하는 '뱀꽃' 같은 꽃송이들로 엮어 만든 그 주황색 꽃목걸이는 장차 델리에서 자이푸르로 가는 봄베이 하이웨이 노변에서도, 바라나시의 골목길에서도 수없이 만나게 되지만 내게는 왠지 불결하고 슬프게만 보였다. 정성스럽고 꾀죄죄한 꽃, 그 꽃에는 향기가 없다. 아니 인도에서 본 그 어느 꽃에서도 나는 향기를 느낄 수가 없었다.

마중나온 중형버스에 사람과 짐이 실려 달리는 공항로는 영국풍 도시계획 냄새가 물씬 난다. 길 양옆은 숲이요, 중앙분리대는 넉넉한 녹지인 대로는 아일랜드의 더블린 공항로를 상기시킨다. 여기도 영국식이라 자동차는 좌측통행이다. 오래 걸리지 않아 아쇼카 호텔 도착. 왜 나는 매번 한밤중이나 뿌연 새벽녘에만 인도에 도착하는 것일까? 잠든 인도의 한 옆구리로 나는 슬며시 발을 들이민다. 그러나 나는 몽상에 잠길 틈이 없다. 인도의 '현실'에 대한 안내자의 '주의 말씀'에 귀를 기울여야 했다. "인도에서는 물을 함부로 마시지 말라. 최고급 호텔의 식수도 마시지 말라. 플라스틱 병에 든 미네럴 워터만을 마셔라." 이리하여 인도를 여행하는 동안 줄곧 우리의 휴대품 가운데는 언제나 사진기와 더불어 물병이 빠지지 않게 되었다.

아침에 일찍 깨어 호텔 밖으로 산책을 나갔다. 차도는 넓고 텅 비어 있다. 길가의 나무 아래 몇 안 되는 나무이파리들을 긁어모아 불을 피워놓고 둘러앉은 사람들. 여러 나라 대사관이 연이어 있는 쾌적한 구역이라 긴 담장 너머로 숲이 우거졌다. 유칼리나무, 멀구슬나무. 담장 아래 어슬렁거리는 인도의 신(神), 흰 암소. 그 옆 나무 아래서는 개들이

뉴델리 시내를 어슬렁거리는 흰 소

이른 아침 교미에 황홀하다. 호텔 뒤편으로는 광대한 네루 공원이 펼쳐져 있다. 정결하게 가꾸어진 공원 밖 작은 바위 위에는 헌 누더기를 뒤집어쓴 거지가 아침 볕을 쬐고 있다. 그렇다. 인도는 이 충격적인 공존을 당연하고 천연덕스럽게 노출하고 있는 세계다. 호사와 굶주림의 공존을 그들은 떳떳이 전시하는 듯하다. 공원 울타리 안에는 1050미터, 1100미터 하는 식으로 조깅 코스의 이정표까지 붙여놓은 팔자 좋은 오솔길과 잔디밭이 있지만 바로 울타리 밖에는 거지들이 헌 누더기를 쓰고 아침을 맞는다. 그리고 의젓이 길가에서 용변을 본다.

시내 구경을 나가기 전에 호텔에서 환전을 했다. 100달러를 주니 2800루피 남짓한 돈을 바꾸어주는데 100루피짜리만 겨우 돈 같고 나머지 10루피, 5루피, 2루피짜리는 다리미로 잘 다려놓은 헌 누더기다. 그래도 찢어진 돈은 없다. 가운데 구멍이 뚫린 돈은 쓸 수 있어도 찢어진 돈은 무효다. 그런데 이 잔돈뭉치의 종이돈을 한번 세고 나면 비로소 내가 인도에 와 있음을 실감한다. 돈에서 나는 매캐한 냄새와 먼지, 가난과 불결함의 냄새. 물건을 사고 나면 돈을 만졌기 때문에 손을 씻고 싶어진다. 화장실에 가서 손을 씻고 나면 으레 친절한 인도 사람이 깨끗한 휴지를 들고 서 있다. 팁을 받고 싶은 것이다. 그걸 받아 손을 닦고 나서 얼마간의 팁을 주어 사례하고 싶지만 그 돈을 꺼내서 만질 생각을 하면 그만 진저리가 쳐진다. 이건 나 개인의 결벽증 때문이 아니다. 인도에 가면 돈이 얼마나 불결한 것인가를 '물리적으로' 깨닫는다. 동행한 어떤 친구는 돈을 만진 다음엔 언제나 휴대한 미네럴 워터로 손을 닦았다. 그 기분을 나도 충분히 이해할 수 있었다.

아침에 첫 구경거리는 락슈미 나라얀 사원. 신(神)들의 나라 인도에 와서 힌두교의 신을 먼저 찾는 것은 당연한 일이겠다. 인도 최대의 재벌 중의 하나인 빌라가 죄를 용서받기 위하여 1938년에 지은 대리석 사원이라 역사는 길지 않다. 돈을 그렇게 많이 벌자면 남에게 못할 짓도 꽤는 했을 터인데 이번에는 그 돈으로 사원을 짓는다. 이를테면 인도식 사회환원이다. 힌두교의 대표적인 신은 비슈누와 시바인데 나라얀은 비슈누의 별명이다. 락슈미는 그의 아내인데 연꽃을 타고 있는 부와 행운의 여신이며 마음씨도 좋고 미인이어서 이상적인 아내의 표상이다.

락슈미 나라얀 사원

흙바닥의 공지에 버스를 세우고 내려서니 벌써부터 각종 그
림엽서나 조잡한 기념품을 사라고 달라붙는 사람들이 온통 정신을 빼놓
는다. 쫓아도 다시 오고 또 쫓아도 다시 달라붙는 파리떼 같은 이들은 거

리거리에 자욱이 배어 있는 향신료 냄새나 꽃목걸이와 함께 이제부터 인도 여행의 중요한 일부분이다. 이들보다 키가 약간 작으며 손에 들고 파는 물건이 없이 따라붙는 무리는 본격적인 거지들이다. 이들의 나직하면서도 호소하는 듯한, 그러나 말할 수 없이 끈덕진 '음악'은 내 여행의 저음부를 이루게 된다. 프랑스 문학에서 연애를 뺄 수 없고 미국 생활에 햄버거와 코카콜라를 뺄 수 없고 한국 텔레비전에 연속방송극을 뺄 수 없듯이 인도 여행에서 빼놓을 수 없는 것이 거지다.

　　　지하도를 건너면 나타나는 락슈미 사원은 산뜻한 흰색 대리석과 붉은색 사암으로 지어져 있다. 입구에서 신을 벗고 들어가야 하는데 맨발에 닿는 흰 대리석의 감촉이 여간 신선하지 않다. 거의 에로틱할 정도다. 발바닥의 에로티즘을 신들은 알고 있는 것일까? 인도 사람들은 확실히 촉감의 천재라는 생각이 든다. 손가락으로 만지며 음식을 먹는 그들이 여기서는 발바닥으로 신(神)의 공간을 애무한다. 흰 대리석의 넓은 마당을 어슬렁거리며 발바닥을 식힌다. 유일신이면서 동시에 수많은 모습으로 둔갑하여 나타나는 힌두의 신들이 저만치서 바라보고 있다. '저 신들이 부(富)도 주었고 가난도 주었고 공포도 주었고 사랑도 주었다. 그런데 무엇이 걱정이랴' 하는 표정이 인도인의 얼굴에는 한결같이 서려 있다. 파리떼같이 달려드는 행상인이나 거지의 경우도 예외는 아닌 것 같았다. 거리를 어슬렁거리는 흰 암소도 그런 눈길로 우리를 바라본다. 저들의 신앙심은 지금쯤 발바닥에 서늘하게 고여 있을 것이다.

가난하고 아름다운 인도 처녀

무능(無能)이 죄가 되지 않는 나라
—인도 기행(2)

힌두교의 신을 모신 락슈미 나라얀 사원에서 나오자 우리를
실은 관광버스는 '인디언 게이트'를 향한다. 단체행동 때의 따분한 점
은 나의 일정을 미리 알아서 짜주는 친절을 쉽게 거절하지 못한다는 점
에 있다. 인도인의 구체적인 삶과 행동, 그리고 그들의 마음속에 깊이
배어 있는 사유에 가까이 가보자는 것이 여행의 목적이었는데, 여행사
의 가이드는 판에 박힌 '명물'들을 구경시켜주겠다는 것이다. 이 '명
물'도 인도의 일부이니 흥미가 없지는 않다.

인디언 게이트는 식민지 경험의 산물이다. 일차대전 당시 영
국의 식민지였던 인도는 영국의 편에 서서 피흘리며 싸웠고 그 결과 무
려 9만여 명의 젊은 목숨이 희생되었다. 영국에 협력하여 싸우면 전후

에 독립을 보장받을 것으로 믿었던 말단 병사들의 허망한 죽음을 추모하기 위하여 이 거대한 문을 세웠다고 한다. 드넓은 평원에 황량한 대로를 뚫고 사람의 왕래도 그리 많지 않은 곳에 덩그렇게 세워놓은 문은 쓸쓸했다.

불과 3일 후인 1월 26일은 이른바 공화국 기념일(Republic Day)이어서 성대한 기념행사가 있다 하여 문 앞 광장에는 걸스카우트 소녀들의 사열 연습이 한창이었다. 이 기념식에 참석하기 위하여 영국의 수상이 오기로 되어 있다고 한다. 마찬가지로 식민지 경험을 가져본 적이 있는 우리들에게는 금방 이해가 잘 되지 않는 이야기다. 가령 우리나라의 8·15 경축행사에 일본 수상을 참석시킨다면 어떤 반응이 나타날 것인가? 그러나 오늘의 인도인들에게 있어서 공화국 기념일은 대대적인 축제인 모양이어서 모두들 그 광경을 TV로 보고자 기다린다. 그런데 그 축제 준비로 인하여 뉴델리의 교통은 곳곳이 막혀버렸다. '인도의 문' 근처 역시 좌우의 드넓은 풀밭이 사열대와 관람석을 마련하는 중이어서 어수선하고 황량하기만 했다.

오전에는 가까운 현대사의 유물인 '인도의 문'을 구경했는데 오후에는 무려 700여 년의 시간을 거슬러올라가는 쿠타브 미나르(Qutb Minar)를 찾아갔다. 12세기 말엽에는 터키계의 이슬람교도들이 중앙아시아로부터 인도 대륙으로 밀려들어와 자리를 잡게 되는데 이 구경거리는 그 술탄시대의 개막을 알리는 모뉴먼트이다. 노예왕조 최초의 술탄인 쿠타브 우딘 아이바크는 힌두교도들을 대대적으로 동원하여 기존의 힌두사원들을 헐어내고 그 석재들로 최초의 인도 이슬람사원을 세웠으니 이름하여 쿠와툴 이슬람 마스지드(위대한 이슬람사원)였다. 마치 우리나라 최초의 서원이 불교사찰을 파괴한 자리에 세워진 것이나 스페인 코르도바의 기독교 대사원이 이슬람교도들의 사원을 파괴한 돌로 세워진 것이나 마찬가지다.

인디언 게이트

신도들에게 기도 시간을 알리기도 할 겸 이슬람의 정의와 위대함을 상징하기 위하여 그 사원 옆에 세운 탑이 유명한 쿠타브 미나르(승리의 탑)다. 기저부의 지름이 15.5미터요, 5층 전체의 높이가 원래는 80미터였으며 그 안에 마련된 나선형의 층계가 379개에 이른다. 아래 3층은 적사암으로 지어져 있고 코란의 문구를 도안한 조각이 외벽을 장식하고 있다. 위의 2층은 흰 대리석으로 된 것으로 보아 14세기에 복원된 것으로 추측되는데 19세기에 와서 벼락을 맞아 꼭대기 층은 허물어져버렸기 때문에 오늘에는 탑의 높이가 74미터에 그치고 있다.

쿠타브 미나르

쿠타브 미나르 경내에 있는 4세기의 녹슬지 않는 신비의 쇠기둥

이 모두를 구경하자면 방문객은 우선 황량한 먼지가 푸석거

리는 공터에 차를 세우고(인도의 주차장은 대개가 50년대 한국의 국회의원 선거 연설

이 끝난 뒤 시골 공터 마당같이 쓸쓸하고 어수선하다) 정문을 거쳐 왼쪽의 쿠타브 미

나르를 먼저 감상하고 오른쪽 층계를 따라 올라가서 이슬람사원의 뜰로

들어서게 된다. 그런데 이 뜰의 한가운데에는 높이 7미터 정도의 철기

둥이 하나 세워져 있다. 이 철기둥은 4세기경 굽타왕조 시대에 만들어

졌다고 하는데 1600년이 지난 지금도 전혀 녹이 슬지 않았다는 사실이

불가사의하다. 이 철기둥에 등을 대고 양팔을 뒤로 젖혀 철기둥 뒤쪽에서 손가락 끝을 맞대어 깍지 낄 수 있는 사람은 행운을 얻을 수 있다는 말이 전해지고 있다.

　　구태여 행운을 바라서는 아니었지만, 이 철기둥에 기대어 쿠타브 미나르 쪽을 바라보고 있으려니 아주 흥미로운 광경이 눈앞에 벌어지고 있었다. 탑 앞의 마당에 붉은색의 흙을 까는 작업이 한창이었다. 예닐곱 명의 아낙들이 세숫대야만한 그릇에다가 흙을 담아 날라와서 마당에 흩어 뿌리고 있었다. 이런 노동을 하는 것으로 보아 불가촉천민(Untouchable)일 터인데 치렁치렁하게 늘어뜨려 입은 온갖 색깔의 치마나 머리 꼭대기에서부터 전신을 덮는 숄과 심지어는 팔찌 차림 등 노동과는 잘 어울릴 것 같지 않은 ‘사치’가 유난스러웠으나 궁기가 드레드레한 모습이었다.

　　그런데 유심히 보자니 그들의 작업방식이 가관이다. 한 아낙이 조그만 세숫대야만한 그릇에 흙을 퍼담아 머리에 이고 대여섯 걸음쯤 걸어가면, 그곳에 있던 다른 아낙이 그걸 받아 머리에 이고 또 대여섯 걸음 걸어가서 다른 아낙에게 건네주고, 이렇게 계속한 끝에 맨 마지막 아낙은 그걸 받아 이고 불과 두어 걸음 떼어놓은 다음에 붉은 흙을 바닥에 뿌리고 있었다. 어떤 신비스러운 의식 같기도 하고 가냘픈 몸매의 여인들이 보여주는 뜻 모를 춤과도 같은 이 노동의 릴레이는 아주 조용하게 끝도 없이 계속되고 있었다. 대체 저런 굼뜬 노동으로 과연 언제쯤에나 공사가 끝날 것인가? 항상 ‘효율성’과 ‘신속성’을 기초로 한 경제가

비단옷 입고 공사장의 흙을 나르는 여인들

치 속에 살아온 나의 마음에 가장 먼저 떠오른 의문은 이런 것이었다. 답답하기 짝이 없는 것이었다. 그러나 수백 년 동안 버티어온 저 드높은 쿠타브 미나르 앞에서 벌어지는 이 느릿느릿하면서도 우아한 춤과 같은 노동은 오히려 그 아름다움 때문에 내 마음을 흔들었다. 어쩌면 가난한 사람들에게 골고루 기회를 주기 위하여 이 단순한 흙 나르기 작업에 이 많은 아낙네들을 동원하고 있는지도 모른다. 그러나 이들의 몸짓 하나하나의 밑바탕에는 힌두교 특유의 영원관이 깔려 있다는 생각을 지울 수가 없었다. 한번 태어났다가 또 무엇으로 다시 환생할지 알 수 없는 윤회의 사슬에 매인 생명인데 도대체 무엇이 그리 바쁘단 말인가. 긴 두 팔을 활처럼 뻗쳐 머리 위의 흙그릇을 떠받친 채 호리호리한 하반신을 가볍게 가볍게 흔들면서 짧은 다섯 걸음, 여섯 걸음을 운명의 길처럼 오가고 있는 이 아낙들은 시작도 끝도 없는 영겁의 시간 속에서 삶의 의미를 헤아리는 그들 특유의 종교성을 말없이 증언해주고 있는 것만 같았다.

"나는 고향에 돌아왔지만 아직도 고향으로 가고 있는 중이다. 그 고향…… 무한한 지평선에 게으르게, 가로 눕고 싶다; 印度, 인디아! 무능(無能)이 죄가 되지 않고 삶을 한 번쯤 되돌릴 수 있는 그곳"
황지우의 시 「노스탤지어」를 읽은 것은 오늘 아침, 그러니까 인도 여행에서 돌아온 지 여러 주일이 지난 뒤이지만 문득 그 시는 인도의 쿠타브 미나르 아래서 흙 나르는 여인들을 생각케 한다. 그러나 "무능이 죄가 되지 않는 그곳"이라고 해서 노동이 힘겹지 않은 것은 아니리라.

쿠타브 미나르를 뒤로 하고 나서려니까 왼쪽 벌판에는 이 탑보다 더 높은 탑을 세우려고 했다가 취소하고 말았다는 알라이 미나르의 기저부가 마치 거대한 개미집처럼 웅크리고 있는 모습이 보인다. 이 세상 도처에서 자기들 인간의 왜소함을 사무치게 느낀 나머지 이를 극복해보겠다고 엄청난 탑을 세우려 한 사람들의 저 무용한 정열이 오히려 더 가슴에 와닿는 인도의 시간이 거기 그렇게 무너져 있다.

뉴델리의 남쪽 15킬로미터 떨어져 있는 쿠타브 미나르를 떠나 이번에는 올드델리 쪽을 향하여 북쪽으로 끝없이 차를 달렸다. 인도의 관료들이 많이 살고 있다는 쾌적한 주택들이 좌우로 보이는 거리들을 지나 야무나 강변의 마하트마 간디 로드를 따라가려니까 그 오른쪽 강변에 비교적 넓고 깨끗한 풀밭이 나타났다. 비폭력을 부르짖으며 인도의 독립을 이끌었던 마하트마 간디를 화장한 라즈 가트가 있는 곳이다. 1948년 1월 30일 힌두 극우파에게 저격당하여 쓰러진 이 위대한 지도자의 유해는 그 이튿날 이곳에서 화장되어 힌두교의 관습에 따라 강물에 뿌려졌다. 그러므로 간디의 묘는 없다. 그 대신 그를 화장한 장소를 성지처럼 꾸며서 참배하는 사람들을 맞고 있다.

아담한 공원처럼 꾸민 잔디밭 한가운데에 검은 대리석의 넓은 제단을 만들어놓은 것이 전부다. 언덕 위에서 그 아래로 전경을 내려다볼 수도 있지만 입구에서 사원에 들어갈 때처럼 신을 벗고 넓은 돌을 깐 오솔길로 해서 맨발로 제단에 다가갈 수 있다. 제단의 정면에는 간디가 남긴 최후의 말 "오, 신이여!"가 새겨져 있다. 최후의 순간에 신을 부르는 지도자가 이 세상에는 그리 많지 않다. 그러나 세상에 알려진 신들

간디를 화장한 라즈 가트

은 으레 의로운 자들의 죽음을 멀찍이 서서 보고만 있는 것 같다. 그런 침묵이 신을 더욱 신답게 하고 인간을 더욱 애타게 한다. 문명이 발달해도 신의 거처는 전화번호부에 나와 있는 법이 없다. 주파수를 알 수 없는 신이 우리를 오늘 간디의 시신 없는 무덤 앞에 세운다. 저무는 뉴델리와 올드델리의 갈림길에서 여행자는 그저 아주 조금만 절망한다.

'릭샤'를 타면 인도가 보인다
— 인도 기행(3)

어디를 가든, 낯선 여행지에서 맛보는 재미 중에서 쇼핑을 빼놓을 수 없다. 인도의 경우도 예외는 아니다. 인도인과 가장 구체적이면서도 현실적인 입장에서 만나는 곳이 바로 시장이고 상점이다. 그곳에서 우리는 비로소 남의 삶을 멀찍이서 구경하는 관객의 입장으로부터 생활의 현장으로 직접 뛰어들게 된다.

우리는 뉴델리에 도착하는 즉시 서민들의 시장, 이곳 말로 "바자르"라는 곳으로 가보고 싶다는 뜻을 안내인에게 여러 번 말했었다. 물건을 사겠다는 목적보다는 그곳에 인도인의 뜨거운 삶이 무럭무럭 김을 뿜고 있으리라고 상상했기 때문이었다. 어느 한구석 낯익은 것이 없는 그 이상한 삶의 중심으로 들어가보고 싶었던 것이다.

자신의 이름을 멀릭이라고 소개한 우리의 안내인은 뉴델리 대학에서 영문학을 전공한 멋쟁이였다. 그는 말쑥한 콤비 차림이었고 구두는 항상 반짝거리고 있어서 올드델리 거리의 남루한 행인들과는 아주 대조적이었다. 그가 우리를 가장 먼저 안내한 곳은 사람들이 와글거리는 서민들의 시장이 아니라 목걸이, 팔찌, 반지 등의 귀금속이나 면제품, 실크류의 옷감, 혹은 각종 기념품을 파는 토산품점이었다. 모두가 인도 서민들의 한심한 생활 수준에 비하여 꽤 비싼 물건들이었다.

나는 그저 냄새가 진한 향나무로 다듬은 종이 자르는 칼 몇 개만을 선물용으로 산 다음 구태여 권하는 홍차 대접도 사양하고 밖으로 나왔다. 안내인의 옷차림이 어찌 그렇게 말쑥한 것인지 대체로 짐작이 가는 순간이었다. 비교적 비싼 값을 부르는 그 상품 구매가격의 몇 할을 구전으로 챙기는 재미에 그는 우리를 대뜸 그같은 기념품상 쪽으로 안내한 것임은 충분히 짐작된다. 관광지의 안내인은 어디나 그렇다는 것쯤은 모르는 바 아니다. 그래도 인도의 경우는 그 정도가 좀 심하다. 그제서야 인도의 삶을 소개하는 여행기 속에서 관광가이드와 기념품 상인은 한통속이라는 경고를 읽은 기억이 되살아났다. 인도는 다양성의 세계다. 환생과 윤회의 사슬을 믿는 종교의 세계인가 하면 동시에 교활하기 짝이 없는 상혼의 세계이기도 하다.

상점 밖으로 나와 남루하기만 한 저녁 거리에 서 있으려니 기다렸다는 듯 길 건너편 담벼락 밑에 앉아 있던 아이들 둘이 달려와서 손을 벌린다. 관광안내서도, 인도인의 긍지를 잊지 않는 지식인들도 한결

인도 소년들

같이 입을 모아 말하고 있었다. "인도를 사랑하거든 거지에게 돈을 주지 말라. 당신의 적선은 그들을 영원한 거지로 만들고 만다."

그러나 아이들은 집요했다. 나는 잔돈을 주는 대신 이런 경우를 위해서 준비해 간 일회용 라이터 한 개를 그 아이에게 주었다. 이들이 라이터나 볼펜을 몹시 좋아한다는 말을 들은 적이 있었기 때문이다.

그때 라이터를 받아든 아이의 흑옥 같은 눈동자가 순간 기쁨으로 빛났다. 저토록 행복한 표정을 본 지 얼마 만인가. 우리는 이제 좀처럼 놀라지 않고 경이로워하지 않는다. 풍요와 함께 찾아온 무감동이 우리를 권태 속으로 몰아넣어버린 것이다. 그러나 어릴 적의 우리는 매사에 경이로워했고 황홀해했고 낯선 것이면 모두 신기해했었다. 6·25 전쟁 직후 시골 초등학교에 다니던 시절, 우리들은 가끔 총을 멘 방위군 아저씨의 뒤를 졸졸 따라다니곤 했다. 아저씨가 가끔 산골짜기에서 공포탄이라도 한방 쏘는 날에는 요란한 총성과 함께 그의 어깨 밑으로 쏘고 난 총알의 탄피가 귀중한 선물로 떨어지기 때문이었다. 그때 집어든 따끈따끈한 그 탄피의 반짝이는 빛. '새것'이 발하는 광채와 매끄러움…… 집으로 돌아오는 길에 나는 그 반짝이는 탄피를 주머니에서 꺼내어서 쓰다듬고 또 쓰다듬어보곤 했다. 그때 나는 저 인도 소년과 다름이 없었다.

　　　일회용 라이터를 받아든 소년이 자신의 손끝에서 파랗게 일어나는 불꽃을 바라보며 그것이 정말 자기 것이 되었다는 사실이 믿기지 않는다는 듯한 표정을 짓고 있을 때 나는 까마득한 소년시절의 그 반짝이는 탄피 생각을 했다. 사람은 얼마나 작은 것에도 황홀해할 수 있는 것인가! 아이는 연방 라이터를 켜보더니 그래도 그걸 제가 갖지는 않고 담벼락 밑에 쭈그리고 앉아 있는, 아버지인 듯한 중년에게 갖다 바쳤다. 사내는 호기심 가득한 표정으로 라이터 불을 오래오래 켜들고 있었다. 허연 이빨을 드러내면서 만족한 웃음을 지었다. 그는 라이터를 켜보고 또 켜보았다. 저물어가는 올드델리의 남루한 거리에서 나는 일회용 라이터를 하나 얻어가지고 마치 뜻밖의 횡재를 한 듯이 불꽃을 일으키며 마냥 흐뭇해하는 그 부자의 모습을 오랜 옛이야기 속의 아름다운 한 장면으로 마음속에만 새겨 가지고 돌아왔다. 다만 그들 옆에 옅은 하늘색의 수레가 한 채 서 있는 모습을 그 행복한 한순간의 상징인 양 사진기에 담아보았다. 마침내 아버지인 듯한 사내는 그 라이터를 원래의 주인인 소년에게 돌려주었다. 그 행동 또한 아주 의젓해 보였다. 그날 밤 소년의 꿈속에서도 라이터의 푸른 불꽃이 타오를 것이다.

우리는 마침내 랄 키라(Lal Qila)로 갔다. 위대한 무갈제국의 황제 샤자한이 17세기에 세운 광대한 왕성으로 영어로는 레드 포트, 즉 '붉은 성(城)'이라는 뜻이다. 붉은색 사암으로 축조되었으므로 모두가 붉은색을 띠고 있기 때문에 그런 이름이 붙었다고 한다. 그러나 이미 날이 저물어가고 있었고 또 '관광'을 하기에는 좀 따분한 시간이었기에 성 안으로 들어가는 것은 포기하기로 했다.

그 대신 고대했던 대로 그 왕성의 정문인 라호르 문으로부터 일직선으로 뻗은 거리의 좌우를 가득히 뒤덮고 있는 서민들의 거리 '찬드니 초우크(Chandni Chowk)' 속으로 들어가기로 했다. 올드델리의 활기찬 삶이 그곳에서 끓어오르고 있었다. 거리를 가득 메우고 있는 인파와 자동차. 이 물결 속에 뒤섞인 채 그 거리의 냄새와 소음과 빛과 목소리가 전신에 가득히 흘러드는 것을 느껴보지 않는다면 인도에 온 보람이 없는 것이다. 서민들의 에너지가 소용돌이치는 '바자르'가 바로 여기인 것이다. 안내인이 소개한 상점과는 그 성격과 규모가 전혀 다르다.

처음에는 그냥 천천히 걸어서 한 바퀴 돌아볼 예정이었으나 워낙 방대한 시장이므로 이 기회에 한번 '릭샤'를 타보기로 했다. '릭샤

올드델리의 푸른 릭샤

(Rickshaw)'는 인도 도시의 전형적인 대중교통 수단이다. 커다란 세발 자전거의 뒤쪽에 꼭 다듬잇돌만한 2인석 앉을 자리를 걸쳐놓은 몸체를 앞 좌석에 올라탄 릭샤꾼(릭샤 왈라)이 페달을 밟아서 끌고 가는 자전거 인력거를 두고 하는 말이다. 승객의 좌석 머리 위로는 차양 덮개를 칠 수도 있지만 맑은 날에는 차양을 뒤로 접은 무개차다. 이렇게 표현하면 호사스러운 교통기관일 것 같지만 실제로는 여간 꾀죄죄한 것이 아니다. 더군다나 비쩍 마른 릭샤 왈라가 전력을 다해서 페달을 밟는 노동을 지켜보며 뒷자리에 앉아 있기란 민망하기 짝이 없을 것 같았다.

그러나 찬드니 초우크 거리를 한 바퀴 돌아오는 데 50루피를 주기로 흥정을 하고 나서 막상 좌석에 올라타고 나니 전혀 다른 기분이 되었다. 그것은 우선 밖에서 구경하던 관광객의 입장으로부터 삶의 물 결 속에 뒤섞인 인사이더로서의 미묘한 공감에서 오는 만족감 같은 것 이었다. 나는 마치 이 근방의 어떤 직장에서 하루 일을 마친 다음 릭샤를 타고 집으로 돌아가는 듯한 기분이 되었다.

포도 위를 걸어가면서 바라볼 때와는 달리 릭샤는 생각보다 훨씬 빠르게 달렸고 그 수많은 자동차와 트럭, 버스 그리고 또 다른 수많 은 릭샤 사이사이로 금방이라도 부딪칠 듯한 근거리에서 교묘하게 요리 조리 빠져나갔다. 연약해 보이는 릭샤 왈라는 고통스러운 노동으로 연 민의 정을 불러일으키기는커녕 힘차고 명랑하고 자신이 하고 있는 일에 신바람이 난 듯 줄곧 싱글싱글 웃어댔다. 아니 그 정도가 아니라 심심찮 게 뒤를 돌아보며 짤막한 인도 특유의 영어로 길가의 상점이며 골목 쪽 의 간판에 대해서 설명하는 것을 잊지 않았다. 길 양편에는 간판을 삐딱 하게 매단 영화관, 광고판, 옷가게, 일용품·과자·연꽃을 파는 상점이 즐 비하다. 미로와도 같은 골목으로 좌회전하려 하니 릭샤들이 잔뜩 밀려 서 교통 체증이 생겼다. 우리가 탄 릭샤의 앞바퀴가 앞에 선 릭샤의 뒷바 퀴 살대에 거의 닿을 지경으로 바싹 붙어 있었으므로 걸어가는 행인이 길을 건너갈 수가 없게 되어 있었다. 그러나 행인은 짜증을 내기는커녕 슬며시 다가와 연이어 붙은 두 대의 릭샤를 양팔로 쫙 밀고 그 사이로 유 유히 지나가는 것이었다.

잠시 후 길이 트이자 또 릭샤는 씽씽 달린다. 버스나 택시와

찬드니 초우크의 골동품상

달리 좌우가 완전히 터진 이 교통기관은 적당한 속도로 달리면서 골목 좌우의 상점이나 사람들과의 가장 적절한 거리를 유지해주기 때문에 여간 쾌적하지 않다. '인간적' 이라는 표현에 아주 잘 어울리는 교통기관이 릭샤다. 현실이라기보다는 옛날 우화 속의 수레를 타고 간다는 느낌이다. 옛날 무갈제국의 환상 속으로 우리는 접어들고 있는 것이다. 찬드니는 '달빛' 이라는 뜻이고 초우크는 길이 모이는 '활기찬 광장' 이란 뜻이란다. 이 달빛 광장의 어느 골목에는 은세공 상점이 즐비해서 어느새 저녁빛을 받아 번뜩인다. 다시 한쪽은 골동품상인 듯 가슴이 풍만한 흰

붉은 성과 오토 릭샤

두 여신상이 포도의 한구석에 나뒹굴고 있다.

돌아오는 길에 우리의 싱글벙글하는 릭샤 월라는 어느 상점 앞에서 멈추었다. 인도의 도처에서 발견할 수 있는 실크가게로 우리는 들어갔다. 진열장에 채곡채곡 쌓여 있던 붉은색, 황금색, 초록색, 핑크색, 검은색, 남색…… 온갖 실크 머플러며 수건들이 깃발처럼 펼쳐지면서 온 방 안에 가득 널리기 시작했다. 우리를 위해서 허리가 휘도록 페달을 밟았던 그 신명나는 릭샤 월라에게 구전이 돌아가는 쇼핑이라면 붉은색, 황금색, 초록색 실크를 많이많이 사주고만 싶었다. 걸어가는 사람

의 눈높이보다 조금 더 높은 릭샤에 올라앉으면 비로소 인도가 보이기
시작한다. 실크가게 안에 들어서면 비로소 인도의 속살이 만져지기 시
작한다. 저 야들야들한 실크 감촉의 속살이. 우리는 그 가게 안에서 옛
날 놀이방 속의 소년들이 되어 붉은색 황금색 초록색 실크를 꿈인 양 펼
쳐놓고 황홀해한다. 문 밖에 나서면 그 모든 것이 꿈의 빛과 감촉으로 홀
연히 사라져갈 것임을 우리는 예감한다.

옛이야기 속으로 가는 먼길
— 인도기행(4)

인도를 떠돌다 보면 자신이 문득 아주 까마득한 옛날이야기 속에 들어앉아 있는 것만 같은 신비한 느낌을 가질 때가 있다. 그 나라 전체를 지배하고 있는 각종 종교의 분위기, 어디서도 구경하기 어려운 가난의 일반화, 그 위에 나른하게 떨어지는 빛, 그들 특유의 색채 감각을 드러내 보이는 그윽한 아름다움, 현대의 그 많은 변화에 아랑곳하지 않는 그들 특유의 고집스런 옷차림, 특히 수백 년 전의 것만 같이 낡고 아름다운 여인들의 사리와 장신구들, 빤히 쳐다보는 어린아이의 해맑고 아득한 눈길…… 모두가 반쯤은 비현실 속에 잠겨 있는 것이다.

'옛날 옛적, 아주 먼 어느 나라에 한 임금님이 살았더란다.'

촌락의 아이들

옛날이야기들은 항상 이런 식으로 시작된다. 이런 옛날이야기를 가장 많이 연상시키는 곳이 인도 북부의 아름다운 도시 자이푸르(Jaipur)이다. 자이푸르로 가는 길은 멀다. 수도 뉴델리에서 서남쪽 260킬로미터나 떨어진 곳에 있기 때문에만 멀게 느껴지는 것은 아니다. 버스로 여섯 시간이 넘게 달려가야 하는 곳이기 때문만도 아니다. 그곳은 우리들 모두의 마음속 깊이 파묻혀 있는 옛날이야기 속으로 돌아가는 먼길의 끝에 있기 때문일지도 모른다. 게다가 뉴델리를 이른 새벽에 떠나 자이푸르로 향하는 여행자들에게 안내인들은 으레 이렇게 설명한다. "이제부터 우리는 하리야나 주를 거쳐 인도의 서북쪽 끝에 위치한 라자스탄 주로 가게 됩니다."

라자스탄, 파키스탄, 아프가니스탄, 카자흐스탄, 스탄, 스탄, 스탄. 이 기이한 고유명사들의 어미는 전설의 후렴처럼 반복되고 마음

길을 가로막는 소떼들

은 낯선 고장으로 낙타처럼 터덜거리며 아득해져만 간다. 자이푸르는 먼지만 파삭거리고, 점점 더 건조하고 척박해져가는 땅을 지나 마침내 인적이 끊어져버리는 저 광대한 타르 사막이 시작하려는 곳에 건설해놓은 붉은 성벽의 왕성(王城)이다.

육로로 버스를 타고 인도 여행을 떠날 때는 항상 예정보다 한두 시간은 더 지체될 가능성이 있다는 것을 예상해두어야 한다. 주 경계선을 넘을 때마다 허름한 검문소에서 영문도 알 수 없는 수속을 위해 하염없이 기다려야 할 때도 있다. 벌판의 한가운데로 불규칙하게 포장해놓은 좁은 아스팔트길을 이용하는 교통기관은 물론 자동차만이 아니다. 수레를 끌고 느릿느릿 지나가는 낙타, 소달구지, 아지랑이처럼 어지럽게 일렁거리는 대낮의 세찬 햇빛 속으로 꿈인지 생시인지 분간이 안 갈 만큼 문득 나타난 소떼들. 성황당의 오색 깃발들보다도 더욱 요란하게 그림을 그리고 글씨를 써서 장식한 대형트럭이 고장나서 길의 반을 막고 서 있는 경우도 심심치 않게 만난다.

이 모든 장애물들이 우리의 행로를 지체하게 만든다. 그뿐이 아니다. 사방을 둘러보아도 모래펄에 듬성듬성 자라는 가시나무(아프리카의 드넓은 평원에 그 아름다운 실루엣을 드러내 보이는 그 나무, 그러나 가까이 가보면 수많은 가시들이 원시적인 공격성을 무수히 내뿜고 있는 황무지의 그 나무) 아니면 유칼리나무뿐. 인적이 없는 길 한가운데 가로막고 서 있는 헌병의 지프차, 그들 또한 우리가 탄 버스를 세우고는 끝없이 기다리게 한다. 기사가 내려서 무슨 서류를 보이면서 무언가 한동안 입씨름을 한다. 오랜 회담이 끝난 다음에 이윽고 시동을 다시 거는 기사에게 무슨 일이냐고 물어보면 그냥 씩 웃으면서 아무것도 아니란다. "아무것도 아닌" 일로 우리는 그 인적 없는 도로변에 그리도 오랫동안 머물러 있었던 것이다. 아무것도 아닌 일로 이 세상에서 한바탕 아우성을 치다가 슬며시 떠버리는 우리의 덧없는 인생처럼. 인도인의 저 느긋함과 대범함. 그렇게 오랫동안 지체하고 나서도 그냥 아무것도 아니란다. 그의 표정은 무심하기만 하다.

자이푸르로 가는 그 머나먼 도정 속에서 마주친 그 모든 장애물들과 길가의 황량한 풍경들은 옛날이야기 속의 은유들과 같다는 생각이 든다. 한 인간이 성장하여 성년의 비밀 속으로 발들여놓는 과정을 은유적으로 표현한 그 멀고 험난한 여행의 이야기. 그 속에서 마주치는 모든 인물들과 유혹들과 괴물들과 저물녘에 나타나는 외딴집—그런 모든 것들은 인간이 성장하는 도정을 빗대어 암시하는 은유들인 것이다.

그래서일까? 이런 긴 버스여행 도중에 우리나라로 치면 고속도로 휴게소에 해당하는 쉴참을 한두 군데 만날 수가 있다. 그러나 우리나라의 그것처럼 번잡하지 않다. 이 찢어지게 가난한 나라, 이 황량한 벌판에 이럴 수가 있나 싶게, 단정하고 아늑한 건물이 외따로 서 있고 나직한 울타리 안은 영국식으로 잘 가꾸어놓은 잔디밭, 눈부시게 꽃이 핀 부겐베리아, 혹은 자귀나무, 잔디 위에 드문드문 배치한 쾌적한 테이블 주위로 우아한 등나무 의자들이 둘러놓여 있다. 의자에 앉아 잠시를 기다리면 제복을 입은 보이가 나타나 '영국식으로' 차 주문을 받는다. 저 유명한 다질링 홍차에 레몬, 우유를 갖추어 은쟁반에 받쳐 내온다.

잠시 전까지만 해도 길가에서 연료용 소똥을 말리던 그 남루한 인도인들을, 혹은 허름한 수레에 땅콩을 익혀 팔거나 꾀죄죄한 당근을 쌓아놓고 오지도 않는 손님을 기다리고 있는 가난뱅이들을 보았었는데, 헐벗은 구릉을 배경으로 시들시들한 빛깔의 유채꽃밭만 끝없이 뻗어 있는 풍경을 보았었는데, 문득 잔디 깔린 정원에서 융숭하고 운치 있는 홍차 대접이라니, 이게 꿈이 아니고 무엇인가! 긴 여행에 지친 사람들에게 호텔을 겸한 이런 휴게소의 쾌적함은 여간 큰 위안이 아니다. 사막 한가운데의 오아시스가 어떤 것인가를 실감케 한다.

그리하여 진종일 계속된 긴 여로의 끝에 이윽고 나타나는 것은 주홍색 성벽의 '핑크 시티' 자이푸르가 아니라 그보다 오래된 옛 앰버(Amber) 성이다. 따가운 햇볕 아래 모두가 금방이라도 무너져버릴 것 같은 조잡한 건물이 좌우로 다닥다닥 늘어붙은 골목을 한동안 따라 올라가면 눈앞을 가로막는 우람한 성벽 아래로 마을 광장이 나타난다. 높이 쌓아올린 망루에 오르면 바로 앞에 집채만한 코끼리들이 등을 갖다댄다. 앰버 성의 저 경사진 길을 따라 우리를 업어다줄 옛이야기 속의 교통기관이다.

코끼리 등에는 네 사람이 걸터앉을 수 있는 조그만 사각의 방이 마련되어 있다. 각자는 방향을 달리하며 올라앉아 허리에 와 닿는 쇠막대를 꼭 잡으면 된다. 짐채가 뒤뚱거리며 느릿느릿 걸어간다. 여간 한가한 걸음걸이가 아니다. '느릿느릿'이라는 부사의 진정한 속도를 이해하자면 코끼리 등에 타보아야 한다. 느리기만 한 것이 아니라 또한 확실한 걸음 걸음이다. 발 아래는 양옆이 높

코끼리의 등에 올라앉아서

은 담으로 둘러싸인 비탈길로 코끼리 뒤를 따라 흰 옷에 흰 터번을 쓴 악·사가 해금 같은 현악기로 단조로운 가락의 노래를 연주하면서 뙤약볕 아래로 끝없이 따라온다. 그 가락이 더욱 나를 옛이야기 속으로 깊이깊이 떠나게 한다.

저 아래로 마을이 보이고 성벽을 에워싼 호수가 깊푸르다. 호수 한가운데에도 성이 있고 첨탑이 달린 망루와 궁전이 있다. 흘러간 낙일의 영화. 코끼리의 비탈길이 다시 오른쪽으로 굽이돌고 그 길의 끝에 성문이 나타난다. 성문을 지나니 드넓은 마당이 요새의 성벽에 둘러싸여 있다. 코끼리 등에서 내리면 계단을 따라 마당으로 내려서게 되어 있

산정에 자리잡은 앰버 성의 요새

다. 이 높은 산꼭대기에 이렇게 웅장한 궁전이 있다니! 저절로 탄성이 솟아난다.

이곳이 자이푸르에 앞서 1037년부터 1728년까지 이 라자스탄 일대에 퍼진 라즈푸트 족의 유서 깊은 수도였다. 지금은 인구 6천명에 불과한 박물관 궁전마을로 전락하고 말았다. 왕과 왕족이 떠나버린 사막 속의 공허한 왕성, 그곳으로 코끼리를 타고 관광객들만 찾아든다.

마당의 북쪽 끝으로 보이는 계단을 오르면 '태양의 문'과 '사자들의 문'을 지나게 되고 곧바로 화려한 궁전의 뜰로 이어지는 정교한 회랑이 나타난다. 궁전은 뱅골에서 가져온 여신을 모신 칼리신 사원, 거울 장식으로 모자이크된 보석 같은 방들이 미로처럼 이어지는 디완 – 이 – 암, 디완 – 이 – 카스 등 헤아릴 수도 없는 구조들의 연속이어서 그 규모를 짐작하기가 어렵다. 몸 속에 갖춘 비수, 한밤중의 위험한 밀회, 염탐하는 시녀 그리고 전쟁, 출산…… 이런 옛이야기의 도식들이 자연스레 머릿속에 떠오르는 미로를 따라 헤맨다.

좁고 은밀한 회랑을 따라가다 보면 문득 막다른 방이 되어버리고, 다시 돌아나와 잘못 길을 접어들면 금세 일행들과 동떨어져 위층에 올라오게 된다. 발 아래 골짜기 마을과 호수와 끝없는 황무지가 내려다보인다. 궁전을 에워싼 요새의 성벽에는 총안과 망루가 삼엄하지만 궁전 안뜰에는 초목과 꽃과 물을 뿜는 분수가 옛이야기 속의 영화를 눈앞에서 보여준다. 거울 조각이 오색의 모자이크 사이에 촘촘히 박힌 장식이 온통 사면의 벽을 뒤덮고 있는 어느 방으로 막 들어서니 누군가 등 뒤의 문을 닫아버려서 금세 칠흑같은 어둠 속이 된다. 울컥 무서움이 덮친다. 옛날이야기 속의 깊은 어둠이 내 마음의 저 깊은 곳에 감추어져 있던 생래의 본능적인 공포감을 불러낸 것이다. 그러나 한편으로는 그리 싫지 않은 호기심이 먹탕 우물물처럼 깊어가는 두려움이다. 먼 옛날, 겨울밤 뒷산에는 솔바람 소리 말을 달리고, 호롱불 가물거리는 방 안에 할머니 무릎을 베고 누워서 듣던 그 옛이야기의 두려움 속에는 궁금증이 가져다주는 감미로움 또한 함께 있었던 것이다.

어둠 속에서 누군가 라이터로 불을 켜면서 두려워하지 말라

앰버 성 안의 천장과 벽의 모자이크 장식

고 인도 액센트가 짙은 영어로 말했다. 그리고 짤막하게 동강난 두 개의 촛불이 켜졌다. 촛불 불빛에 벽과 바닥과 천장의 거울 모자이크가 반사되면서 영롱하게 빛을 발하기 시작했다. 어둠 속의 손이 둘, 그 각각의 손에 들린 촛불이 하늘로 솟아오르면서 둥그렇게 원을 그렸다. 촛불이 움직일 때마다 천장에 박힌 무수한 거울 조각들이 빛나면서 별이 되었다. 손에 들린 촛불이 원을 그리며 움직임에 따라 한 무리의 별들이 쏟아지고 또다른 무리의 별들이 다시 나타나 반짝였다. 우리가 서 있는 방은 그 어둠과 무수히 돋아나고 쏟아지는 별빛 때문에 무한히 넓어져가고 있었다. 나는 먼 옛날의 밤하늘로 아득하게 날아가고 있었다.

12세기 이 요새에 처음 당도했던 라즈푸트 족의 카츠와하 왕국 사람들은 여러 세기에 걸쳐 싸움에서 무훈을 세우는 한편 북인도 전체를 통일한 무갈제국의 권력층과의 혼인을 통해서 놀라운 부를 축적했었다. 그 영화의 흔적이 바로 이 찬란한 궁전을 만들어내었다. 나는 그 속을 거닐던 공주들과 후궁들을 그려보았다. '옛날 옛적 어느 나라에

한 임금님이 살았는데 그에게는 한 아리따운 공주가 있었더란다……'

　　　밖으로 나서니 햇살이 눈부셨고 나는 문득 배가 고팠다. 벌써 오후 세시가 되었는데 점심도 먹지 못했고, 일행은 벌써부터 밖으로 나와 옛날이야기의 어둠과 별빛 속으로 실종된 나를 찾고 있었다. 아직도 10여 킬로미터를 더 달려야 목적지인 자이푸르에 이를 수 있고, 자이푸르의 호텔에 여장을 풀어야 비로소 허기진 배를 채울 수 있는 것이었다. 궁전은 사라지고 뙤약볕 밑에 남은 나의 허기가 마음을 쓸쓸하게 한다.

화려한 궁궐·비참·중생·덧없음
— 인도 기행(5)

속은 화려하지만 겉으로 보면 육중하고 단순 거대한 모습으로 광대한 사막을 내려다보고 있는 앰버 성(城). 그곳으로부터 남쪽으로 약 10킬로미터를 달리노라면 그 지평선의 끝에 문득 꿈인가 생시인가 싶게 붉은 성벽의 도시가 나타난다. 18세기 초엽 이 라즈푸타나 지역에서 세력을 떨쳤던 왕 자이 싱 2세가 건설한 도시이다. 라자〔王〕 비하르 말 이래 그의 조상들은 무갈제국의 위력에 힘입어 날로 성장했다. 비하르 말은 후마윤 황제에게 충성을 바치기로 맹세하고 5천 명의 군대를 이끌었고, 다음 대의 아크바르 황제에게는 그의 딸을 바쳐 마침내 첫아들을 얻게 하니 그 아들이 곧 자항기르 황제로 올랐다. 그 다음 앰버 성의 왕 브하완 다스 또한 그의 딸을 자항기르 황제에게 바쳐 무갈제국과

자이푸르의 성문

혼인을 맺었다. 그후 앰버 성을 물려받은 만 싱, 그 다음의 자이 싱 1세는 연이어 무갈제국의 사자 한, 그 아들 아우랑제브 황제에게 충성을 바침으로써 부를 쌓았다.

라즈푸타나 지역의 카츄와하 족의 금고를 황금으로 가득 채운 왕은 바로 자이 싱 2세였다. 그는 당시 71세의 무갈황제 아우랑제브의 환심을 사서 '사와이' 라는 칭호를 얻었다. 1과 1/4이라는 뜻이었다. 오늘날에도 자이푸르 시내 궁궐에 펄럭이는 깃발 한 옆에는 1/4만큼 되는 깃발이 더 붙어서 그 시절의 영화를 상징하고 있다.

자이 싱 2세는 명예와 부를 축적하자 예술과 과학 쪽에 관심을 돌렸다. 나라의 평화와 안정에 힘입어 그는 황량한 산꼭대기에 세운 앰버 성의 요새를 버리고 대평원에 보다 인간미 넘치는 도시왕국을 건설하기로 결심했다. 1727년 그는 탁월한 건축가 비디야드하르 브하타

▲ 핑크 시티 자이푸르 ▼ 시티 팰리스

 | 인 도 기 행

차라야의 도움을 받아 꿈에도 그리던 새 도시의 첫 돌을 놓았다. 그는 새로이 건설한 도시에 '자이푸르' 라는 이름을 붙였다. '자이' 는 왕 자신의 이름인 동시에 '승리' 를 뜻하는 말이요, '푸르' 는 성벽으로 둘러싸인 도시를 뜻하는 말이고 보면 이 붉은색 왕성은 자이 싱 2세의 영화를 이중으로 빛내주는 것이었다.

건축가 비디야드하르는 가로수가 늘어선 광대한 대로들이 거침없이 직선으로 달리며 일곱 개의 구역으로 분할하는 바둑판 모양의 질서정연한 도시를 건설하고 그 북쪽에 왕궁을 지었다. 이렇게 건설된 도시는 일곱 개의 문이 뚫린 높은 성벽으로 둘러싸여 있다. 자이푸르는 단일한 마스터플랜에 의하여 건설된 북인도 최초의 도시이다.

내가 탄 버스는 구 시가의 붉은 성문을 들어섰다. 나는 이 지구상의 수많은 나라와 수많은 도시들을 찾아가보았지만 이처럼 연극 무대처럼 한결같이 붉은색으로 칠해진 건물만 가득한 도시는 처음 보았다. 도시 전체가 같은 색깔일 뿐만 아니라 그 붉은 바탕에 흰색의 줄로 테를 두르고 온갖 정교한 무늬를 그려놓았다. 그뿐이 아니다. 온 도시를 가득 채우며 늘어선 건물은 모두가 하나의 거대한 궁궐을 이루고 있는 것 같다. 이름은 '핑크 시티' 라지만 분홍빛이라기보다는 붉은빛이 도는 흙색에 가깝다. 야생의 푸른 하늘을 배경으로 그 적토의 대조가 강렬하다. 그러나 오늘날 이 아름다움에 더해진 것은 인도의 광대한 국토를 뒤덮는 저 감당 못 할 가난이다. 붉은색 성벽과 원래 정교하고 아름답게 지은 건물이 지금은 가난뱅이들의 누더기로 더럽혀져 있고 문짝은 부서지고 반쯤 무너진 기둥은 철사줄로 간신히 비끄러매어 지탱되고 있다.

자이푸르 구 시가의 반듯반듯한 대로를 차로 통과하는 동안 1월 하순의 따뜻한 햇빛 아래서 나는 가슴속에 형언할 수 없는 슬픔이 고여드는 것을 억제할 수가 없었다. 어쩌면 저 찬란했던 영화를 이같은 더러움과 남루로 뒤덮어놓을 수가 있단 말인가?

남쪽으로 난 구 시가의 붉은 문을 나서니 드넓게 뚫린 대로를 건너 끝없이 펼쳐진 신도시가 나타난다. 뉴델리를 연상시키는 훤칠한 가로와 시원하게 열린 잔디밭. 오늘날의 자이푸르는 인구 300만의 대도시이다. 주정부 청사가 사원처럼 우뚝하고 그 앞에는 네루 공원, 대로의 맞은편은 자이푸르 대학 건물이 가지런히 이어진다. 과연 사막 한가운데 지어진 도시답게 널찍한 오아시스 같다. 마침내 클라크 호텔로 들어서니 실내의 그늘이 서늘하고 그윽하다.

오후 3시가 넘어서야 식탁에 앉게 되었으니 시장이 반찬이다. 게다가 호텔 식당의 쌀밥과 고기소스가 모처럼 만에 입에 맞다. 거기다 칠리 소스를 매콤하게 쳐서 먹으니 여행으로 느글거리던 뱃속이 한결 가라앉는다.

늦은 점심을 마치고 곧 우리는 구 시가(핑크 시티) 북쪽에 위치한 시티 팰리스[市中宮]를 찾아갔다. 아까보다 거리에는 더욱 많은 인파가 쏟아져나와 있어서 축제 기분이 완연했다. 아름다운 사리 옷차림에 저마다 무엇인가 머리에 이고 지나가는 여인들의 몸놀림이 아름답다. 1930년대 인도에 여러 해 체류했던 철학자 미르치아 엘리아데의 자

물동이를 인 인도 여인들

이푸르 인상기가 떠올랐다. 그는 여인들의 모습을 정답게 묘사했다.

"여인들은 언제나 무슨 짐인가를 머리에 이고 다닌다. 시장에서건 들판에서건 항상 머리 위에 이고 있는 짐의 균형을 유지해야겠기에 그들의 거동은 더할 수 없이 리드미컬하고 조화롭고 개성적이어서 꼭 춤을 추고 있는 것만 같다. 발걸음을 움직일 때마다 엉덩이가 사리의 옷감을 팽팽하게 당기면서 마치 벌거벗은 듯이 그 둥근 윤곽을 그려 보인다. 여인들은 머리를 약간 뒤로 젖히고 두 팔은 머리 위나 어깨 위에 올려놓은 항아리 주위로 왕관 모양으로 둥글게 곡선을 그리며 뻗은 채 허리가 리듬을 탄다. 팔목에 걸친 팔찌들이 서로 부딪치면서 은은한 소리를 내는데, 그 생생하고 원초적인 음악이 어찌나 마음을 뒤흔드는지

시티 팰리스의 정문

그것을 어떻게 형용하여야 할지 알 수가 없다."

그러나 마침 일요일이어서 거리의 상점은 대부분 셔터를 내리고 있었다. 시티 팰리스 앞의 드넓은 광장은 지난날의 찬란하고 화려했던 시절을 머릿속에 상상하게 해줄 뿐 지금은 어딘가 태풍이 휩쓸고 지나간 뒤의 폐허만 같아 보였다.

그러나 궁궐 안은 전혀 딴판이었다. 지금 시립박물관으로 사용되는 아래쪽 건물에는 왕궁에서 대대로 전해 내려오는 무기, 의복 그리고 수많은 판화들을 전시하고 있다. 박물관 구경을 마치고 왼쪽으로 난 문을 들어가니 한적하고 그윽한 뜰이 광대한 왕궁의 회랑 건물에 둘러싸여 있다. 저 안쪽의 화려한 건물에는 지금도 자이 싱 6세가 살고 있다고 한다. 검은 저고리의 근위병들이 여기저기에서 한가하게 자리를 지키고 있다.

나중에 바라나시의 한 호텔 서점에서 불어판 책 한 권을 사게 되었는데 그 제목은 『어느 왕비의 회상』이었다. 인도 동북부 네팔 국경 근처 히말라야 산록의 작은 왕국 쿠치 비하르의 공주로 태어나서 이 자이푸르 왕국의 세번째 왕비(마하라니)가 된 가야트리 데비의 아름다운 회고록이었다. 그는 현재 자이푸르 태수(王)의 부왕 왕비였다. 처음 결혼하여 이 시티 팰리스로 들어오던 그녀의 회고는 더욱 실감이 난다. "그것은 거대하고 복잡한 궁정의 한 집단이었다. 여러 개의 별관들, 완전히 분리된 부인들의 별당들, 남자들만이 사용하는 침전들, 접견실, 무기 훈련실, 크고 작은 살롱들, 식당, 연회장, 사무실, 그 밖의 수많은 방들이 서로 통하도록 되어 있었다. 거기가 바로 자이푸르 마하라자의 공관인 것이다.

시티 팰리스의 안뜰

처음 접할 때부터 시티 팰리스는 눈부시게 아름다웠다. 요새화된 옛 시가의 중심에 자리잡은 그 궁궐은 그 자체가 하나의 도시여서 정원과 마구간과 10헥터가 넘는 울타리 안 한가운데 세워진 수많은 건물들이 즐비했다. 왕궁을 에워싸고 있는 도시와 마찬가지로 궁궐은 17세기 초엽에 힌두교와 모슬렘을 혼합한 양식으로 건설되어 우아한 아치들과 섬세한 기둥들, 대리석 칸막이벽, 그리고 고상한 취향의 벽화들로 장식된 화랑들이 황홀했다. 그 전체를 바라보고 있노라면 이게 과연 현실인가 싶은 느낌을 자아냈다."

그러나 궁궐의 빛나는 사치와 그 뜰 안의 고요가 가져다주는 꿈은 잠시. 궁궐 밖으로 나서니 벌써 저녁빛이 완연하고 궁궐 앞의 황폐한 광장으로 어슬렁거리는 사내들의 비쩍 마른 뒷모습이며 무언가를 사라고 달려드는 메추리 새끼들 같은 아이들의 고사리 손이 또다른 꿈들을 연상시킨다. 불교의 모든 옛이야기나 전설이나 한숨을 동반하는 저 강박관념의 단어 '중생(衆生)'이라는 말이 뇌리를 스친다. 인도 여행이 나에게 새로이 인식시켜주는 것은 우리의 삶에 배경을 제공하는 시간과 공간의 저 엄청난 척도이다.

궁궐과 궁궐 밖의 깊이를 모를 인간의 비참. 그 모든 것을 무한한 시간의 척도 위에 놓고, 건듯 불고 지나가는 바람같이 우리의 짧은 일생을 바라보게 하는 저 무한한 거리감. 돌연 나는 집착으로부터 떠난다. 가난도 정답고 부서진 가옥의 문도, 자이푸르에 내리는 황혼도, 문득 내가 왜 여기에 와 있는 것일까 하고 자문하게 만드는 느낌의 울림도 정답다.

바람 궁전, 하와 마할

밤에 호텔로 돌아와서 저녁식사 겸 해서 지하식당에서 자이 푸르 처녀들의 춤을 감상했다. 여러 층의 물동이들을 머리에 이고서 유리컵 위에 두 발을 올려놓은 채 춤추는 여자의 가냘픈 허리를 바라보며, '오오 김완선 같구나' 했다. 무희는 무성의했다. 어딘가 김이 빠진 공연이었다. 막판에 막대기 두 개씩을 들고 추는 윤무에 관객들도 나와 참가하라고 권했으나 아무도 나서는 사람이 없었다. 신명이 나질 않았다. 엘리아데가 1930년대에 보았다는 그 관능적이고 황홀한 춤은 어디로 갔을까.

다음날 아침 일찍 일어나 아그라로 떠나기 전에 하와 마할을 구경했다. 자이푸르의 상징인 '바람 궁전'이다. 맞은편의 바자르 큰 거리를 내려다보는 거대한 연극 세트 같은 궁전이다. 옛날에 궁전의 여인들이 이 드높은 궁의 창문 옆에 서서 거리의 풍경을 내려다보았다고 하는데 지금은 새벽길을 불가촉천민의 여인들이 빗자루로 쓸고 있다. 청소라기보다는 도시를 가득 뒤덮고 있는 쓰레기와 가난한 먼지 더미를 길의 한가운데로부터 길의 가장자리로 옮겨놓고 있다고 해야 옳겠다. 뿌연 새벽길로 낙타가 수레를 끌고 하염없이 지난다. 등에, 앞가슴에 갓난아기를 끌어안고 업은 아낙들이 파리떼처럼 달려들며 손을 벌린다. 오오 내가 석가모니였더라도 출가하지 않을 수 없었을 것 같다. 인생은 모두 측은한 한자락 꿈인가 자문하며 아그라로 떠나는 차에 오른다.

시간도 공간도 없는 달밤의 꿈
—인도 기행(6)

보따리 하나 덜렁 짊어지고 떠돌았던 곳이 어디 인도뿐이랴. 그런데 참으로 기이한 일이다. 파리나 로마나 리스본이나 더블린, 비엔나 혹은 부다페스트, 나라나 교토, 심지어 아프리카의 나이로비까지 모두가 구체적인 지도 속에 아주 얌전하게 자리잡고 있어 보이는데 왜 유독 인도의 도시나 마을들은 현실의 지도 속에서보다는 그저 하늘에 둥실 떠 있는 환상의 장소같이만 여겨지는 것일까?

어느 날 '허무' 와 '영원' 의 시인 미당선생이 그저 멸치나 한 두어 포 보따리 속에 넣어가지고 히말라야 산이 가장 훤칠하게 바라보이는 인도의 다질링쯤에 가 사시겠다고 길을 떠나시던 모습이 눈에 선하다. 이제야 나는 그분이 왜 구태여 그런 인도를 찾아가려 했는지 어느

타즈마할 궁전

한 귀퉁이 정도는 이해할 것만 같다. 인도가 왠지 상상의 나라처럼 여겨지는 것은 아마도 그 광대한 고장의 '영원' 이 매일매일의 이 '덧없음' 속에서 물이 새듯이 새어나오고 있기 때문일지도 모른다. 이걸 단순히 종교라는 말로 표현해서는 실감이 나지 않는다. 인도에는 종교 이상의 어떤 걷잡을 수 없는 황량함이 있다. 인도에는 그곳 풍경의 압권이라는 이 황량함이 현실과 허무 사이에 끝없이 펼쳐져 있다. 그 가없는 공간에 우리의 몸이 떠돌고 있음을 매순간 느낀다.

나는 내가 만난 인도의 모든 사람들과 집과 꽃과 짐승과 가난과 사원과 그리고 더러움을 이 황량함 속에 놓고 상상하고 기억한다. 기억과 환상과 욕망이 뒤섞여 때로는 소용돌이치고 때로는 먼지처럼 흩어지고 오직 밤하늘 같은 어둠의 물만이 고여서 흐르고 흐르다가 또 고인다.

첫새벽 하얀 타즈마할의 궁궐을 등뒤에 두고 도착한 아그라의 기차역, 그 희뿌연 철로 위에는 누런 똥덩어리들이 가슴을 후려치듯이 널려 있었다. 어느 순간, 옛날에는 아름다운 핑크빛이었을, 지금은 때에 절어 회색에 가까운 사리를 발끝까지 치렁치렁 감은 젊은 여인이 그림자처럼 내게 다가왔다. 반짝이는 검은 눈, 황홀한 아름다움이었다. 그 호리호리하고 까무잡잡한 몸매, 돌이 갓 넘었을 듯한 갓난아이를 앞가슴에 안은 채 때가 반들반들한 손을 내밀었다. 모두들 첫새벽 으스스 한기가 도는 아그라 역의 플랫폼에서 한 시간이 넘도록 오지 않는 기차를 기다리면서, 모두들 자석에 이끌린 듯 지갑을 꺼내어, 여인의 내민 손에 지폐를 쥐어주었다. 그 젊은 여인이 또 꿈결처럼 물러간 다음 또다른 거지들이 몰려들었다. 마치 그 여인이 길을 열어주었다는 듯이.

마침내 기차가 도착했다.

나는 이렇게 기차와 버스와 황량한 유채꽃밭과 먼지만 파삭거리는 목동들의 마을을 거쳐 오아시스에 당도하듯이 카주라호에 도착했다. 건조한 사막의 끝에 물이 있었다. 옅은 핑크색 나팔꽃이 나무에 드문드문 매달려 있다.

내가 다녀본 인도의 도시와 마을들 중에서도 가장 마음이 포근해지는 곳이 카주라호다. 인구라야 겨우 2천 명이 넘지 않는 작은 마을. 그러나 반듯하게 뚫린 외길과 시냇물과, 비행장까지 있다. 대부분 토담집인 허술한 가옥에 옹기종기 모여 사는 마을사람들은 염소를 키우고 밀밭을 가꾸거나 좀 약삭빠른 청년들은 사원 앞에 가게를 차리고 관광객들을 상대한다. 골동 모조품이나 팔찌나 귀고리, 혹은 그림엽서를 판다.

이곳 사람들 사이에는 17세기 아름다운 노래가 하나 전해 내려온다. 그 발라드는 10세기경 이 지역을 통치했던 찬델라왕조의 기원에 대한 전설을 담고 있다. 옛날 옛적에 헤마바티라고 하는 공주가 살았는데 그 눈부신 아름다움에 달님 찬드라가 그만 홀딱 반해버렸다. 어느 날 저녁, 공주가 강에서 목욕을 하고 있을 때 젊은 미남으로 둔갑한 달님 찬드라가 내려와 공주와 사랑을 하게 되었다. 그들 사이에서 아이가 태어나 신들의 축복을 받았다. 아기는 자라 용감한 청년이 되어 맨손으로 사자를 잡을 정도였다. 이 용맹한 영웅이 찬델라왕조를 세웠다. 그래서

카쥬라호의 힌두 사원

이 왕조는 달빛이 세운 왕조다. 아 이토록 투명한 마을에서 어찌 꿈꾸지 않을 수 있으랴.

호텔에 여장을 푸는 즉시 석양의 금빛으로 물들어가는 사원을 찾아갔다. 이 지역에 많다는 사암(沙岩)으로 지은 사원과 그 사원의 벽면에 자욱히 새겨진 정교한 조각상들은 뉘엿뉘엿한 저녁빛이나 아침에 떠오르는 새벽빛을 받을 때 더욱 아름답다.

옛날에는 이 마을에 무려 80여 개의 사원들이 솟아 있었다고 하나 지금은 약 20여 개만이 남아 있다. 이 거대한 탑 모양의 사원들은 마을의 동쪽과 서쪽에 몰려 있다. 그중 서쪽에 모여 있는 사원군은 잘 복원되어 있고 주변으로는 잔디밭이 훤칠하고 소담스럽게 가꾸어져 있다.

사원은 우주적인 몸을 상징한다. 생명 있는 모든 것이 다 그러하듯이 사원을 구성하는 각 부분은 서로간에 유기적인 관계를 맺고 있다. 가장 중요한 심장부는 우상을 모신 방이다. 그 방이 건물의 중심이요, 우주의 중심이다. 이 신전에는 흔히 '링가'라고 하는 일종의 남근(男根)이 모셔져 있다.

신전의 주위로는 육체가 영혼을 에워싸듯이 사암으로 된 벽이 둘러싸고 있다. 그 벽면에는 무수한 조각상들이 새겨져서 그 신전을 보호하고 다른 한편으로는 신자들을 이 세상의 덧없는 삶으로부터 사원의 고요하고 변함없는 중심으로 인도한다. 사원의 내부에도 온갖 신들의 조각이 무수하게 새겨져 있지만 외벽이야말로 사람, 짐승, 문양 등의 조각들이 문자 그대로 수없는 형상의 산더미를 이루고 있다.

사실 카주라호의 가장 큰 사원들은 우뚝우뚝 솟은 산봉우리를 닮았다. 탑의 각각은 하늘을 향한 화살표처럼 솟고 있다. 사람들은 히말라야의 거대한 연봉의 그 웅대함과 눈 덮인 산정의 순수함이야말로 신들이 사는 거처라고 믿었다. 10세기 인도의 예술가들은 바로 그 히말라야 산정의 웅대함과 순수함의 이미지를 이 사원들 속에 구현하고자 한 것이다.

산을 이루는 이 조각상들 중에서도 특히 놀라운 것은 남녀교

한두 사원의 남녀교합상

합상들이다. 풍만한 가슴이나 엉덩이를 더러는 자랑스럽게, 더러는 수
줍게 드러낸 여인들이 남자의 허리를 못 참겠다는 듯이 휘감고 있는 모
습이 있는가 하면 그 결합을 옆에서 도와주는 여자나 남자, 또 그 광경을
훔쳐보는 사람들, 이 모두가 터질 듯한 생명의 곡선으로 풍만하게 처리
되어 있다.

처음에는 모두들 거대한 사원의 벽면을 빈틈없이 뒤덮고 있
는 조각상들 가운데서도 특히 자극적이고 관능적인 남녀교합상의 극치

카주라호의 힌두 사원

들만을 보물찾기하듯 찾아서 손가락질하거나 사진을 찍는 데 여념이 없었다. 오오 우리들 모두의 사춘기를 매혹했던 저 금지의 서적들, 엄격한 도덕과 터부가 오히려 우리들로 하여금 더욱 열광적으로 탐닉게 하였던 금서(禁書)들이 여기 문득 저녁 햇살을 받으며 드넓은 평원 한가운데 활짝 펼쳐져 있는 것이었다. 그것도 지천으로, 입체의 산더미를 이루면서. 거칠 것이 없는 욕망이 오히려 해학적으로 느껴지고 삶의 기쁨 또한 그 한가운데로 용솟음친다.

끽끽대며, 고삐 풀린 망아지처럼 즐거워하던 사람들이 차츰 고요해졌다. 저녁 햇살이 더욱 낮게 내려 앉았다. 기대와 환상, 풍만한 육체와의 만남, 그리고 열광, 그 다음에 오는 흡족함과 고요, 그리고 뒤돌아보는 일생, 수십 길의 탑을 쌓고 그 돌 위에 목욕하는 여인, 거울을 보며 화장하는 모습, 전율하는 포옹, 악기를 연주하는 사내, 달리는 말, 다시 말해서 삶의 온갖 모습을 새겨놓은 저 지혜로운 조각가는 바로 우리의 흥분이 마침내 인도해가는 '황량함'과 마음속의 침묵을 이미 예견했던 것이 아닐까?

인도의 조각가들은 육체의 아름다움에 극도로 민감하다. 그들은 아름다운 육체를 무거운 옷으로 감추지 않는다. 옷은 육체를 가리기 위해서라기보다는 그 곡선의 동적인 아름다움을 강조하기 위하여 최소한으로 가장 얇고 역동적으로 활용되고 있다.

그들의 조각이 묘사한 육체는 거침이 없다. 그들의 쾌락은 당당하고 풍성하다. 더운 기후, 그리고 바느질하지 않은 천이 순수하다는 그들의 믿음 때문에 옷은 가장 아름답되 최소한으로 제한된 것이다. 머리, 귀, 코, 목, 허리, 팔, 발목을 장식하는 각종 보석과 장신구는 화려하고 다양하지만 지나침이 없다. 그 모든 장신구의 기능은 오직 발꿈치의 선, 젖가슴의 단단하고 터질 듯 풍부한 윤곽, 보드라운 뺨의 곡선으로 시선을 끌거나 그 관능을 암시하는 것으로 만족한다. 이같은 삶의 미학이 사원의 저 많은 조각상들 속에서도 그대로 표현되어 있다.

밤에는 릭샤를 타고 외줄기 신작로를 달렸다. 밤이 되니 카주라호가 얼마나 외진 시골인지를 알 것 같다. 터번을 쓴 키 크고 비쩍 마른 노인이 힘겹게 페달을 밟는 릭샤의 뒤에 앉아 바람을 받으며 하늘을 보니 외따로 들판 한가운데 우뚝 선 사원의 검은 윤곽이 그야말로 깎아놓은 산봉우리였고, 그 옆에 차가운 초승달이 날카롭게 걸려 있다.

기이한 것은 여러 날 동안 두루 거쳐온 수많은 도시와 마을들 가운데서도 유독 카주라호에서는 프랑스말이 통하는 아이들이나 상인들을 자주 만난다는 사실이다. 인도에서 유일하게 사람과 대화를 손쉽게 할 수 있었다는 이유 때문에도 특히 이 마을이 내겐 깊은 인상을 남겼는지도 모른다.

비스바라타 사원 근처에서 마주친 말쑥한 차림의 청년 라즈는 프랑스말이 제법 유창했다. 나는 그의 안내로 한밤중에 카주라호 마을을 찾아갈 수 있었다. 마을 한가운데 우뚝 선 보리수나무, 파리의 몽파르나스 거리 인도식당에서 일했었다는 화가의 집, 그 집 마당에 주인과 함께 사는 두 마리의 커다란 흰 소. 그리고 어린아이의 생일이라고 나직한 방 안에 가득히 모여앉아 노래부르며 손뼉치는 마을사람들.

우리는 모두 그 방 안으로 들어가 다같이 손뼉치며 문득 아득한 옛날로 돌아가고 있었다. 지금은 10세기인가? 20세기인가? 카주라호는 인도에 있는가? 하늘에 높이 떠 있는 것인가? 시간도 공간도 없는 어느 초승달 날카로운 밤, 이 밤은 우리들 모두가 먼 옛날의 전생 속에, 아득한 미래의 후생 속에 다시 태어나는 생일. 인도여 그리고 가난하고 덧없는 중생들이여 축복받을지어다. 그리하여 카주라호의 달빛에 젖어 푸르게 빛날지어다.

카주라호의 아침

Ⅴ. 아프리카의 찬란한 아침

『아웃 오브 아프리카』의 기억을 찾아

  "킬리만자로는 높이 5,895미터, 눈에 뒤덮인 산으로 아프리카 대륙의 최고봉이라 한다. 서쪽 봉우리는 마사이 말로 '누가예 누가이' 즉, 신의 집이라고 불리고 있는데 이 봉우리 가까이에는 말라 얼어붙은 한 마리 표범의 시체가 놓여 있다. 그 높은 곳에서 표범이 도대체 무엇을 찾고 있었는지 설명해주는 사람은 한 사람도 없었다."

  내게는 아무리 생각해도 좀 엉뚱하다고 여겨질 수밖에 없는 아프리카의 케냐로 떠나면서 머릿속에 맴도는 것은 바로 헤밍웨이의 유명한 단편소설 「킬리만자로의 눈」과 그 첫머리에 등장하는 불가사의한 표범의 시체였다. 적도에서 멀지 않은 탄자니아의 국경에 우뚝 솟은 드높은 산, 그 산꼭대기의 만년설 그리고, "무엇을 찾으려고" 그곳까지 올라간 것인지 알 수 없는 표범, 이 모든 요소들은 공해와 잡답, 그리고 왜소한 생활에 찌들어가는 마음속에 돌연한 설렘의 물살을 불러일으키기에 충분했다.

비행기를 탔다 하면 언제나 유럽 아니면 일본이 고작이었고, 우리나라 사람이 그렇게도 뻗질나게 드나드는 미국땅에도 발을 들여놓아본 일이 한 번도 없는 나에게 과연 아프리카는 엉뚱한 만큼이나 신선한 목적지였다. 떠나기 직전에야 겨우 아프리카의 지도를 펴놓고 케냐라는 나라가 동아프리카의 인도양에 면해 있으며, 북동쪽으로 에티오피아, 소말리아, 서쪽으로 빅토리아 호수를 사이에 두고 우간다 그리고 남쪽으로는 탄자니아와 인접해 있다는 '상식'을 갖출 만큼 나는 여행 목적지에 대하여 철저하게 무지하였고 그만큼 순수했다. 그리고 막상 머릿속에 떠올린 킬리만자로 산은 영토상으로는 케냐가 아니라 탄자니아에 속해 있다는 사실도 알게 되었다.

그러나 일생 처음으로 아무 부담도, 숙제도 없는 홀가분한 여행—미지의 대륙, 인간의 손때가 가장 적게 묻은 대륙으로 떠나는 마음속에는 벌써부터 초원의 바람이 걷잡을 수 없이 일어나기 시작했다.

"나는 아프리카의 느공 산 기슭에 농장을 가지고 있었다. 이 산간지대의 북쪽으로 25마일 지점에 적도가 지나고 있었다. 그러나 농장은 해발 2천미터 높이에 위치하고 있었다. 낮에는 마치 바로 태양의 지척에 있는 것만 같은 느낌이지만, 오후와 저녁 나절이 되면 신선했고 밤이 되면 추위를 느끼는 곳이었다.

고도가 높으면서도 적도 기후라는 두 가지 요소가 결합하여 세상에 둘도 없는 풍경을 만들어내고 있었다. 열대 평원지대의 특징인 무성한 수풀이나 현란한 색채는 찾아볼 수 없고 그저 완만하고 순수한 선들로 이루어진 군더더기 없는 풍경이었다. 이 풍경은 어떤 도기류에서 볼 수 있는 건조하고 짙은 갈색의 색조를 띠고 있었다."

사실 케냐에 대한 나의 보다 구체적인 영상은 영화 〈아웃 오브 아프리카〉에서 온 것이었다. 아름다운 여배우 메릴 스트립의 나른한

나이로비 교외에 있는 카렌의 집

(앞에 인용한) 목소리로 영화는 시작한다. 덴마크에서 온 여자, 카렌 디네센은 결혼을 약속한 스웨덴 출신의 사촌 브로 블릭센을 찾아 인도양에 면한 항구도시 몸바사로부터 기차에 몸을 싣고 나이로비를 향하여 달린다. 평원을 달리는 것은 기차만이 아니다. 동터오는 새벽, 불그레한 하늘을 배경으로 수십 마리씩 떼를 지어 달리는 어린 영양들의 모습 또한 영화를 본 관객들의 머릿속에 오래오래 남게 마련이다. 그리고 문득 기차가 들판 한가운데에서 멈추고 잠옷바람인 메릴 스트립은 차창문을 열고 내다본다. 그때 그녀의 눈에 처음 나타난 남자, 흑인들과 함께 화물칸에 상아를 싣고 있는 야성의 남자가 로버트 레드포드다. 아니, 데니스 핀치 하튼이다. 시드니 폴락이 감독한 영화는 카렌 블리센의 자전적 소설 『아웃 오브 아프리카』를 모태로 한 것이다.

그러나 나는 소설이나 영화가 아니라 현실 속의 아프리카로 간다. 1913년의 카렌은 배를 타고 몸바사에 도착하여 다시 기차로 나이로비로 갔지만, 그로부터 77년 뒤 우리 일행은 런던을 거쳐 비행기로 불과 일곱 시간 만에 나이로비 공항에 내렸다. 카렌을 역에서 마중한 것은 언어도 통하지 않는 흑인이었지만, 나이로비 공항으로 우리 일행을 마

 아 프 리 카 의   찬 란 한   아 침

중나온 이들은 우리를 초청해준 사파리 파크 호텔 측의 한국분들이었다. 공항에서 바로 나이로비 중심가로 가지 않고 십여 킬로미터쯤 고속도로를 따라 달리다 보면 이 나라 최대의 국제경기장 맞은편 숲속에 쾌적하고 운치 있는 '사파리 파크 호텔'이 나타난다. 나이로비 시내의 그 어느 최고급 호텔과도 비교할 수 없는 이 숲속의 장원 호텔을 17년 전부터 경영해온 분이 한국인이라는 사실을 아는 사람은 그리 많지 않다.

쏟아지는 햇빛 속으로부터 호텔의 로비로 들어서면 돌연, 그 안의 그늘이 어둑신하게 다가들면서 그 서늘한 기운이 전신에 기이한 안도감을 담아준다. 홀을 통과하여 다시 문 밖의 소로를 따라가면 이 호텔 사람들이 '엄브렐러 추리'라고 별명을 붙인 거대한 양산나무 그늘에 앉게 된다. 위로 클 줄은 모르고 옆으로만 가지를 뻗어 큰 듯한 이 거목의 그늘 아래는 십여 개의 테이블을 놓을 수 있을 만큼 드넓은 공간이다. 이곳에 앉아 우리를 위하여 마련해둔 사파리 스케줄에 대한 설명을 듣는다. 호텔 바로 건너편에 있는 공장에서 생산된다는 이 나라 맥주는 서늘하고 구수하다.

우리는 이 호텔에서 이틀 동안 여독을 풀고 나서 '마사이 마라', 즉 마사이 족 보호구역으로 사파리를 떠나게 되어 있었다. 우리 일행의 사파리를 위한 텐트 및 장비를 실은 트럭은 이미 현지로 떠났다고 했다. 그 동안 우리는 시내에 가서 사파리 용의 옷과 모자 따위를 사놓고 쉬는 일만 남아 있었다. 그리고 모스크바를 거쳐 곧바로 케냐로 합류한 소설가 김원일 형이 사온 보드카로 흠씬 취하는 일도 아울러 남아 있었다.

1990년 2월 15일, 청명한 날씨. 나이로비의 작은 비행장에서 세스나 404 경비행기로 이륙.

"도로시설은 별로 신통치 않고, 비가 자주 와서 굳은 땅 덕분에 아무 데서나 착륙이 가능한 나라에서 비행기는 전혀 새로운 세계를 발견하도록 해주었다. 데니스는 영국에서 '모트' 쌍발기를 주문해와서 그걸 타고 농장에서 약간 떨어진 곳에 와 착륙할 수가 있었다. 우리는 매일 그렇게 비행기를 타고 떠올랐다. 아프리카의 고원 위를 날아가노라면 그지없이 놀라운 광경을 발견하게 된다. 가장 기막힌 놀라움을 마련하는 것은 구름 속에서 연출하는 햇빛의 조화다. 우리는 무지개를 뚫고 지나가고, 폭풍의 소용돌이 속으로 휩쓸려든다. 쏟아지는 빗줄기가 세상을 하얗게 빛나게 하며, 우리는 기울어져 쏟아질 것만 같다. 비행기를 타고 느끼는 맛을 이야기하기에는 어휘가 부족하다. 언젠가는 새로운 말들을 만들어내야 할 것이다." 20세기 초엽, 소설 속에서 카렌 블릭센은 핀치 하튼의 쌍발기를 탄 감흥을 이렇게 묘사했다. 그러나 전날의 숙취에서 아직도 완전히 깨지 못한 20세기 말엽의 내 감흥은 그냥 속이 메슥거리는 어지러움뿐이었다. 발 아래는 어두운 갈색의 땅, 흑인 여자들의 철사 같은 머리털을 연상시키는 드물게 자란 나무숲들. 그리고 간혹 벌판 한가운데 상처처럼 반드럽게 손질한 토인들의 촌락. 나는 약간의 멀미를 느끼면서 '토인'이란 말을 머릿속에 이리저리 뒤집어보고 있었다. 내 어린 시절의 이야기나 만화책 속에는 '토인'이 자주 등장했었다. 아마도 '타잔' 때문이었던 것 같다. 그 속의 토인들은 순진하고 착해서

언제나 우리의 친구들이었다. 그런데 어느새 그들은 '미개인'이라는 부
정적인 모습으로 마음속에 못박혀버렸던 것일까? 그러나 '토인'이야말
로 정당한 말이다. 그것은 토박이라는 뜻이다. 그들이 그들의 땅의 주인
이란 뜻이다. 카렌 블릭센은 그의 아름다운 책『아웃 오브 아프리카』에
서 늘 자신을 '이주자' 다시 말해서, 남의 땅에 이사온 사람이라고 지칭
하기를 잊지 않았다. 그 책은 자신이 17년 동안 몸과 마음을 다 바쳐 뜨
겁게 산 아프리카 땅에 대한 열애의 기록이다. 그는 기쿠유 족에 대하

여, 마사이 족에 대하여, 회교도인 그의 흑인 친구들에 대하여 경험한 경탄과 사랑 그리고 무엇보다도 그들의 타고난 긍지를 감동적이고 솔직하게 기록했다.

과연 비행기는 그냥 '아무 데나' 착륙했다. 적어도 그것이 땅에 첫발을 딛고 내린 나의 소박한 인상이었다. 그만큼 이 지역은 어느 쪽으로나 드넓은 평지였다. 영화에서 본 듯한 지프 두 대가 우리를 기다리고 있었다. 랜드 크루저. 도요타 제품이었다. 이제 그야말로 '야생' 의 아프리카와의 첫 접촉이었다. 아프리카의 밝은 햇빛, 인적 없는 벌판, 돌연 길가의 덤불숲 뒤에 가만히 서 있는 집채만한 코끼리. 야생동물 특유의 정적.

 | 아 프 리 카 의 찬 란 한 아 침

"우리는 지난번에 해본 사파리의 추억을 되새겨보면서 유별한 기쁨을 맛본다. 우리가 텐트를 치고 야영한 장소들이 마치 오랫동안 살았던 곳인 것처럼 기억 속에 깊이 찍혀 있다. 때로는 자동차가 풀밭 위에 남겨놓은 바큇자국의 곡선이 기억에 선연히 떠오르기도 한다. 마치 그 바큇자국이 우리 인생에 매우 중요한 그 무엇이라는 듯이. 나는 사파리를 하는 동안 일백스물세 마리나 되는 물소떼들이 구릿빛 지평선에 아침 안개를 뚫고 문득 나타나는 모습을 본 일이 있다. 옆으로 퍼진 상당히 복잡한 모습의 뿔을 가진 이 엄청나게 크고 회색빛 나는 짐승들은 마치 내 눈을 즐겁게 해주겠다는 것밖에는 다른 아무 뜻이 없다는 듯 무(無)로부터 돌연 솟아난 것이었다. 또 나는 처녀림 속에서 한 떼의 코끼리들이 걸어가는 것을 보았다. 어찌나 빽빽한지 그 속을 뚫고 들어갈 수 있는 것은 오직 쏟아지는 햇빛뿐일 것 같은 광경이었다. 그런 몸집 큰 동물들은 마치 이 세상 끝에서 무슨 약속이 있다는 듯이 그렇게 걸어나가는 것이었다."

나는 내가 아프리카에서 보고 느끼고 놀라고 즐겼던 것을 모두 내 말로 표현하고 싶다. 그 풋풋한 맛이 되살아나도록 그 광대한 침묵이 가득하도록 그려보고 싶다. 그러나 나는 또한 기억한다. 누군가 말하지 않았던가. 중국에 일 주일 동안 가본 사람은 한 권의 책을 쓴다. 한 달 동안 가본 사람은 글을 한 편 쓴다. 일 년 동안 가본 사람은 중국에 대해 남이 물어보아야 겨우 대답한다. 그러나 여러 해 동안 중국에 살다 온 사람은 그저 미소짓기만 한다. 아프리카 여행에서 돌아온 다음 나는 다만 카렌 블릭센의 아름다운 불어판 소설을 천천히, 때로는 책장을 덮은 채 기억과 몽상이 한데 섞인 그 감미로움에 잠기며 읽었다. 나는 그녀의 목소리를 통해서 비로소 70여 년 후의 내 감동을 더욱 진실하게 전할 수 있을 것만 같다. 그것은 삶을 보다 더 깊이, 완만하게, 향기처럼, 사랑처럼 다시 사는 방법이기도 하다.

숲이 있고 아름드리 나무가 있는 냇가에 차가 멈추었다. 모닥불에 고기토막을 굽는 토인들 몇 사람이 보였고 저만큼 다섯 개의 2인용 텐트가 가지런히 열을 지어 쳐져 있었다. 텐트마다에는 두 개의 야전용 침대, 정결하고 새하얀 시트. 텐트 안에는 트렁크 위에 양탄자를 덮어 만든 테이블과 그 양쪽에 야전용 의자 두 개, 거울, 우산, 전지. 삼각발 위에 올려놓은 녹색 방수천 세면대에는 따뜻하게 데운 물이 맑게 담겨 있다. 미국 영화에서 흔히 보던 백인들의 호화판 야전 사파리 광경 그대로다. 텐트 뒤쪽으로 난 지퍼를 열고 나가면 잇닿아 수세식 화장실 텐트와 샤워룸 텐트가 전용으로 설치되어 있다. 샤워룸에 들어가 고리를 잡아당기니 따뜻한 물이 쏟아진다. 마치 무슨 알 수 없는 우주적 기미를 느낀 듯 야생동물이 뛰기 시작하는 초원에 밤이 내리기 시작한다. 가시나무 실루엣이 지평선 위로 뜬다. 아프리카의 침묵. 꿈 혹은 환상.

"바로 그때 자기는 죽어가고 있다는 생각이 불현듯 그의 머릿속에 떠올랐다. 그 생각은 돌연히 왔다. 물흐름이나 바람 같은 그런 돌연적인 것이 아니고 난데없이 고약한 공허의 내 모습이었다. 그런데 기묘하게도 하이에나가 공지의 가장자리를 따라 미끄러지듯이 가볍게 스

▶ 빛나는 아침 '워킹 사파리' 의 길을 인도해주는 마사이 족 전사들

▼ 텐트에서 내다본 마사이 마라

마사이 족 마을에서 만난 여인들

쳐갔던 거다." 헤밍웨이의 「킬리만자로의 눈」에서는 '잃어버린 세대'인 헤밍웨이 자신을 다분히 닮아 있을 작가 해리가 아프리카 초원의 텐트 속에서 죽음을 맞고 있다. 오른편 다리가 가시에 찔려 괴저가 발생한 채 인적 없는 텐트 속에서 발이 묶인 것이었다.

그러나 건강한 우리는 경험 많은 영국 여행사가 빈틈없이 준비해놓은 텐트 속으로 느긋하게 도착했을 뿐이었다. 이곳에서도 밤새 하이에나가 울부짖었다. 소설 속에서처럼 "밤에 울던 킹킹 소리를 그치고 사람같이 거의 우는 듯한 소리"를 내며 울었다. 그러나 단잠의 끝에 곧 초원의 새벽이 왔다. 뉴욕의 최고급 호텔 같은 침상에서 잠이 깨어 따뜻하게 준비된 물로 샤워를 한다. 씻어야 할 때가 있어서가 아니다. 내 몸이 아프리카의 신선한 바람과 만나는 일종의 의식이다.

이른바 '워킹 사파리'를 나가는 아침이다. 용맹한 마사이 족 젊은이 셋이 창과 '이린칸'이라 불리는 나무옹이 몽둥이로 무장하고 호위하는 가운데 우리는 이슬 맺힌 초원을 천천히 걸었다. 아침해가 지평선 저 너머에서 떠오를 차비를 하고 있었다. 사자, 표범, 코뿔소, 멧돼지, 버팔로 같은 맹수들이나 마라푼타 개미떼들의 독무대인 마사이 마라의 리저브에서 자신의 영지를 돌아보듯 땅을 밟고 걷는 것은 예외적인 호사란다. 이곳의 지리와 동물들의 습성을 잘 아는 깡마르고 키 크고 아름다운 마사이 전사들이 지켜주는 덕분이다. 누가 시키지도 않았지만 우리는 침묵하거나 말소리를 낮춘다.

"이 원시적인 고장에서 나는 갑작스럽게 움직인다든가 하는 행동은 자제해야 한다는 것을 배웠다. 아직 야성적인 대자연 속에 사는 짐승들은 조심성 있고 겁이 많아서 사람들이 전혀 경계하지 않고 있을 때 슬쩍 자취를 감추어 사라진다. 그 어느 집짐승도 야생동물처럼 조용히 할 줄은 모른다. 문명세계에서 사는 사람은 이런 정적의 태도를 잊어버렸다. 우리는 야생으로부터 침묵의 가르침을 받아야 한다. 서두르지 않고 돌연히 움직이는 일 없이 천천히 걷는 기술은 사냥꾼이나 사진 찍는 사람이 습득해야 할 기술이다. 그들은 바람과 그곳 자연의 색채와 냄새에 익숙해져야 하고 그 조화의 템포를 자기의 것으로 동화시켜야 한다."

불그레한 먼동이 노랗게, 그리고 잠시 후에는 환한 낮의 흰빛으로 변하는 동안 나는 줄곧 청동으로 빚은 자코메티의 조각상처럼 길고 가는 다리로 소리없이 풀밭을 걸어가는 마사이 족 젊은이들의 아름다운 거동에 매혹되어 있었다. 그들은 자신들이 얼마나 아름답고 용맹하면서도 고요한지를 스스로는 모르고 있었다. 그들은 다만 드넓은 새벽 초원 풍경의 당연한 한 부분이었다. 어떤 존재가 참으로 제자리에 있다는 것은 저리도 아름다운 것인가. 키 큰 전라의 몸에 걸친 것이라곤 오직 한 장의 오색 담요뿐으로 그들의 실루엣은 황홀할 만큼 단순하다. 그리고 귀와 손목과 발목에는 원색의 자잘한 구슬을 꿰어 만든 장식품 또한 잊지 않았다.

다음날은 또다른 랏지에서 밤을 보내고 새벽에는 또다시 어둠 속에서 깨어났다. 새로운 모험이 우리를 기다리고 있기 때문이다. 칠흑같은 어둠 속에 전지불빛과 자동차의 라이트만이 좀 수선스럽고 바쁘게 움직인다. 지척을 분간할 수 없는 캄캄한 평원을 지프로 달렸다. 천지창조의 순간과도 같았다. 세상의 첫날처럼 우선 태초의 검은 혼돈이 있었다. 이윽고 그 혼돈은 위의 어둠과 밑의 어둠으로 갈라지면서 그 한가운데로 창세기 때같이 순정한 여명이 외줄기의 가느다란 지평선을 그었다. 그와 동시에 문득 사위에서 한 떼의 가랑잎 같은 것들이 부스럭거리는 기미가 느껴진다. 어린 짐승들이었다. 영양들과 앤틸로프 양떼들이 어둠 속에서 세찬 가을바람 속의 낙엽처럼 같은 방향으로 일제히 달리기 시작한다. 그들의 달리는 형상이 점점 뚜렷해진다. 그리고 산더미

같은 코끼리떼들도 느릿느릿 움직인다.

이 창세기적인 평원의 새벽을 가로질러간 우리는 이윽고 거대한 두 개의 기구(氣球) 앞에 이른다. 아프리카 사파리의 절정은 기구를 타고 떠가는 이른바 '벌룬 사파리'라는 것이다. 쭈그러져 있던 기구 속에 수소를 가득 채우는 작업이 어느 정도에 이르자 힘없이 누워 있던 그 거대한 몸집이 둥글게 가벼워지면서 공중으로 일어선다. 우리는 마침내 그 밑에 달린 10인승 버드나무 바구니 양쪽 칸에 차례로 올라탄다. 바로 머리 위에서 요란스러운 소리를 내면서 불길이 타오르는 가운데 기구는 해 뜨는 평원 위로 둥실 솟구치기 시작한다. 비행기를 탔을 때와는 전혀 다르다. 밀폐된 실내가 아니라 마치 원두막에 서 있는 듯이 광대한 초원의 대기를 마음껏 들여마실 수 있고 발 아래 지나가는 풍경 쪽으로 고개를 내밀고 내려다볼 수도 있다.

그러나 기구의 참다운 매력은 그 완만함에 있다. 잠시 머리 위에서 소란스럽게 타오르는 가스불을 끄면 돌연 찾아드는 침묵 속에 천천히 떠오르는 해가 보인다. 해가 천천히 떠오르듯이 기구도 천천히 떠오른다. 아주 천천히. 우리가 탄 것과 동시에 출발한 또하나의 회색 기구가 눈앞에 저만큼 역광으로 떠오르는 것이 보인다. 거기에는 우리가 알지 못하는 낯선 사람들이 타고 있지만 그 또하나의 기구는 내가 탄 기구의 아름다움을 스스로 감상하게 해주는 거울이 된다. 그 광활한 거울 속에도 침묵이 가득하고 그 한끝에 기구 하나가 둥실 매달려 있다.

"땅 가까이 떠서 지나갈 때 눈에 들어오는 것은 평원의 짐승들이다. 천지창조 직후, 그러나 아직 아담이 그들에게 이름을 붙여주기 전, 하느님이 그윽하게 바라보기를 좋아하시던 그때의 행복하고 자유로운 그 짐승들이다." 카렌 블릭센은 비행기를 타고 내려다본 풍경을 이렇게 묘사했었다. 그런데 나는 아프리카의 초원 위로 기구를 타고 떠올라보기 전에는 우리들 일생의 매일매일, 기나긴 밤이 끝날 즈음이면 어김없이 찾아오는 새벽이 그렇게도 광활한 넓이를 갖춘 신선함인 줄을 알지 못했었다. 발 아래 멀리 가시나무 그늘에는 네 활개를 뻗은 채 아직껏 늦잠을 자고 있는 두 마리의 사자가 내려다보인다. 한순간이지만 나는 낙원을 보았다.

"지금 내가 아프리카에서 보냈던 생활은 되돌아보면 급하고 시끄러운 세상으로부터 정적의 나라에 들어간 사람처럼 살았던 삶이라고 묘사할 수 있다"고 한 카렌 블릭센이었지만 그녀는 기구를 타고 내려

다보이는 마사이 마라의 새벽이 얼마나 고요하고 넓은 꿈인가는 알지
못했을 것이다. 발 아래 치타 한 마리가 우리들이 타고 있는 기구의 그림
자를 보고 힘껏 내달려오더니 막상 그림자에 닿자 발길을 멈추고 멍하
니 지평선만을 바라보고 있었다. 인적 없는 초원에서 기구의 그림자에
홀린 치타. 나의 눈앞에 펼쳐진 것은 꿈인가, 환상인가. 이 높고 넓고 신
선한 아침빛―우리가 알지도 못한 채 막연히 찾아 헤매었던 행복이란
이런 빛과 넓이와 침묵이 아니었던가.

　　　　순정한 태초의 초원 한가운데로 문득 트럭 두 대가 직선을 그
으며 막무가내로 달리고 있는 모습이 눈에 들어온다. 사자들이 아직도
곤한 늦잠을 자고 있는 초원을 가르는 트럭은 대체 어디로 가는 것일까?
눈길을 아무리 멀리 던져보아야 오직 광막한 평원, 그리고 양편에 인색
한 가시나무들이 도열한 채 뱀처럼 구불거리며 뻗은 실개천뿐이다. 우
리는 한 시간 남짓 기구를 타고 떠갔다. 더러는 불꽃을 일으켜 더 높이
떠오르기도 하고 더러는 불을 끈 채 낮게 낮게 흐르기도 했다.

　　　　이윽고 우리가 탄 기구는 문득 앞서 본 그 트럭의 짐칸 위에
바구니째로 내려앉는다. 트럭을 타고 온 서비스맨들이 공기가 빠져나
가는 기구를 걷느라고 분주하게 손을 놀리는 가운데 우리는 아침의 풀
밭 위로 펄쩍 뛰어내린다. 그런데 이게 어인 일인가. 눈앞에 진홍의 제
복을 갖춰 입은 흑인 보이가 미소를 지으며 서서 진보라빛 부겐베리아
꽃잎을 얹어 장식한 따뜻한 물수건을 건네주는 것이 아닌가. 그의 뒤쪽
초원에는 눈처럼 흰 식탁보를 덮은 테이블이 길게 늘어놓여 있다. 벌써

샴페인 잔이 차오르면서 거품이 인다. 싱싱한 아침식사가 우리를 기다리고 있다. 하얀 제복의 요리사가 다가와 정중하게 대령하고 서더니 빛나는 치아를 드러내며 웃는다. 오오, 마사이 마라에서 기구를 타고 해 뜨는 새벽의 초원을 굽어보지 못한 채, 그 이슬 젖은 초원에 내려 부겐베리아 꽃잎을 띄운 샴페인을 마셔보지 못한 채, 인생을 그만 다 흘려보낸 모든 사람들을 위하여 미안함의 건배! 그리고 이제는 두 번 다시 찾아오지 못할 이 빛나는 순간만을 위하여 건배!

　　오직 한 가지 아쉬운 것이 있다면 그렇지, 데니스 핀치 하튼이 카렌 블릭센에게 선물한 그 구식 축음기와 거기서 울려나오는 모차르트. 그러나 이 가득한 행복의 한구석엔 마음이 고여 휴식할 여백 또한 필요하다. 나는 나중에 집으로 돌아가 그렇게 비워둔 여백 속에 모차르트를 흐르게 하리라. 영원히 잊지 못할 초원의 이 아침 빛과 함께.

　　마사이 마라로의 사파리에서 나이로비로 돌아왔다가 우리는 그후 다시 한번 더 경비행기를 타고 암보셀리로 갔다. 탄자니아 국경, 코앞에 킬리만자로의 봉우리가 우뚝 솟아 보이는 곳이었다. 아침 햇빛 속에 산꼭대기의 흰 눈이 선연했지만 표범의 시체는 보이지 않았다. "컴프튼은 뒤를 돌아다보면서 싱긋 웃고 손가락으로 가리켰다. 그곳에는 전 세계인 양, 폭이 넓은 거대하고도 높은 킬리만자로의 네모진 꼭대기가 햇빛을 받아 믿을 수 없을 만큼 희게 보였다. 순간 자기가 가고 있는 곳이 바로 저곳이라는 것을 깨달았다." 헤밍웨이는 아마도 주인공 해리를 통하여 저 높고 빛나는 곳을 향한 자신의 야성적 죽음의 갈망을 그렇게 꿈꾸었던 것인지도 모른다. 아프리카 대륙의 최고봉인 킬리만자로는 만년설의 모자를 햇빛에 번득이며 인간의 그같은 절정의식을 충동한다.

헤밍웨이는 노벨상 수상소식을 접하면서 그 상은 오히려 『아웃 오브 아프리카』의 저자인 카렌에게 주어졌어야 옳았을 것이라면서 아쉬워하였다고 한다. 그 카렌 블릭센은 16년간 살던 느공 산 기슭의 농장을 떠나 1931년 덴마크로 돌아갔고 아프리카에서 지냈던 시절을 회상하며 작가생활을 하다가 1962년에 사망했다. 내가 나이로비를 떠나기 전 그녀가 살던 농장집을 찾아갔을 때는 이슬비가 내리고 있었다. 영화에서 보던 그대로의 풍경과 집이었다. 핀치 하튼의 선물이었던 축음기가 서재의 한구석에 아직 그대로 놓여 있었고, 그의 수많은 책들도 주인을 기다리듯 고요히 꽂힌 채였다. 카렌의 낡은 타자기 또한 그녀의 책상 위에 옛 모습대로 덮개가 열린 채 놓여 있지만 이제 더이상 그 키를 두드리며 사랑과 고뇌를 기록할 손이 없었다. 백년간의 고독…… 집 뒤의 느공 산에는 비행기 사고로 죽은 데니스 핀치 하튼의 무덤.

"느공 산에서 바라보이는 지평선 풍경은 비길 데 없다. 남쪽으로는 광대한 평원, 그리고는 킬리만자로 산에 이르기까지 높아져가는 광막한 사냥터……" 그곳 카렌의 옛집은 오늘날 박물관이 되어 있고 그녀의 소원대로 그 영지에는 덴마크 정부의 도움으로 여학교가 세워져 있다.

Ⅵ. 길이 끝나는 곳

낯선 곳, 낯선 사람들이 부르는 소리

내 일생 최초로 떠났던 여행은 도보 여행이었다. 할머니를 따라 진외가를 찾아가는 인적 없는 산길. 고개를 넘을 때마다 뻐꾸기가 울었고, 고개를 넘을 때마다 늙으신 할머니는 휴우 휴우 숨을 몰아쉬며 멈추었다. 불과 20리 남짓한 길이었지만 이것은 내 일생에서 가장 먼 여행이었다. 둘이서만 맞는 첩첩산중의 정적, 뻐꾸기 소리 때문에 더욱 깊어가는 섬뜩한 정적, 그 침묵의 길이 다리 아프게 다리 아프게 이어진 저 끝에 개와집들이 그득한 마을이 하나 나타났다. 그중 어느 소슬한 대문을 열고 우리는 들어갔다. 안동 권씨만 가득 모여 사는 음전한 마을이었다.

먹탕 같은 우물물

구길을 내려가면

굴딱지 같은

도적놈의 개와집이 서 있느니라

大門 열고 中門 열고

돌門을 열고

바람되야 문틈으로 스며 들어가면은

그리운 우리 누님 게 있느니라

도적놈은 어디 가고

우리 누님 홀로 되야

거울 앞에 흰옷 입고 앉았느니라

미당(未堂)의 이런 시를 읽으면 가장 먼저 생각나는 것은 대
문 열고 중문 열고 찾아들어간 그 흰칠한 집, 할머니의 친정집이라는 그
드넓은 집이었다. '부용당(芙蓉堂)'이라던가 '서설당(瑞雪堂)'이라던
가? 귀에 익은 당호가 지금도 내 마음속에서 신비한 바람을 일으킨다.
그 낯선 집 안방에서 보낸 첫날밤은 얼마나 무섭고 궁금하고 그리고 낯
설었던가.

아일랜드의 돌담길 —아! 목동아

　　여행의 참맛은 무엇보다도 '낯섦'에 있다. 늘 보던 집, 늘 다니던 길, 늘 만나던 사람들, 친근한 생활, 몸에 익은 습관, 눈에 익은 공간, 이 모든 것으로부터 문득 떠나 낯설고 물 선 고장, 처음 보는 사람들의 세계 속으로 우리는 떠난다. 그 낯섦과 관련하여 내게 가장 먼저 떠오르는 기억은 그날 진외가의 그 대궐 같은 집 안방에서 잠이 들었다가 한밤중에 소스라쳐 깨어났을 때의 그 영문 모를 정경이었다. 음전하고 낯선 부인네들이 환한 촛불 앞에 둘러앉아 두런두런 이야기를 주고받고 있었다. 어디를 둘러보아도 낯익은 것이 없었다. 그때의 섬찟한 무서움, 혹은 신비스러움. 나중에 커서 어른이 된 뒤에도 나는 가끔, 그날 한밤중에 깨어나 보았던 광경을 꿈속에서 다시 만나곤 한다. 전혀 엉뚱한 방향으로 부옇게 달빛이 고여들던 낯선 방 봉창문만 허공에 떠 있고 모두들 깊이 잠이 들어 있었다. 나 혼자 잠이 깨어 두리번거리고 있는 여기가 대체 어느 세상이란 말인가?

여행의 참맛은 낯섦 못지않게 '고독함'에 있다. 마음에 맞는 친구, 사랑하는 여인, 혹은 먼발치에서 관심을 가졌으나 기회가 없어 사귀지 못했던 사람들과 같이 떠나는 여행도 물론 흥겹거나 아름답거나 유익하다. 그러나 역시 다른 그 무엇을 통해서도 맛보지 못할 고독을 혼자 떠나는 여행은 비밀처럼 마련해두고 있다. 혼자 떠나는 여행의 고독은 다름아닌 자신과의 대면이다. 우리는 깊은 사색이나 수련을 거치지 않고도 돌연 형이상학적 차원으로 옮겨진다. 멀리 갈 것도 없다. 그저 손쉬운 버스를 타고 그저 대단할 것 없는 어느 중도시에 당도하기만 해도 우리는 돌연 잊었던 자신과 대면하게 된다. 이 대면은 벌거벗은 삶과의 만남이다.

새로 지은 장급 여관도 좋고 싸구려 여인숙도 좋다. 방을 정한 다음 숙박계를 적고 나면 돌연 보인다. 낡은 벽지에 어리는 기름때나 작은 창문에 흔들리는 깡뚱한 커튼, 발치에 놓인 양은 재떨이, 꽃무늬 장식이 다 지워져가는 양은 쟁반 위에 담긴 물주전자와 낡은 수건과 일회용 칫솔…… 그런 헐벗고 퇴색한 무대 장치 속에 나의 모습이 저만큼 댕그마니 놓여 있다. 변명할 수도 없이 외롭게, 혼자. 벌거벗은 모습으로.

어느 무덥던 해 여름, 나는 매우 바쁜 유럽 여행을 했다. 정신

없이 골몰했던 일이 다 끝난 다음 비로소 나는 한 열흘간의 틈을 내어 아일랜드를 자유롭게 떠돌아다닐 기회를 가지게 되었다. 더블린에서 조그만 자동차 한 대를 세내었다. 우선 절경의 서해안 코너마라 코스트로 건너갔다. 골웨이, 클립텐, 이니스프리 섬, 슬라이고, 그리고 마침내 W.B. 예이츠의 무덤("말탄 자여 지나가라"라는 저 유명한 묘비명을 보려고)까지 잠시 보고 북아일랜드의 북단 둔퍼나기까지 올라갔다가 남으로 방향을 돌려 드디어 더블린으로 돌아왔다. 〈아 목동아〉가 노래하는 눈물겹도록 아름다운 경치 속을 헤매고 다닌 여정이 꿈인 양 행복했었다. 그런데 막상 내 작은 집처럼 몸담아 지내던 자동차를 돌려주고 나서 렌터카 회사의 텅 빈 마당에 댕그마니 내려놓은 내 트렁크를 바라본 내 허망감은 지난 여행의 아늑함에 반비례하여 내 마음에 깊이깊이 사무쳐왔다. 텅 빈 마당에 놓인 한 개의 트렁크는 이것이 바로 나의 헐벗은 모습이라는 아픈 진실을 손가락질해주는 것만 같았다. 아마도 언젠가는 이 작은 트렁크마저도 두고 떠나야 하는 날이 올 것이다.

　　일상의 습관 속에서 우리를 치장하고 보호하고 은폐해주던 모든 베일이 다 벗겨진 나의 참모습이 거기 있다. 세상에 처음으로 올 때처럼, 그리고 이 세상을 뜨게 될 그날처럼 나는 아무 가진 것이 없다. 여관방 저 한옆에 놓인 작은 손가방. 그 속에 담긴 한 벌의 내복이나 책이나 휴지, 세면도구. 그 밖에는 아무 가진 것이 없다. 사회적인 지위, 가족, 재산, 친구, 그 숱한 손때 묻은 물건, 체면, 위엄…… 모두 두고 왔다. 수은이 벗겨져가는 한구석의 작은 거울에 얼굴을 비춰본다. 늘 보던 한

세상 끝의 카페 — 사하라 사막

사내가 거기 약간 굳은 얼굴로 다가온다. 웃을 줄도 모르는 심각한 표정. 그 얼굴이 점점 낯설어진다. 위험한 순간이다.

대개 이쯤 되면 나는 수첩 속의 전화번호를 찾는다. 이곳 어디엔가 살고 있는 옛친구…… 자신과의 대면은 결코 쉬운 것이 아니다. 잊어버리고 싶고 외면하고 싶은 것이다. 어둑살이 내리는 낯선 도시의 저녁 거리로 나선다. 나는 가깝건 멀건 여행을 떠날 때면, 오랜 피로를 안고 당도한 여관이나 호텔에 짐을 풀어놓고 간단히 씻자마자 문 밖으로 나설 때의 그 가슴 설레는 순간을 가장 좋아한다.

여행의 참맛은 바로 '미지에 대한 기대', 그 가슴 설렘에 있다. 어슴푸레한 골목에는 이제 막 전깃불이 켜지고 멀리 서쪽 하늘에는 마지막 노을이 어둠 속으로 무너지고 있다. 스치고 지나가는 낯선 어인들이 뭐라고 나직하게 말을 건네오는 것만 같다. 오오! 이제 막 도착한 낯선 도시, 박명의 골목이 내 가슴에 불러일으키는 회오리 바람아, 유혹아. 너의 부름 소리를 듣고 나는 달려왔다. 누군가가, 그 역시 거울 속에 비친 자신의 모습과 대면하고 있던 그 위험한 순간을 견디지 못해 담을 넘어 뛰쳐나와 어느 꽃 핀 정원이나 전봇대 뒤에나, 혹은 어두운 바의 한구석에서 나를 기다리고 있을 것이다. 카운터의 내 옆자리에 문득 다가와 앉는 여자. 머리칼을 쓸어올리고 칵테일 한잔을 시킨다. 그런 옆모습은 언제나 신비스럽다. 이곳이 처음이신가요? 약간 주기가 섞인 목소리다. 어디 먼 곳에서 오셨나요? 미국의 이름 없는 소도시, 연기 자욱한 술집 카운터가 나오는 영화 속에서는 대개 이런 식으로 대화가 시작된다. 그러나 골목을 헤매고 다녀도 만나는 것은 어둠뿐이다. 낭만적이지도 않은 낯선 술집에서 홀로 만취하여 돌아오는 것이 고작일 수도 있다. 그러나 여행은 내가 나 자신에게 거짓말을 하지 못하게 만든다.

어쩌면 여행의 진정한 맛은 이별 연습에 있는지도 모른다. 여행은 머무름이 아니라 움직임이다. 풍경도 지나가고 사람도 지나간다. 여행을 통하여 우리들은 이별 연습을 한다. '알뜰한 그 맹세에 봄날은 간다' 이런 유행가를 부르면 길 위에 선 님이 보인다. 이별의 수만큼 그리움의 수도 늘어간다. 저 푸른 산이 이만큼 다가왔는가 하면 어느새 그 옆모습이 보이고 또 어느새 저만큼 뒤에서 나를 전송하고 있다. 그리고 또 새로운 길과 낯선 도시.

오오, 길에서 만난 그리운 사람들이여. 뜨거운 태양이 탱자알처럼 와르르 쏟아지는 시실리 바닷가 작은 마을 몬델라에서 나와 일 주일을 보낸 소년, 아름다운 마시모여. 그대는 이미 어엿한 청년이 되었거니. 이베리아 반도 저 건너편 지중해 한가운데 둥실 떠 있는 섬 포르멘테

사하라 사막의 새벽 ─ 해 는 떠오른다

라, 그 담수호 기슭 무화과나무에 해먹을 매어놓고 낮잠 자던 소녀 다니
엘이여. 성숙한 처녀가 되었을 그대는 지금 어느 볕 아래, 혹은 꽃 핀 그
늘 아래에서 기다리고 있는가? 타는 햇빛 속에 모두가 재로 변한 듯한
사막길 열 시간, 그 끝에 당도한 사하라 사막 한가운데의 오아시스 '두
즈', 꿈속인 양 불쑥 나타난 종려수 숲속의 호텔 '르 사하라', 나는 그 호
텔 바에서 한 여자를 만났다. 그녀는 우리의 식탁에 마치 오랜 옛날의 약

속을 지키려는 듯이 문득 나타났다. 우리가 함께 바라본 사막의 푸른 저녁빛, 그 빛 속에 서 있던 터키의 여자는 신새벽 버스 속에서 하얀 손을 흔들었다. 보스포러스 해협 어느 기슭에 산다던 그 여자는 지금 어디쯤에서 무화과를 따고 있을까?

여행지에서 그렇게 만났다가 그렇게 떠나보낸 사람들은 우리에게 말해준다. 우리의 일생이 한갓 여행에 불과하다는 것을. 여행길에서 우리는 이별 연습을 한다. 삶은 이별의 연습이다. 세상에서 마지막 보게 될 얼굴, 다시는 만날 수 없을 한 떨기 빛. 여행은 우리의 삶이 그리움인 것을 가르쳐준다. "우리의 그리움을 위하여서는 이별이 있어야 하네." 여행길에 선 떠돌이 시인은 이렇게 노래한다. 영원히 머무는 것이 아니라 쉬 지나가는 것을 사랑하라고 여행자는 가르쳐준다. 생명은 머무는 것이 아니라 지나가는 것이기에. 그리고 모든 것은 이별이기에…… 생명이라는 것을.

김화영 예술기행

시간의 파도로 지은 城

ⓒ 김화영 2002

| 1판 1쇄 | 2002년 4월 25일 |
| 1판 12쇄 | 2025년 7월 14일 |

지은이 김화영
책임편집 김현정 김이선 장한맘
저작권 박지영 형소진 오서영 조경은
마케팅 정민호 서지화 한민아 이민경 왕지경 정유진 정경주 김수인 김혜원 김예진 나현후 이서진
브랜딩 함유지 박민재 이송이 김희숙 박다솔 조다현 김하연 이준희
제작 강신은 김동욱 이순호 | 제작처 한영문화사

펴낸곳 (주)문학동네 | 펴낸이 김소영
출판등록 1993년 10월 22일 제2003-000045호
주소 10881 경기도 파주시 회동길 210
전자우편 editor@munhak.com | 대표전화 031)955-8888 | 팩스 031)955-8855
문학동네카페 http://cafe.naver.com/mhdn
인스타그램 @munhakdongne | 트위터 @munhakdongne
북클럽문학동네 http://bookclubmunhak.com

ISBN 89-8281-505-8 04810
　　　　 89-85712-93-4 (세트)

* 이 책의 판권은 지은이와 문학동네에 있습니다.
　이 책 내용의 전부 또는 일부를 재사용하려면 반드시 양측의 서면 동의를 받아야 합니다.

www.munhak.com